Monika Fagerh

Wer hat Bambi g

Monika Fagerholm

Wer hat Bambi getötet?

Aus dem Schwedischen übersetzt
von Antje Rávik Strubel

Residenz Verlag

Dieses Buch wurde mit Unterstützung von
FILI – Finnish Literature Exchange gedruckt.

MIX
Papier aus verantwortungsvollen Quellen
FSC® C014496

Die Originalausgabe erschien unter dem Titel »Vem dödade Bambi?«
2019 bei Förlaget, Helsinki.

Bibliografische Information der Deutschen Nationalbibliothek
Die Deutsche Nationalbibliothek verzeichnet diese Publikation in der Deutschen Nationalbibliografie; detaillierte bibliografische Daten sind im Internet über http://dnb.dnb.de abrufbar.

www.residenzverlag.com

Umschlaggestaltung: Thomas Kussin / buero8 unter Verwendung einer Fotografie von Helen Korpak
Typografische Gestaltung, Satz: Lanz, Wien
Lektorat: Jessica Beer
Gesamtherstellung: GGP Media GmbH, Pößneck

ISBN 978 3 7017 1759 0

»Der Schuppen, aus dem wir alle kommen.« (Emmy S.)

Sie googelt Country. Sie redet sich ein, dass es nur die Musik sei. Aber je mehr sie nachdenkt, desto mehr … denkt sie dann an die anderen Dinge, die Heuhaufen, das Glitzern, die Ratten, die Feuchtigkeit –

Morsches Holz.

In der Stimme –

Der Schuppen, aus dem wir alle kommen. Dieses Dunkel.

Teil 1

Pochendes Kaninchenherz
(Emmys Unruhe)

Gusten am Wasser, 1

Man kann hier anfangen. Ein Morgen im September 2014.

Gusten Grippe geht hinunter ans Wasser. Kaltsee, Villenviertel: Allein ist er hier nicht gewesen, seit langem nicht mehr. Damals, vor vielen Jahren, zog er aus dem Villenviertel weg, in dem er aufgewachsen war, und schwor sich, nie zurückzukehren. Was macht er dann jetzt hier, just an diesem Septembermorgen zu Beginn eines Herbstes, der ihn zu dem zurückführen wird, was er einst verlassen hat? Richtige Antwort: nichts. Kein Gedanke, kein Anliegen. Ist nur irgendwie hier gelandet auf seiner morgendlichen Joggingrunde. Ja, es passiert ihm immer noch manchmal, dass er durch das Villenviertel läuft, mit dem Auto aus dem Vorort in der Nähe kommt, wo er mittlerweile wohnt, schick, in einer luxuriösen Junggesellenbude auf zwei Etagen (Gusten hier ist Immobilienmakler, *Höllenmakler*, sagt man, es ist sein Spitzname, weil er so gut ist). Vielleicht ist das ein Omen, ein Zeichen, ein bisschen sechster Sinn. Höchstwahrscheinlich nur Zufall, ironisches Zusammenspiel.

Aber damals, als Gusten ein Kind war, ist das hier seine Welt gewesen: Villenviertel, Kaltsee, die Ufer ringsum, *die Landgüter am See*, der kleine Wald und der mit Holzspänen bedeckte Wanderpfad, der um den schlammigen Flusslauf herumführt, der weder tief noch kalt oder gefährlich oder auch nur ein bisschen geheimnisvoll ist, wie Gusten es sich so gern hatte einbilden wollen, als er klein war – genauso wie sein gleichaltriger Spielkamerad Nathan. Als sie gemeinsam hier standen, mit identischen Basecaps. Die Augen zusammenkniffen und sich was ausdachten, sich Geschichten erzählten über alles mögliche Aufregende, was gewissermaßen sein KÖNNTE, selbst hier, aber die Geschichten blieben unvollendet, hingen in der Luft, lose Fäden. Und wenn man die Augen wieder aufmachte, sah man außerdem: bloß Fantasien, Spinnereien, ohne Resonanz im Wirklichen – und seicht das Wasser, braun vor Erde. Und *die Landgüter am See* – Gustens Mama war es, die die Gewohnheit hatte, das hier, auf diesem Pfad, auszurufen, wo sie und ihr Sohn ihre Morgenspaziergänge machten, ein bisschen wie in einer Show, denn so war sie. Oder so ist sie: wie aus der Oper, direkt von der Bühne, schon bevor sie zur Bühne kam. Würde man heute eine Biografie über Angela Grippe schreiben, würden diese Episoden aus Gustens früher Kindheit im Villenviertel zum ersten Kapitel gehören, das »Vorbereitung« heißen und von den Jahren handeln würde, in denen der künftige Opernstar – allerdings für einen ziemlich begrenzten Kreis von Schöngeistern, *also keine Callas, die Verdi für die breiten Masse singt* – zielstrebig ihre Stimme im Hinblick auf ihr Debüt ausbildete. Sie hörten nicht auf, um den See herumzulaufen, sie und ihr Sohn, der vier, fünf oder sechs Jahre alt war (jetzt ist Gusten sechsundzwanzig). Und plötzlich, während er hier steht, genau jetzt, heute, merkt er, dass das für ihn noch so lebendig ist, als wäre es gestern gewesen: »*… und das gehörte uns und das und das*«, ruft Angela auf dem Wanderpfad und weist mit dem Zeigefinger in alle Richtungen, über die unförmigen, dicht mit Schilf bewachsenen Ufer hinweg. »*Und das …*« Womit sie sagen will, dass einmal, vor Urzeiten, alles Land um den See ihrem Geschlecht und ihrer Familie gehörte – etwas, von dem Gusten, als er klein ist, nicht weiß, ob es wirklich stimmt oder ein Witz ist oder – auch darin ist sie gut, Mama Angela – nur eine Art, eigentlich etwas anderes zu sagen, denn die tatsächlichen Gegebenheiten in Gustens Kindheit liefern kaum Beweise für einen Familienbesitz von solchen Ausmaßen. So lange Gusten sich erinnern kann, haben er und Angela allein in derselben kleinen Zweizimmerwohnung in einem Hochhaus im Zentrum des Villenviertels gewohnt – das einzige Hochhaus, das es zu jener Zeit überhaupt gab (im *Villenviertel* wohnt man selbstverständlich in einer *Villa*, das ist schön), und irgendeine Verwandtschaft hat er nie getroffen oder kennengelernt. Aber trotzdem, ihm gefällt das Spiel, er ist mit von der Partie. »*Alles hat uns gehört!*« Mutter Angela auf dem Pfad, wie sie auf die Ufer zeigt und lacht, und er lacht, so geschieht es wieder und wieder, denn es handelt sich um eine Anekdote, die sich immer auf dieselbe Weise an genau dieser Stelle wiederholt, eine Öffnung im Schilf mit einem Felsen, auf den man klettern kann und von dem aus man einen freien Blick auf See und Ufer hat. Und natürlich weiß er, was als Nächstes kommt: Angela lässt den Zeigefinger auf dem gegenüberliegenden Ufer landen, etwa in der Mitte zwischen dem Geisterschiff – dem Haus der Häggerts – und dem langen Badesteg vor dem Grawellschen Kinderheim für Mädchen (beides übrigens die einzigen sichtbaren Bauwerke am See), auf einem fast dschungelartig dicht bewachsenen Erlenhain … Woraufhin sie die Stimme zu einem deutlich hörbaren Flüstern senkt, in das man sich hineinfallen lassen kann wie in einen alten Kinderreim, wenn man möchte: »*Und dort, ja, genau dort … stand der Schuppen, wo der Stallmeister mit Frau und Tochter lebte*« – eine theatralische Pause, zwinkerzwinker zu Gusten: »*Die Tochter des Stallmeisters, Gusten. Kluges Köpfchen. Und mein Vater, ein echter good-for-nothing Taugenichts, aber gutherzig, wollte sie unbedingt unterstützen … Solange noch Geld da war, meine ich. Später hat er ja das meiste verspekuliert. Gleich von Anfang an, meine ich. Bezahlte ihren Schulunterricht und kümmerte sich darum, dass sie alles hatte, was sie brauchte. Äußerst begabt, zielstrebig, diese Tochter, absolut brillant, aber, wie man so sagt,* ***of slender means****.*«

Und da, genau in diesem Augenblick, auf dem Wanderpfad, ist Geraschel in den Büschen zu hören, das Geräusch von Schritten und Stimmen, die sich nähern, und Angela lauscht und ihre Miene hellt sich auf. »*Eine echte **high achiever**, Gusten, und ihr Name war – Annelise!*«, rufen sie beide gleichzeitig. »Annelise« – wie eine Beschwörung; denn der Witz an der Sache ist, dass sie tatsächlich oft gerade in diesem Augenblick auftaucht, Annelise Häggert, seit vielen Jahren Mamas Freundin. Kommt ihnen auf dem Pfad aus der anderen Richtung mit Sohn Nathan im Schlepptau entgegen, und dann folgen viele fröhliche Begrüßungen, *hallo, hallo,* Küsschen rechts, Küsschen links auf die Wangen beider Frauen, denn der Punkt ist natürlich, dass Angela Grippe und Annelise Häggert sehr gute Freundinnen sind, ehemalige Klassenkameradinnen aus dem Villenviertel, obwohl ihre beruflichen Laufbahnen sie in unterschiedliche Richtungen geführt haben, *das hektische, hektische Leben,* worüber sie auch öfter reden, und zwar genau auf diese Weise. Aber zu jener Zeit, in Gustens früher Kindheit, ist es Annelise, die als Dozentin um die Welt reist und Vorträge auf Symposien und Konferenzen hält – sie ist Unternehmensjuristin und Wirtschaftswissenschaftlerin und Führungsprofi, die bereits einen Leitungsposten innehatte, obwohl sie erst 27 ist, und außerdem neuernannte Professorin für Wirtschaftswissenschaften an einer der besten Universitäten des Landes. Während Angela eher ortsgebunden ist. Sie hat einen großen internationalen Gesangswettbewerb in klassischer Musik gewonnen, aber danach ist nicht so viel passiert, was jedoch genau so ist, wie es sein soll. Denn eine Opernstimme muss, um ihr volles Potential zu erreichen, zuallererst jenseits von Scheinwerfern und Rampenlicht reifen und sich entwickeln und ausgebildet werden; das bedeutet zu Hause bleiben und unter der geschickten Anleitung von Pädagogen üben, üben zur Vorbereitung auf die Opernbühne. Wo sie später zu Ruhm gelangen wird, vor allem als Interpretin postmoderner Traditionen, beispielsweise der Werke des experimentellen

Komponistenduos Schuck & Gustafson. Eben gerade jetzt, JETZT also, im Herbst 2014, hat Angela Grippe Erfolg in der Hauptrolle der Uraufführung von *Dissections of the Dark Part III* in einem der kleinen Opernhäuser in Wien. Wo Gusten sie übrigens am Wochenende selbst auf der Bühne gesehen hat – in Gesellschaft einer Freundin, Saga-Lill (die beste Freundin seiner Exfreundin Emmy Stranden, Saga-Lill, die er in eine ganz und gar nicht reibungslose – let's face it – on/off sexuelle Beziehung gedrängt hat, nachdem Emmy ihn wegen eines anderen verlassen hat – vor nun bald drei Jahren, darüber ist er noch nicht hinweg).

Aber zurück zur Kindheit und zum Wanderpfad. Hinter Annelise ihr Sohn Nathan. Nathan Häggert, Annelises und Albinus »Abbe« Häggerts einziges Kind, so alt wie Gusten und folglich auch wegen der langen Freundschaft der Mütter Gustens Kindheitsfreund und Schulkamerad in all den Jahren im Villenviertel, bis zum Schluss, dem vorletzten Jahr am Gymnasium, das in einer Katastrophe endet.

Ja. Katastrophe. Keine Übertreibung – an der ganzen Sache gibt es auch nichts zu beschönigen oder zu verharmlosen. Alles kracht zusammen und geht kaputt. Für immer. Und, ebenso unausweichlich: *Das ist seine Schuld.* Und Nathans (vor allem).

»Brutale Gruppenvergewaltigung in Annelise Häggerts Haus.«

»Junge Frau stundenlang im Erdgeschoss der Luxusvilla des schicken Vorortes misshandelt.«

»Die vier Straftäter, ›Boys‹ aus derselben Gang und Schulkameraden.«

»Nathan Häggert als Anstifter identifiziert.«

Nathan. Aber hier, in der Kindheit, einfach noch Klein-Nathan, der Nachzügler. Und ja, klar, er *ist* noch klein zu dieser Zeit. »Er würde in eine Streichholzschachtel passen«, lachen beide Mütter froh und unbeschwert auf dem Pfad. Klein, blass und still.

Da kommt er als Allerletzter, bleibt stehen und starrt unter seinem Baseballcap hervor (was Gusten aus irgendeinem Grund veranlasst, beim Nachhausekommen seine Mama anzuquengeln: *»Ich will auch so eins haben!«* – und eins bekommt).

Aber er wird größer werden – und auch das Schweigen wird aufhören, während es gleichzeitig merkwürdigerweise ebenfalls größer wird.

Bedrohlich wird.

Time.

Time – Nathan, der tanzt, tanzt, allein auf einem riesigen Parkett, zu dieser Musik, Prince, immerzu Prince, Nathan liebt Prince –

die Augen geschlossen

Und öffnet die Augen mitten im Tanzen, sieht dich und ruft – es gibt kein Entrinnen – *»GRIPPEE!«*

Nathan später als Teenager mit der ersten großen Liebe (die ihn verlässt). Sascha heißt sie, sie ist neu in der Schule, aus dem Grawellschen Heim für Mädchen.

Nathan.

Nein, *I have X:ed you out of my world* (denkt Gusten jetzt).

Gibt keine andere Möglichkeit.

Hier auf dem Pfad also: Punkt. Das Lachen der Frauen, das in der Erinnerung verblasst, erlischt. Alles hat sich verändert, nichts ist mehr da.

Das Haus auf der anderen Seite der Bucht, das sich zwischen den Bäumen abzeichnet. Das Haus der Häggerts. So still. Geisterschiff. Verfallen jetzt: eingeschlagene Fenster in der oberen Etage. Gras und Unkraut wuchern hoch ringsum, Gerümpel überall im Garten. Wie ein verdammtes Mahnmal (aber wofür?) – *Das Haus ist ein Organismus, wie ein Geisterschiff gleitet es durchs Dunkel …* Und gleichzeitig erinnert

Gusten sich immerzu, das spürt er nun wieder, so stark auch daran, wie er dieses Haus geliebt hat.

Wie ein Geisterschiff in der Dämmerung – dachte er als Kind, als er jung war –, fasziniert von der außergewöhnlichen Architektur, ein ganz eigener Stil. Der gleichermaßen beispiellose wie verhaltene Luxus … trügerisch, wie es von der anderen Seite des Ufers aus schien, ja, von hier, aus einigen hundert Metern Entfernung, von diesem Felsen im Schilf, auf den er und Nathan oft kletterten und über die Ufer schauten –

Und sich was ausdachten:

Das Haus ist ein Organismus (ein Kindheitsreim)
Wie ein Geisterschiff gleitet es durchs Dunkel
Dachboden, Wohnzimmer und Keller
Der Junge auf dem Dachboden, der Junge im Keller
Das Haus
segelt weiter

Zwei Jungen mit gleichen Baseballcaps.

Die Freunde waren (und ihre Mütter, Angela und Annelise, so stolz auf diese Freundschaft).

Zwei Jungen mit Baseballcaps (oder »*Die Austauschbaren*«, eines der Spiele, das sie spielten).

Einander preisgegeben.

Nathan auf dem Felsen, von wo er das Haus anschaut, das sein Zuhause ist, in der Ferne (eine Kindheitserinnerung): »Ich werde Architekt. Was willst du werden, Grippe?«

Gusten, nach kurzem Zögern, denn auf einmal fühlt er sich seltsam hohl, leer, räuspert sich: »Ich weiß nicht.«

Und dann, später, als Teenager, wird er selbst in diesem Haus wohnen, manchmal monatelang, in der achten und neunten Klasse und im Gymnasium. Das hat er sich selbst ausgesucht – er will seiner Mutter nicht von Stadt zu Stadt folgen, von Bühne zu Bühne, bis auf den Kontinent, wo ihre Karriere als Sängerin endlich in Fahrt kommt. Er will im Villenviertel bleiben, dort zur Schule gehen, mit seinen Freunden zusammen sein, er will das, was er kennt.

»Aber natürlich«, sagt Nathans Mama Annelise. »Selbstverständlich. Unsere Türen stehen dir immer offen, Gusten.«

Das Haus ist ein Organismus
Dachboden, Wohnzimmer und Keller –
Ein Geisterschiff, das durch die Dämmerung gleitet

Dort, irgendwo mittendrin, in der Küche, läuft für kurze Zeit in diesem letzten Herbst, bevor alles zusammenkracht, Musik. Normale Opernmusik. Er und Annelise (wenn sie zu Hause ist) am Küchentisch, zu zweit.

»Wie eiskalt ist dies Händchen, Madame.«

Zwei arme Bohemiens in Paris singen Verdi.

»Für«, wie Mama manchmal zu sagen pflegt, »die breite Masse.«

»Aber Gusten«, sagt Annelise in der Küche – »das kann doch keinen Spaß machen, NUR diese experimentellen Kompositionen zu singen – ›Dissections of the Dark‹.«

(ein kleines Lachen)

»INTERESSANTE Musik, Gusten, aber berührt sie uns? Ich meine: Ist nicht der Sinn von Musik, dass sie UNSER Herz berührt?«

Und dreht die Lautstärke hoch.

»Sie haben meine Hand berührt, Madame.«

Und er nimmt sie –

während ein harter Bass aus dem Untergeschoss wummert – wo sich in diesem letzten Herbst Nathan befindet, manchmal auch Sascha, in seinem Atrium.

Aber was soll's – Erinnerungen, Fantasien – all das ist nun vorbei (das Leben ist weitergegangen, nichts ist mehr da).

Annelise ist tot, ein aggressiver Krebs hat sie geholt, das war im August vor zwei Jahren. In der Todesanzeige nur ein Name unter: *Geliebt, vermisst, dein Sohn Nathan.*

»Weißt du, Gusten, es fühlt sich an, als wäre man eine Überlebende. Aber der Preis fürs Überleben ist, dass man irgendwie zu seiner eigenen Parodie wird.«

Mama auf dem ganzen Bildschirm, mit Turban und großer, dunkler Sonnenbrille (sie und Gusten skypen miteinander in jenem Sommer; sie ist an ihrem Geheimort, ihrer »geheimen« Sommerfrische, wo sie sich aufzuhalten pflegt, wenn sie, immer seltener, in ihrer alten Heimat ist. Sie hat jetzt ein anderes Leben anderswo, ein Haus, einen Hund und jemanden, mit dem sie lebt, der Partner heißt).

Mama. Diese Hülle, ihre Haut, faltig, gespannt, ledrig. Wie alt ist sie da? (Richtige Antwort nach kurzem Nachdenken: so alt wie Annelise, als sie stirbt, etwa zweiundfünfzig).

Die letzten Jahre nach der Katastrophe wohnten Annelise und Nathan allein im Geisterschiff. Papa Albinus »Abbe« war weg, hatte sie verlassen. Annelises Karriere im Eimer. *»Sie ist tief gefallen«*, sagte Angela manchmal, bei den seltenen Gelegenheiten, an denen das Gespräch auf Annelise kam, allerdings ohne das, was passiert war, beim Namen zu nennen. Sie, Angela, sagte nie Misshandlung, Gruppenvergewaltigung –

nur (wenn sie es nicht vermeiden konnte) »die Sache«.

In all den Jahren danach, als der Kontakt zwischen ihr und Annelise – und Nathan und Gusten und Gusten und Annelise – abgebrochen war und es auch bleiben würde (und Sascha Anckar, das Vergewaltigungsopfer, an Drogen zugrundeging, irgendwo in den USA).

Ja, und psst, über Annelise muss auch Folgendes gesagt werden: *dieser Stallmeister, die Tochter des Stallmeisters,* von der Angela bei den Spaziergängen auf dem Wanderpfad faselte, als Gusten klein war: Das *war* tatsächlich nur eine Art, eigentlich etwas anderes zu sagen. Natürlich hatte es nie einen Stallmeister mit Familie gegeben, hatte es überhaupt nie irgendeine Familie gegeben. Denn Annelise, verheiratete Häggert (eine der ältesten Familien im Villenviertel) – einst das Maskottchen des gesamten Villenviertels und sein kleiner Liebling wegen ihrer großartigen Karriere, die einen Abglanz auf sie alle warf, in jenen Jahren war sie wirklich berühmt, wurde gewählt zur Frau des Jahres, zur Geschäftsfrau des Jahres, zur Fredrika und Ulrika des Jahres und so weiter – war eigentlich ein Heimkind, aufgewachsen im Kinderheim Grawellska, das ebenfalls einst hier unten am See gewesen war. Mit anderen Worten: eine *aus dem Grawellska*. Obwohl das Grawellska, als Sascha vor vielen Jahren dort wohnte, im Herbst 2007 und noch im Frühling 2008, bis zur Katastrophe, kein Kinderheim mehr war, sondern eine private sozialpädagogische Einrichtung für gefährdete Mädchen und junge Frauen, die aus verschiedenen Gründen nicht mehr zu Hause wohnen konnten oder kein Zuhause hatten. Wie beispielsweise Sascha, die infolge verschiedener kleinkrimineller Handlungen wie Ladendiebstahl und Drogenmissbrauch aus der Wohnung rausgeworfen worden war, in der sie mit ihrem Papa gewohnt hatte. (*»Vadda«*, sagte sie, *»der verdammte Pimp.«*)

Zurück im Haus blieb Nathan. Der immer noch dort wohnt. Nein nein nein … Sie sehen sich nicht, er und Nathan, haben keinen Kontakt, *nie im Leben*, aber Gusten weiß natürlich Bescheid, das gehört zum Geschäft, schließlich arbeitet er in der Immobilienbranche. Weiß auch dank eines anderen Kindheitsfreundes namens Cosmo Brant Bescheid. Der beharrlich anruft, schreibt, sich verabredet. Und ihn hier herunter an den Kaltsee schleppt.

»Das Haus heißt Bad Karma oder Das sorglose Leben. Oder, Grippe? Weißt du noch?«

Gusten zögert, aber natürlich weiß er das noch.

»Und, Gusten …«, fährt Cosmo fort, einst der least-likely-to-succeed-guy dieser strahlenden, goldenen Jugendgang aus dem Villenviertel, der sie beide einmal angehörten (obwohl sich Cosmo meistens nur dranhängte), heute Filmproduzent (und der vielleicht Erfolgreichste und Bekannteste von ihnen allen, das fing schon in der Filmhochschule an, und jetzt ist er nicht nur Regisseur, sondern auch Produzent von Dokumentar- und Spielfilmen, hat eine eigene Produktionsfirma, geht auf Festivals, gewinnt Preise).

Und er ist der einzige der alten Villenviertelfreunde, zu dem Gusten weiterhin Kontakt hat – aus irgendeinem Grund (vielleicht weil Cosmo unbedingt weiter in Kontakt bleiben will, auch nachdem er in der Filmbranche so erfolgreich wurde).

»… Manchmal BRICHT das Alte einfach über dich HEREIN …«

Cosmo mit seiner hohen, absichtlich verstellten Truman-Capote-Stimme (die er bravourös beherrscht), bei einem dieser Anrufe. Oder wenn sie durchs Villenviertel spazieren, hinunter zum Kaltsee – was sie tatsächlich tun, nicht oft, aber manchmal –, denn Cosmo muss hierherkommen und braucht ihn, um diese Sachen sagen zu können über das, was war.

Als würde Cosmo sich dann verwandeln, noch einmal ein anderer werden als der, der er nun ist, ein Typ aus der Filmbranche, anerkannt, wahrgenommen, mit einer Identität und der Sicherheit, die das mit sich bringt.

Stattdessen: der, der er damals war (den man aufzog, über den man sich lustig machte, lachte, spottete). Eine Figur, die gegen jede Wahrscheinlichkeit (er wurde heftig gemobbt, vor allem von Nathan) eine bewundernswerte Energie und Zähigkeit besaß, eine Verrücktheit und Starrköpfigkeit, schon damals; hunderte unternehmerische Projekte gleichzeitig am Laufen hatte in seinem »Büro« daheim in der Brantska Branten, wo der ganze Brant-Clan seine Villen und Häuser hatte, im Westen des Villenviertels (und dort, im »Büro«, übrigens einen inoffiziellen Filmclub betrieb für besonders Auserwählte, wo künstlerische Kunstfilme gezeigt wurden, Haneke, Pasolini – so was).

An Entrepreneur at Heart.

Ein zäher kleiner Alter im Körper eines Jungen.

So zog er sich auch an – »leger« mit Anzug und eng geknoteter Krawatte aus echter Seide (einer schweineteuren Marke).

An Entrepreneur at Heart stand auf der Visitenkarte, die er in einer Auflage von 500 Stück in irgendeinem Supermarktautomat hatte drucken lassen. Was (für manche) nur Anlass zu noch mehr Spott und Gelächter gewesen war.

Immer, wenn Gusten an Cosmo dachte, dachte er gleichzeitig (auch) an einen Staubsauger.

Weit offene Augen und Ohren, die alles in sich aufsaugen wollen –

Es war einmal eine Fresse, die sich an Scheiben presste, an geschlossene Türen, Wände, um zu hören, zu sehen, aufzuschnappen.

Ein Aufsaugeraufsaugeraufsauger – welchen Nutzen können wir daraus ziehen? Cosmo, the-least-likely-to-succeed-guy, in der Schule als Schrankschwuchtel gemobbt (und nach der Schule von seinen Freunden, besonders von Nathan).

Arschstefan, bis er seinen Namen änderte. Nathan war es, der ihn so genannt hatte, bevor er Cosmo dermaßen in die Fresse schlug, dass dieser im Krankenhaus landete.

Und als Cosmo aus dem Krankenhaus kam, hatte er seinen Namen geändert.

Zu Cosmo »fuckin« Brant (*»klingt fast kosmologisch, Grippe, oder?«*)

Aber nun, dieser Morgen im September, noch mal.

Das Haus. Das sich zwischen den Bäumen abzeichnet – still wie der See, wie das starke Gefühl von Zeitlosigkeit hier unten. Geisterschiff. Die Fenster dunkel, keine Regung im Garten, nichts. Der Verfall – kann man sich vorstellen –

leuchtet überall

Bad Karma

(Das schlampige, sorglose Leben) –

»Fast wie eine Vergewaltigung ... so zerstört. Oder Grippe?«

»Überleg dir, Grippe, dass Nathan da wirklich immer noch wohnt, in all dem Scheiß«, (sagt Cosmo Brant).

»Und manchmal, Grippe, ist es, als würde alles einfach über dich **hereinbrechen**. *Das ganze Alte sozusagen ... Also. Was sollen wir machen, Grippe?«*

»Hä?«

»Sollen wir die schlafenden Hunde einfach schlafen lassen, Grippe?«

»Wie meinst du das?«

»Der Film ... der könnte ›Bad Karma‹ heißen, zum Beispiel. Oder ›Das Mädchen im Keller‹, natürlich auch eine metaphorische Aussage. Und er handelt von, tja – du weißt schon, Grippe.«

»Was?«

»Nee, jetzt hab ich's«, fährt Cosmo fort. »›Wer hat Bambi getötet?‹ Dieses Reh. Die perfekte Unschuld ... Wer hat Bambi getötet, ein alter Song der Pistols übrigens. Kapiert?«

»Was denn?«

»DIE STILLE. Jetzt ist ja wieder alles so ruhig, so glatt an der Oberfläche –«

Und

plupp

Cosmo wirft einen Stein

Und dann blubb, blubb

Für einen Augenblick bricht die Oberfläche. Und dann ist es wieder still.

»Und Nathan?«

»Was ist mit Nathan? Denkst du, ich hab **Angst** *vor ihm?«*

Plötzlich merkt Gusten, wie sein Herz anfängt zu klopfen, das Adrenalin steigt. Und es trifft ihn noch mal noch mal noch mal: *Nein, hier hab ich wirklich nichts zu suchen.*

Und Gusten Grippe, 26, nun erwachsen, erfolgreicher Immobilienmakler und so weiter – dreht sich um, geht los –

Das Telefon plingt, eine SMS. *Danke für ein wunderbares Wochenende! Saga-Lill.* Und für einen kurzen Augenblick durchfährt Gusten die Erinnerung an letzte Nacht: Weichheit, Dunkel, Körper und Nähe – sie haben guten Sex, er und Saga-Lill, aber –

sonst nichts.

nicht tagsüber, nicht hier.

Er klickt die Nachricht weg, antwortet nicht.

Die Starre ist gebrochen. Gusten läuft weiter durch den Morgen.

Das Fertighaus

Emmy geht mit ihrem Hund durch die Sonne, ein zweijähriger aggressiver kleiner Dackel namens Herz. Sie geht durch die Gegend mit den Einfamilienhäusern im neuen Teil des Villenviertels, ja, genau das alteingesessene, wohlhabende Villenviertel, in dem sie selbst, Emmy Stranden aus dem ländlich-bäuerlichen Gråbbå, heute wohnt. Unten am Wasser, an der Playa, wie der bessere Teil des Kaltseeufers genannt wird, das ansonsten hauptsächlich aus undurchdringlichem Schilf besteht, ganz oben in einem nagelneuen fünfstöckigen Wohnhaus, das im Volksmund Glasturm heißt, weil in der Konstruktion so viel Glas steckt und die äußere Form des Gebäudes ein bisschen rund ist (auch wenn man das im Inneren nicht merkt). In einer Wohnung also wohnen sie. Mats Granat, Emmys Mann, der die Nase voll hatte von Eigenheimen und Villen und der Mühe mit dem Instandhalten und Schneeschaufeln und den kaputten Heizungen und dergleichen, wie er sagt. Er ist ja auch älter, 54, und Emmy Stranden, 26, seine zweite Frau. Und Emmy hat nichts dagegen: Denn von dort, von dem verglasten Balkon in der fünften Etage, kann man über den See und die Baumwipfel und den Himmel schauen und über sich selbst nachdenken – zum Beispiel darüber, dass man als Mädchen vom Land in die Stadt kam, allein, mit leeren Händen, und nun ist man hier! Man kann an sich selbst denken, als käme man aus einer Geschichte, einem *Narrativ*, wie ihre beste Freundin Saga-Lill sagen würde – sie haben die Wälder von Gråbbå gleich nach der Schulzeit zusammen verlassen –, die an der Universität Theologie studierte, bevor sie das Studium abgebrochen hat. Die genau dieses Wort verwenden würde, damit sie einem dann erklären kann, was es *bedeutet*. Seit einer Weile liebt Saga-Lill es, zu erklären, was Worte bedeuten. »Ein Narrativ ist einfach nur eine Geschichte über irgendwas«, sagt sie (jedes Mal so, als würde man es nicht wissen).

Junge Frau in der Sonne, Kopf in den Wolken, Beine fest auf der Erde. Auch so hat Saga-Lill Emmy oft beschrieben, unter anderem, vor langer Zeit, als alles noch anders war, in Gråbbå, wo sie das Ende ihrer Jugend gemeinsam verbrachten, ehe sie das Land zugunsten der »Lichter der Stadt« verließen (ja, lächerlich vielleicht, aber auch so redeten sie manchmal miteinander). Und voller Begeisterung. Das war fast ein Hobby damals, als sie ziemlich viel Zeit in Saga-Lills Zimmer im Zentrum von Gråbbå verbrachten, oberhalb der Zahnarztpraxis mit dem blinkenden Neonschild EIN BREITES WEISSES LÄCHELN, wo ihre Eltern arbeiteten, solange es die Praxis noch gab. Bevor Saga-Lills Bruder starb und die Familie zerbrach (der Papa setzte sich wenige Monate später mit der Rezeptionistin Gunvej nach Norwegen ab; »brannte durch«, wie er es nannte. Obwohl sie und Saga-Lill nie darüber sprachen, wenn sie sich sahen, und wahrscheinlich war das gut so): immer wieder auf diese Weise von einer solchen Verzückung füreinander ergriffen zu werden – wie ein imaginäres und richtiges gegenseitiges Fotografieren. Fotografie war Saga-Lills Hobby, sie hatte eine teure Kamera und eine Dunkelkammer, die sie sich in einem der drei Badezimmer der großen Wohnung eingerichtet hatte, die in dem schönen Steinhaus war – dem im Großen und Ganzen einzigen Steinhaus in Gråbbå –, einige Straßenzüge vom Marktplatz im Zentrum von Gråbbå entfernt. Ja, besonders von Emmy entstanden Bilder in verschiedenen Situationen, die danach mit tollen Titeln versehen wurden, die klangen wie die Kapitel einer äußerst verschlungenen Geschichte: EMMY IM SONNENSCHEIN, EMMY KOPF IN DEN WOLKEN BEINE FEST AUF DER ERDE, EMMY MITTEN IM LEBEN (was tatsächlich auch der Name des Blogs *ist*, den Emmy vor einigen Jahren begonnen hat und den sie mit wechselndem Erfolg am Leben zu halten versucht).

Mit anderen Worten *MÄDCHEN VOM LAND EROBERT DIE STADT.* Obwohl, na ja, vielleicht war es nicht ganz das, was passiert war, aber immerhin. Nicht einmal in ihren kühnsten Träumen hätte sie geglaubt, dass sie, Emmy aus den östlichen Gråbbåwäldern mitten im Nichts, hier landen würde – in einem wohlhabenden Villenviertel mit dem zweitniedrigsten kommunalen Steuersatz im Land, keine fünfzehn Autominuten von der Hauptstadt entfernt. In einem fast großbürgerlichen Idyll (jedenfalls das Viertel um den Glasturm und die Playa und die alte Villengegend am Kaltsee).

WILDE EMMY MIT GITARRE (EMMY COUNTRY SINGEND)

Landet hier.

Und ist hier glücklich.

Und schließlich – wenn sie jetzt darüber nachdenkt, ist sie ja auch wirklich *beinahe* hier gelandet, schon ganz zu Anfang, vor hundert Jahren (6–7 Jahren, genauer gesagt), nachdem sie die Schule beendet und das Land für die Stadt verlassen hatte, wovon sie und Saga-Lill bis zur Schlaflosigkeit geträumt hatten in diesen letzten Gråbbåjahren daheim bei Saga-Lill. Ja, nicht ganz genau exakt hier im Villenviertel, aber in der Nähe, im Vorort nebenan, wo sie zufällig eine günstige Untermiete in einem alten Haus gefunden hatte, nur einige Fahrradminuten von ihrem Sommerjob in einer Tierklinik entfernt, in der sie bis zum Beginn ihres Studiums (Kleintierpflege an einem Institut) im Herbst arbeiten wollte. Eine ganze Dachwohnung mit eigenem Eingang und Küche, mit einer Toilette und einem Bad mit einer Badewanne auf Füßen, in einem gepflegten Fertighaus aus den Fünfzigerjahren mit einem großen Garten, in dem Apfelbäume und Flieder wuchsen, die sie im Grunde an Gråbbå erinnerten, vielleicht sogar ein bisschen zu sehr, aber die Miete war billig und der Vermieter ziemlich oft weg – ein älterer Mann, Kriegsveteran, der manchmal für lange Zeit in der Reha oder im Krankenhaus war.

Und das Erste, dem sie sich neben ihrem Job widmete, war die Ortsgruppe der Visans Vänner, die an einem Mittwoch im Monat Open-mike-Songabende im Klubraum des Gemeindehauses veranstaltete. Das kam richtigem *Country* am nächsten, das waren nicht nur Träume »im Heuhaufen«, wie sie und Saga-Lill es genannt hatten, wenn sie in Gråbbå Zuflucht in einer verlassenen Scheune am Rand des Dorfes gesucht hatten, um dort abzuhängen, nur sie beide, und Emmy mit Gitarre für ein Ein-Personen-Publikum auftrat, dessen Hobby das Fotografieren war und das Fotos machte knips knips knips …

EMMY SINGT COUNTRY – *die Heuhaufen, das Glitzern, die Ratten, den Schuppen, aus dem wir kommen, in der Stimme* –

Aber dann ging sie mit dem Hund raus. Ein verzogener mittelgroßer Pudel aus dem Villenviertel, der überhaupt nirgendwohin gehen wollte, sondern sich nach Frauchen und Herrchen sehnte, die ihn zurückgelassen hatten, als sie nach Italien auf ihre jährliche zweiwöchige Urlaubsreise aufgebrochen waren. Also saßen Emmy und der Hund schließlich immer in einem belaubten Park – einem winzig kleinen, absurden grünen Fleck mit dem ironischen Namen Löwenpark mitten im Villenviertel, wo der Pudel zu Hause war und Emmy sich als »Hunde-Au-Pair« hatte anstellen lassen (ihre eigene blöde Idee, um ihre Kasse aufzufüllen, denn sie verdiente rein gar nichts bei ihrem Sommerjob in der Tierklinik, weil die Arbeit als Praktikum für das Studium angerechnet wurde, mit dem sie noch nicht einmal begonnen hatte). Die Besitzer des Pudels, eine Veterinärfamilie aus dem Villenviertel namens Brant, hatte sie in der Klinik kennengelernt. Dieses gottverdammte Villenviertel! Was sie damals nur erneut daran erinnert hatte, wie wenig *städt*isch diese Stadt eigentlich war, nach der sie sich in Gråbbå gesehnt hatte – dieser Gedanke verschlimmerte die schlechte Laune noch, die sie schon wegen des Hundes hatte, der Nöffi hieß (ausgerechnet!) und nichts von ihr wissen wollte. Der sie hasste. Der sich weigerte, sich vom Fleck zu rühren, einfach nur dastand, auf den perfekt geharkten Sandwegen mitten im Park neben dem unbeschreiblich hässlichen Einkaufszentrum des Villenviertels – ein Betonklotz aus den Siebzigerjahren mitten in dieser schicken Gegend – und sie anstarrte, sodass sie sich auf eine Bank setzen musste, damit es nicht allzu peinlich wurde. »Dicker, beweg deinen Arsch«, fauchte sie, aber was half das. Nöffi war das egal, nur die Aufmerksamkeit schien er zu genießen. Und gerade als sie das Handy herausholte, um Saga-Lill anzurufen (die als Erstsemesterstudentin der Theologie eine gemütliche helle Einzimmerwohnung auf dem Uni-Campus im Zentrum der Hauptstadt zugewiesen bekommen hatte) und sich über ihr Schicksal im Exil zu beschweren *und ich dachte, ich hätte das Land ein für alle Mal hinter mir gelassen*, setzte sich ein melancholischer junger Mann neben sie auf die Parkbank.

Der Mann, der, wie sich herausstellte, so alt war wie sie, hieß Gusten Grippe. »Was für ein blöder Name! Corny!«, sagte Emmy später oft am Telefon zu Saga-Lill, in dieser ersten Zeit, als das mit ihr und Gusten begann, aber mit zufriedenem Kichern, denn schließlich war sie hoffnungslos, kopflos verliebt!

Emmy und Gusten. Gusten und Emmy. Die daraufhin unzertrennlich wurden. »Es ist einfach so passiert. Ich kann es nicht erklären. Nur manchmal … passiert es so«, hatte sie zu Saga-Lill am Telefon gesagt.

Sie und Gusten. Zusammen. *Just kids.* Die gemeinsam in der Dachwohnung des Fertighauses im Vorort neben dem Villenviertel wohnten, alles andere war wie weggespült. Emmy und Gusten: mit ihrer Liebe, ihren Spielen *Adults by daylight, leb das Leben wie ein Musical,* und all den Träumen von einem Leben voller Hingabe und Kreativität: Emmy mit Gitarre. Ja, plötzlich wurde ihr klar, dass sie eine Singer-Songwriterin werden würde – und Gusten schrieb Kurzgeschichten und war im ersten Semester an der Theaterschule.

Wirklich ganz schön lange, sie und Gusten Grippe. Fast drei Jahre lang, bis sie Gusten verließ, nachdem sie ihren zukünftigen Mann Mats Granat auf einer Open-mike-Veranstaltung der Visans Vänner im Gemeindehaus des Villenviertels kennengelernt hatte – wohin sie es an einem Mittwoch im Herbst 2011 endlich geschafft hatte. Mit drei Jahren Verspätung: so, als hätte sie drei Jahre gebraucht, um zu Visans Vänner zu kommen, wohin sie eigentlich die ganze Zeit schon unterwegs gewesen war.

Mats G., der ja nun selbst nicht singt oder spielt (er ist irgendein Berater bei einer großen Firma), war zufällig an diesem Abend im Publikum, als Emmy zum ersten Mal öffentlich als Singer-Songwriterin auftrat. Allein mit Gitarre ein paar eigene Songs sang: »The Wide Wide Fields of Homeland« und noch einen: »Hillbilly, vogelfrei«, aber ehrlich gesagt, war es für sie nicht so gut gelaufen, denn sie hatte nicht so viel geübt, wie sie sollte, weshalb es schief klang (das hörte sie auch selbst, ihr eigenes Gekreische). Aber vor allem stimmte etwas mit den Worten nicht – also mit den Worten im Song, den sie vor einer ganzen Weile allein oben in der Dachwohnung geschrieben hatte, in einem einsamen Sommer, dem ersten Sommer nach Gråbbå, vor Gusten, vor allem anderen.

Als würden die Worte nicht länger in ihren Mund passen, wie sie sollten, als wären sie zu groß, zu prätentiös, lächerlich, überhaupt nicht so einfach und ehrlich, wie sie hätten sein sollen. *Wie jetzt: »wide wide fields«: Meinst du die Äcker von Kleinkleckersdorf?* Sie hatte Saga-Lills kritische Stimme beinahe hören können, während sie sang, aber GOTT sei Dank war Saga-Lill nicht da. Emmy hatte vergessen, Saga-Lill einzuladen, sie hätte sich ja zu Tode geschämt. Denn klar, das WAREN die Äcker von Kleinkleckersdorf, die sie meinte, zumindest auf gewisse Weise, *metaphysisch* sozusagen: Darum drehte sich doch alles Kreative, worüber sie sich mit Gusten ebenfalls einig gewesen war. Darüber hatten sie am Anfang ihrer Beziehung viel geredet, bevor er mit dem Schreiben aufhörte und die Theaterschule schmiss: *auf eigene Art ein möglichst präzise gestaltetes Bild der Wirklichkeit* zu formen und zu formulieren (hatte Gusten formuliert). Sich von der Wirklichkeit zu lösen und sie gleichzeitig zurückzugewinnen, um ihr die Bedeutung zu verleihen, die sie haben sollte. *Mit all deiner Freiheit und Fantasie.* Aber, wieder ehrlich gesagt, war sie sich auch da nicht länger sicher gewesen – als wäre irgendetwas an der Musik, *Country*, zu Hause in Gråbbå mit Saga-Lill so viel wirklicher gewesen, *Stand by your man im Heuhaufen.* Auch wenn es dort gar keine Heuhaufen oder *Männer* gab, von denen sie gesungen hatte, genauso wie Tammy, dafür aber eine Menge Jungs. Für Emmy hatte es immer Jungs gegeben, Brüder, wie Joel, Saga-Lills Bruder, den, der gestorben war. Dieses Weiche, wie die Wärme der Kaninchen, das *Flaumige* (aber wirklich – kann man das denken über jemanden, der tot ist? Und sie hatte ihn auch nicht so gut gekannt, so weit waren sie nicht gekommen: waren gerade acht Tage zusammen gewesen, als er bei einem Busunglück auf dem Weg in ein Skisportlager in Lappland ums Leben kam).

Aber *er* hatte dort gesessen, Mats G., im Gemeindehaus. Völlig reglos in der ersten Reihe im großen Versammlungsraum, und hatte sie angeschaut – geschaut und geschaut, konnte seine Augen nicht von ihr lösen, und klar, hatte sie sofort gedacht, ja, hübsch, aber so viel älter, bestimmt über vierzig (wie sich zeigen würde, war er 52), aber sein Aussehen war, tja, irgendwie zeitlos, patiniert, »wie ein betagter Tennisspieler«, wie sie kichernd sagte, als sie Saga-Lill hinterher von dieser entscheidenden Begegnung zu erzählen versuchte.

Hatte seine Augen nicht von ihr, Emmy, lösen können. Er war zufällig im Gemeindehaus gewesen, weil das Büro des Pastors direkt nebenan lag und er vorgehabt hatte, das Aufgebot zu bestellen, um seine damalige Freundin Therese zu heiraten (42 Jahre alt, Schauspielerin). Aber das hatte Emmy natürlich nicht gewusst: Erst hinterher hatte er erzählt, wie er sie, als er auf dem Flur vorbeiging, durch den offenen Türspalt gesehen hatte. Und alles um ihn herum hatte angehalten, er war von ihr angezogen worden wie von einem Magneten. War hereingekommen, hatte sich in die erste Reihe gesetzt und sie angestarrt. Und sie wiederum hatte zuerst versucht, ihn während ihres Auftritts zu ignorieren, konnte es dann aber nicht lassen, zurückzuschauen, und ihre Blicke hatten sich getroffen und getroffen UND getroffen. Im ganzen Körper war das zu spüren gewesen. Der Körper! Als wäre ihr Körper (trotz all dieser teilweise schrillen Töne, die sie aus ihm herauspresste – ja, natürlich hatte sie gehört, wie schrecklich und unbegabt sie klang, aber plötzlich, rebellisch, gab sie einen Scheißdreck drauf!) genau da zum Leben erweckt worden. Und hätte sich quasi wie eine Blüte entfaltet, und sie war gefallen gefallen gefallen Hals über Kopf und kurz darauf schwanger geworden (was leider zu ihrer ersten Fehlgeburt führte – oder sollte man einfach nur Fehlgeburt sagen, denn seitdem, in den zwei Jahren, hat sie ja keine mehr gehabt, nur unzählige negative Schwangerschaftstests), und sie hatten geheiratet, und allmählich war auch die Wohnung, die Mats für sie ganz oben im Glasturm reserviert hatte, nach Verzögerungen fertiggeworden, und sie zogen in 150 herrliche Quadratmeter! Denn Emmy, EINE ETWAS ANDERE MAMA, sollte ja nun Kinder bekommen!

Und der Rest war Geschichte. Oder ist. Oder wie auch immer … vielleicht muss das nicht betitelt oder benannt werden, alles, was sie *hat.* Mats G., den sie mit einer solchen Selbstverständlichkeit liebt, das hat nicht nachgelassen. Und er, Mats G., liebt sie, das *weiß sie* – auch wenn es eine viel ruhigere Liebe ist als beispielsweise Gustens Liebe, die einfach weiterging in diesen nun bald vier Jahren, seit Schluss gewesen war. Er kann irgendwie nicht loslassen, ruft an, schreibt E-Mails oder SMS. Und läuft ihr über den Weg. So oft, dass man manchmal fast denken könnte, er würde sie stalken.

Mats hingegen – eine irgendwie reifere, erwachsenere Liebe. Und der Körper … dieses Gefühl im Körper – zu brauchen, zu lieben, sich hinzugeben. Haben zu wollen. Einen anderen, SO sehr. Begehren. Dieses Begehren, wie stark das ist –

Das ist etwas, worüber Emmy auch in ihrem Blog philosophiert hat und noch weiter philosophieren muss, das weiß sie. »*Diese Freude, ein funktionierendes herrliches Sexleben zu haben!*« Und so weiter, noch detaillierter und genauer. »So wunderbar *sinnlich & lustvoll*«, wie es ihre Mentorin Gunilla Gahmberg aus der »Blogosphäre« formuliert. »Ein berührendes, klickfreundliches Thema« (sagt sie außerdem). Das weitergesponnen werden muss, auch um dem Blog EMMY MITTEN IM LEBEN ein bisschen Leben einzuhauchen, der eine erbärmliche Existenz führt, vor allem weil sie es nicht wirklich schafft, ihn zu schreiben, und deswegen ein schlechtes Gewissen hat. Sie weiß auch nicht wirklich, warum – sie kann das echt nicht so richtig beantworten, wenn Gunilla Gahmberg danach fragt. Und warum fühlt es sich wie ein Verhör an? Sie sollte doch dankbar sein, wenn sich ein in der »Blogosphäre« so erfolgreicher Mensch wie Gunilla Gahmberg, deren Blog *La Dolce Vita* einmal tausende Follower hatte, überhaupt dafür interessiert, mit ihr zusammenzuarbeiten.

Hand aufs Herz, ganz ehrlich, lange hatte Emmy keine Lust, an diesem Blog zu schreiben. Nicht das kleinste bisschen, so stark war der Widerwille, aber das KANN sie ja nun Gunilla nicht sagen. Das wäre viel zu negativ. Gunilla verabscheut alles Negative, »every cloud has a silver lining«. Und in solchen Momenten, wenn Gunilla ihr eine »Motivationsansprache« hält, ist es so, dass sie Saga-Lill richtig vermissen kann. Ja, sie sind zwar keine Feindinnen, aber vor einigen Monaten haben sie sich ordentlich gefetzt, und obwohl sie sich versöhnt haben, ist es doch nicht wie vorher – als ob es irgendwie eine unsichtbare Grenze zwischen ihnen gäbe, eine Abwehr und eine neue Vorsicht und so vieles, worüber sie nicht reden (über Gusten beispielsweise).

Aber – sie fehlt. Die alte Saga-Lill.

Inzwischen ist sie beim Fertighaus angekommen. Aus irgendeinem Grund gehen sie immer dorthin, sie und der Hund. Sie gehen und gehen – es ist irgendwie fast ein bisschen manisch geworden, dieses Herumgelaufe in letzter Zeit. Zeitig aufstehen, aus dem Fenster sehen und ein paar Kilometer laufen vor der Arbeit in der Tierhandlung, in der sie noch so lange halbtags jobben wird, bis der Laden zumacht. Geht durch das Villenviertel bis in den Vorort, wo sie einmal gewohnt hat, erst allein, dann mit Gusten. Das alte Fertighaus, jetzt verkauft, aufgehübscht und frisch gestrichen in Rot mit weißen Giebeln, und der Garten, der förmlich explodiert in der Pracht der Blüten – ein ganzer Rosengarten dort, wo früher der Flieder war. Und als sie vorsichtig über den Bretterzaun späht – auch neu und rot gestrichen – erinnert sie sich so deutlich an die junge Frau, die sie gewesen ist und die einen ganzen Sommer lang dort oben in einem Zimmer saß, allein, »mit ihrer Musik«. Sie möchte sie einfangen, nur die junge Frau, in jenem Sommer, dem ersten nach Gråbbå, einem einsamen Sommer.

Das Mädchen, *die junge Frau*, die sie war – ohne Geschichte, ohne eine Kamera, die sie fotografierte, nur die Frau. Allein unter diesem Dach, wo sie saß und auf der Gitarre klimperte und Lieder schrieb, eigene Lieder, *hillbilly, country* ... Denn schließlich glaubte sie, dass sie das wollte, »Country«; nicht Gråbbå, das Land, sondern etwas mit Gefühl, Stimmung. *Der Schuppen, aus dem wir alle kommen* ... die Äcker, die Kaninchen ... das Fell unter den Fingern, die raue Feuchtigkeit. Pochende Kaninchenherzen, die Wärme, das Spitzen der Ohren und die leeren, wachen Augen. Etwas Zerbrechliches. Und vielleicht war nichts von dem, was sie in ihren Texten einzufangen versuchte, wirklich wahr, vielleicht waren die Texte nicht einmal gut (ganz sicher nicht, wie sie jetzt begriffen hat), und doch war es eine schöne Zeit gewesen, diese Wochen mit Gitarre, mutterseelenallein unter dem Dach im Fertighaus.

Ein merkwürdiger, glücklicher Zustand, aber wie zerbrechlich (auch der). Denn danach, tja, Nöffi, Löwenpark, Gusten. Als wäre die »Musik« (oder was immer das war) unter dem Dach zurückgeblieben – auch in der Zeit mit Gusten. Seltsam vielleicht, denn gerade mit Gusten hätte das ja nun umgekehrt sein sollen. *Just kids Adults by daylight Leb das Leben wie ein Musical* und Gustens Mama Angela Grippe, die Opernsängerin war.

Oder ist ... Angela Grippe, die gerade jetzt, im September 2014, Erfolg hat in der Uraufführung von *Dissection of the Dark Part III* in einem Wiener Opernhaus ... »*Naked Woman in the Bathtub hahahaa*«, hat Emmy vor wenigen Wochen am Telefon mit Saga-Lill gespottet, der versehentlich entschlüpft war, dass Gusten sie, Saga-Lill, auf einen

Wochenendausflug nach Wien eingeladen hatte, um Gustens Mama in der skandalumwitterten Vorstellung zu sehen. »Ich hab den Trailer gegoogelt. Im ganzen ersten Akt sitzt Gustens Mama ohne Klamotten in einer durchsichtigen Badewanne mit grünem, trübem Wasser! Also ich steeeeerbe!!!«, hatte Emmy hinzugefügt, obwohl sie selbst gehört hatte, wie hässlich ihre Stimme klang, übertrieben aufgedreht und irgendwie kindisch – und trotzdem hatte sie noch eins draufgelegt (beiläufig): »Duweißtjawohldasserdichnurausnutztdufährstdochnichtetwaoder?« – denn schließlich will sie ihre Freundin doch schützen, die, wie sie weiß, von Gusten nur umworben wird, damit er ihr, Emmy, nah sein kann, in die er nach wie vor bis über beide Ohren verliebt ist, obwohl es fast drei Jahre her ist, seit sie Schluss gemacht haben. Als Allererstes, ziemlich sofort, nachdem sie Gusten wegen Mats G. verlassen hatte, hatten Saga-Lill und Gusten sogar für kurze Zeit eine richtige Beziehung gehabt – sowas wie eine Affäre, die er ziemlich rasch beendet hatte. »Alldieweil die Gefühle nicht die richtigen waren«, hatte er am Telefon pathetisch formuliert und dann geflüstert: »Du bist es, ohne die ich nicht leben kann, das weißt du doch, oder?« Und das zu hören, war nun wirklich schrecklich gewesen, und sie hatte ihr Bestes getan, um ihn zu trösten, aber irgendwie hatte es ihr auch gefallen.

Doch dann, erst im letzten Frühjahr, war plötzlich herausgekommen, dass Gusten und Saga-Lill sich weiterhin trafen und Sex hatten und sich ohne ihr Wissen sahen. So was wie eine On-off-Sexbeziehung, die es jahrelang und immer noch gab – eine Beziehung, von der sie am liebsten trotzdem *»so wenig wie möglich wissen«* will, was sie auch beiden Parteien immer wieder gesagt hat. Aber gleichzeitig fühlte sie sich furchtbar betrogen und verletzt, und damit war sie zu Saga-Lill gegangen, hatte sie in ihrer Wohnung aufgesucht, und sie hatten sich gefetzt wie noch nie. »Verstehst du nicht, dass mir das WEHTUT, als deine beste Freundin zuzusehen, wie er dich behandelt?« Was sie ihrer Freundin so ruhig und sachlich wie möglich zu erklären versucht hatte, aber das hatte Saga-Lill, die überhaupt keine Reue zeigte, noch wütender gemacht. *»Was geht dich das eigentlich an? Bist du eifersüchtig? Lass mich in Ruhe!«*

Sie schrien einander an in Saga-Lills Wohnung, die einem Müllhaufen ähnelte, in diesem schrecklichen Chaos mit leeren Esskartons, übervoller Spüle und dem Geruch nach altem Schweiß, der im ganzen Zimmer hing, in dem nur ein Stuhl und ein Tisch standen, kein Bett, da lag nur eine Matratze auf dem Fußboden mit Decke und schmutzigen Laken, *wie kann man so leben*? Was sie in dem Augenblick dachte, in dem ihr aufging, wie lange sie nicht mehr hier gewesen war.

Aber weder sie noch Saga-Lill hatten nachgegeben, und sie war aus dem Zimmer gestürmt, und danach hatten sie mehrere Monate lang nicht mehr miteinander gesprochen: erst wieder Anfang August, vor einigen Wochen, als Saga-Lill eines Morgens auf einmal anrief (und sie selbst gerade ein Marathontelefonat mit der Starbloggerin Gunilla Gahmberg hinter sich hatte, die sie erst seit kurzem kannte, und sich hatte überreden lassen, ein Coaching Packet *Gute Tipps zum Verbessern deines Blogs 5X live coach 24/7* zu kaufen).

Und tat, als wäre nichts gewesen – Saga-Lill am Telefon –, als hätte es den Streit über Gusten nie gegeben, als hätten sie sich nicht wie Feindinnen getrennt, sondern nur ein paar Tage Pause gemacht.

»Ich hab versucht, dich anzurufen. Es war besetzt. What have you been up to, darling?« Einfach so, und klar war Emmy froh gewesen, richtig froh, hatte sich aber trotzdem angestrengt, das nicht allzu deutlich zu zeigen, hatte nur beiläufig fallen lassen: »Hab gerade mit Gunilla Gahmberg geredet.«

»Wow«, hatte Saga-Lill gerufen, aufrichtig überrascht. »›La Dolce Vita?‹ DU kennst sie?«

»Ja«, hatte Emmy so nonchalant wie möglich gesagt. »Und einen Stalker habe ich auch. Auf meinem Blog. Einen Troll.«

»Echt, noch mal WOW!« Ein bisschen so, als wäre Saga-Lill davon ebenfalls beeindruckt. »Wie aufregend!«

»Findest du?«

Am anderen Ende war es still gewesen.

»Naja, nein …« Nach einer kurzen Pause: »Eigentlich nicht … Bin ein bisschen durcheinander. Du hast es wahrscheinlich gehört?«

»WAS?« (Emmy, alle Sinne angespannt, für den Fall, dass es sich um Gusten handelte.)

»Von meiner Mama. Ihr Krebs – ist wieder da. Keine Ahnung, ob du das weißt, aber als ich so zwölf, dreizehn war, war sie ziemlich krank. Früher, meine ich. Bevor wir nach Gråbbå gezogen sind. Es war schwer für sie und die ganze Familie. Eigentlich sind wir deswegen nach Gråbbå gezogen. Um noch mal neu anzufangen, was ja« – ein leichtes kurzes Lachen – »scheiße gelaufen ist. Wie wir wissen.«

»Aber«, Emmy verstummte, schwieg. »Das ist ja schrecklich. Du musst … mir sagen, wenn ich irgendwas tun …«

»Schon okay«, hatte Saga-Lill sie unterbrochen. »Ich wollte dich nicht beunruhigen. Ich schaff das schon. Und noch was Erfreuliches. Sie hat die Wohnung verkauft. In Gråbbå. Endlich.«

»Na, das ist doch schön«, hatte Emmy geantwortet, vorsichtig.

»Und nun warten alle gespannt darauf, dass sie auch wirklich auszieht. Aber hey«, plötzlich wieder fröhlicher, »what have you been up to, ich meine, ein bisschen genauer? Erzähl. Übrigens, Gusten hat mich nach Wien eingeladen.«

»Gusten? Dich? Nach Wien?«

»Ja, zu dieser Oper, in der seine Mama –«

»Aberdufährstdochwohlnichtetwa?«

»Emmy. Wir sind nur Freunde.«

»Ach, scheiße!!«, hatte sie gerufen. »Willst du meine Erlaubnis, dass Gusten dich ausnutzen darf?«

Und da wäre es beinahe wieder losgegangen – hätte Emmy sich nicht beherrscht und eingelenkt, aber verletzt, gereizt.

»Ja, du hast recht. Streng genommen macht es mir nichts aus.«

Woraufhin Saga-Lill ebenso gereizt geantwortet hatte: »Okayichfahrnicht. Frieden?«

Also war es wieder wie früher gewesen und doch auch nicht, denn eine neue Art von Ungeduld und Distanz hatte sich zwischen sie geschoben. Das alte selbstverständliche Einvernehmen war nicht zurückgekehrt.

Und ja, klar hat sie ein schlechtes Gewissen, wenn sie das denkt. Denn Saga-Lill hat es nun mal nicht leicht, wenn die Mama krank ist – und wie es in der Wohnung aussah, *schließlich geht es ihr nicht gut.* Aber gleichzeitig wird sie das Gefühl nicht los, dass Saga-Lill keine Nähe will, nicht nur die von früher nicht, sondern überhaupt keine. Speziell ihre Nähe nicht, Emmys. Wie unwirsch und genervt sie wird, wenn man beispielsweise versucht, sie zu fragen, wie es ihrer Mama geht, oder auch nur völlig normale Sachen, dann schnauzt sie einen an.

Als würde sie einen plötzlich für dumm halten oder auf einen herabsehen. Als wäre man es nicht *wert*, an ihrem Kummer teilzuhaben, ihrer Sorge – und für einen Augenblick taucht flüchtig der Beiname LUXUSWEIB auf, den Saga-Lill einmal über sie rausgehauen hat … eigentlich spaßeshalber, aber jetzt: *Ist es das, was sie eigentlich von mir denkt?*

»Luxusweib.« (Und da gibt es noch etwas, das Emmy auch mit ihr hatte besprechen wollen. Etwas, worüber man hätte lachen können, gemeinsam vielleicht, um es aus der Welt zu exorzieren. Therese betreffend, die Ex von Mats, die Mats verlassen hat und die natürlich traurig war, aber was konnte

Emmy dafür? Schließlich war es nicht ihr Fehler, dass Mats sich so Hals über Kopf in sie verliebt hatte. Aber etwas, das Gunilla Gahmberg nebenbei am Telefon gesagt hatte – nein, Gunilla kennt Therese nicht, aber *sie weiß es*, denn jemand wie Gunilla weiß alles.) »Nimm's mir nicht übel, aber ich habe gehört, was sie über dich sagt« – sagte Gunilla also. »Was sagt sie?«, fragte Emmy.

»Willst du das wirklich wissen?«

»Ja.«

»Sie sagt«, und es war zu hören, wie Gunilla am Telefon tief Luft holte: »Fuckbunny.«

»Wie witzig«, Emmy hatte versucht zu lachen, das hatte aber nicht geklappt, weil man mit Gunilla nicht so lachen konnte wie früher mit Saga-Lill.

»Aha. Wie witzig. Dass sie das sagt. Fuckbunny.«

Aber trotzdem, mit Saga-Lill hatte es Öffnungen gegeben. Hin zu etwas anderem, etwas Neuem und irgendwie Ehrlicherem. Denn sie erinnert sich auch an Folgendes: Im Chaos von Saga-Lills Wohnung war ihr Blick plötzlich auf ein Buch gefallen, das aufgeschlagen auf dem Fußboden lag. Mit einer Menge Unterstreichungen auf den Seiten. Simone Weil hieß die Schriftstellerin. Sie hatte angenommen, dass es ein theologisches Lehrbuch war.

»Warum hast du aufgehört, Theologie zu studieren?«, hatte sie auf einmal fragen müssen. »Glaubst du an Gott?« Und hatte so ein neues Gespräch begonnen, hatte mit Saga-Lill ganz anders geredet, als sie je zuvor miteinander geredet hatten, statt über die Sache mit Gusten zu reden, den eigentlichen Anlass, weshalb sie dort war. Auf den sie später zurückgekommen waren, denn unter dem Buch, auf einem Kleiderhaufen, lag etwas, das sie als Gustens Jacke wiedererkannte, während sie gleichzeitig ein Zitat anstarrte, das dick im Buch unterstrichen war:

Einen Fremden zu lieben wie sich selbst, heißt sich selbst zu lieben wie einen Fremden.

Sich selbst zu lieben wie einen Fremden: Diese Worte, auch die hatten sich ihr eingeprägt, und sie hatte für einen Moment an das denken müssen, was sie beide eigentlich verband, von Anfang an: nicht Gråbbå, Träume im Heuhaufen et cetera.

Sondern Joel. Joel, Saga-Lills kleiner Bruder, der bei einem Verkehrsunfall gestorben war. Über ihn hatten sie sich ursprünglich kennengelernt, sie und Saga-Lill, waren kurz darauf Freundinnen geworden. Sie und Joel waren ein Paar gewesen – acht Tage, bis Joel in dieser Februarnacht ins Skisportlager nach Lappland gefahren war, mit seinem Freund Edvin Bäck, der großen Skisporthoffnung von Gråbbå, und ums Leben gekommen war. Kaum hatte der Bus mit Teilnehmern aus dem ganzen Land sie mitten in der Nacht oben am Abzweig der Landstraße abgeholt, verlor der Fahrer die Kontrolle (es gab Schneesturm und Glätte, und die zweispurige Straße war schmal), der Bus geriet ins Schleudern und stieß mit einem entgegenkommenden Sattelschlepper zusammen: 20 Verletzte, 8 Tote, unter ihnen die beiden Gråbbåjungen, Edvin und Joel.

Joel und sie: Das war ja noch nicht mal eine Geschichte, sie hatten einander gerade erst kennengelernt. Waren zusammen gewesen, zaghaft, hatten wie zwei Kaninchenbabys nah aneinandergedrängt in einem Bett in seinem Jungszimmer gelegen, in dem Steinhaus, in dem Joel und Saga-Lill wohnten – seine seltsame Schwester, der einsame Wolf, aber stolz, eine, die die Nase hoch trug und immer ein Buch unterm Arm hatte. »Ein Stück Weltliteratur«, worauf hinzuweisen Saga-Lills aufgeblasene Mutter nie vergessen hatte.

Kein Sex, sondern nur so, gemeinsam im Dunkeln, in dieser Weichheit. Joelweichheit.

»Sind wir jetzt zusammen?«, hatte er gefragt.

»Hast du einen Ring?« hatte sie gefragt.

»Wieso Ring?« Denn Joel hatte keinen Ring, so einer war er nicht, er war fünfzehn, ein Kind, und sie war sechzehn, fast siebzehn, und auch – wie ein Kind.

Der Fremde und der Fremde in mir. Nein, kein Ring – und auch sonst nichts. Weshalb ihr, als er plötzlich in dieser kalten Winternacht starb, nichts von ihm blieb.

Nichts, was er ihr hätte geben können – als eine Art Beweis.

Aber so hatte sie Saga-Lill kennengelernt – und sie wurden Freundinnen –, Joels Schwester, die einige Zeit nach dem Unglück die Tür zum ehemaligen Zimmer ihres Bruders aufstieß und sie dort fand, Emmy (sie hatte sich auf eine Party seiner Klassenkameraden geschlichen, die mit Blumen gekommen waren, um »sein Andenken zu ehren«, und war eingeladen worden), die auf Joels Bett lag.

… Im Andenken an diese Weichheit, an das Gefühl eines vorsichtigen Anfangs.

Aber – wo ist sie? Ach ja. Hier, vor dem Haus, dem Fertighaus.

Klar. *Die Musik*, ihre eigene, wenn es das ist, woran sie gedacht hat. (*Ein Mädchen, das dort oben in einem Zimmer saß und allein für sich spielte und komponierte*, war es wirklich das?) Doch in der Zeit mit Gusten hatte sie nachgelassen – als fände die Musik die ganze Zeit irgendwo anders statt, als hätte sie den Kontakt zu ihr verloren. *Der Schuppen, aus dem wir alle kommen, dieses Dunkel* – jedenfalls verlor sie das Interesse und beschäftigte sich mit anderen Dingen. Und mit der Zeit hörte sie auf, mit Gusten über das mit der Kunst und der »Kreativität« zu reden, worüber er gern lang und breit geredet hatte. Beendete das Studium (sie), und Gusten brach nach nur zwei Semestern die Theaterschule ab und wurde stattdessen Immobilienmakler. Nach einem Sommerjob blieb er in der Branche. Und war sofort schrecklich gut darin. Bekam mit der Zeit verschiedene Zertifikate, die er rahmen ließ und an die

Wände im Maklerbüro hängte, das er sich im Erdgeschoss des Fertighauses eingerichtet hatte. Nach dem Tod des Eigentümers hatte er es von den Erben mieten dürfen. Bis er eines Tages auf die Zertifikate losging, sie von den Wänden riss, die Rahmen zerschlug, die Papiere in Stücke riss. Es war ihr letzter gemeinsamer Sommer, und sie hörte den Lärm bis unters Dach und rannte hinunter und stand in der offenen Tür und starrte ihn an. Das war ganz untypisch für ihn, der sonst so beherrscht war: *»Ich bin so verdammt genervt, Emmy, von mir, von allem!«*

Der Fremde und der Fremde in mir: Wie wenn man bei jemandem, den man durch und durch zu kennen glaubt, plötzlich etwas Neues und Unbekanntes entdeckt. Nicht so, als ob sie vor der plötzlichen Aggressivität Angst bekommen hätte, dieser Wut, oder als ob es ihren ganzen Tag über den Haufen geworfen hätte und ihr deshalb hier und jetzt klar geworden wäre, dass sie ihn verlassen musste (was sie schließlich tun würde, nur wenige Tage später, nach dieser Veranstaltung im Gemeindehaus).

Sondern so, als würde sie etwas erkennen, wonach sie schon die ganze Zeit gesucht hatte. Einen Riss in ihm oder ein Loch – das eigentlich neues Interesse und damit die Vertiefung der Beziehung hätte bedeuten müssen (*der Fremde in ihm, der Fremde in mir*).

Stattdessen war ihr in diesem Moment etwas anderes klar geworden: Die Beziehung musste beendet werden, weil sie ihn nicht mehr liebte, sie hatte ihn gern, mochte ihn, sorgte sich um ihn, spürte Zärtlichkeit – alle Zärtlichkeit der Welt, genau genommen, als sie auf ihn zuging. »Gusten Gusten«, ihn in den Arm nahm, es gab keinen wie Gusten, keinen keinen.

Alle Zärtlichkeit der Welt (und das war schrecklich).

Denn sie würde ihn verlassen. Die Liebe war vorbei.

Nein. Hier gibt es nichts zu holen (eine Familie ist in den Garten gekommen, eine Mutter und zwei Kinder, die zum Trampolin rennen und anfangen, kreischend darauf herumzuspringen, auf und ab).

Der Hund knurrt. »Ruhig, mein Herz«, flüstert sie.

Und kehrt um und geht weiter, zurück.

EMMY MITTEN IM LEBEN.

Zurück ins Villenviertel, Sonnenscheinstraße, zur Apotheke (wohin sie *auch* die ganze Zeit schon unterwegs gewesen ist, sogar an diesem Morgen, auf seltsame Weise).

Und gerade, als sie den Hund an den Fahrradständer vor der Apotheke binden will, klingelt das Handy. »Saga-Lill« blinkt auf dem Display, Saga-Lill, endlich! – Das ganze Wochenende hat Emmy versucht, sie zu erreichen, hat wieder und wieder angerufen wegen irgendetwas, das sie jetzt vergessen hat und das also wohl nur ein Vorwand gewesen ist, um sich bei ihr zu melden.

Sie geht ran, und Saga-Lill fängt an zu reden.

Emmy hört zu und bleibt stumm.

In wenigen blitzartigen Sekunden ändert sich alles.

Die Wut schießt wie eine Fackel in ihr auf.

»Achhater? Ich dachteduwürdestnichtfahrn –«

Aber so KANN sie nicht weitersprechen.

»Warte kurz, ist gerade ein bisschen chaotisch bei mir, ich ruf dich zurück.«

Und drückt das Gespräch weg. Und steht im Villenviertel auf dem Gehweg der Sonnenscheinstraße und holt Luft und sieht rot.

Noch einmal das Handy, sie sendet eine SMS. Pling.

Grippe, du Arsch, du warst mit ihr in Wien!

Und dann strafft sie sich und reißt die Tür zur Apotheke auf.

Aber gleichzeitig, gerade da: die starke Gewissheit, dass sie beobachtet wird, dass irgendwo irgendjemand steht und sie anschaut.

Sie wendet den Kopf, sieht zum Ende der Straße.

Gusten.

Als ob er es wäre.

Aber sie kann nicht so stehen bleiben und starren, in der Schlange hinter ihr warten Leute.

Also bricht sie den Augenblick EMMY MITTEN IM LEBEN ab

und betritt die Apotheke.

Gusten am Wasser, 2

Ja, natürlich ist er das. Gusten. Dort im Schatten am Ende der Sonnenscheinstraße steht er und schaut sie an. Vielleicht zweihundert Meter von ihm entfernt Emmy. Was macht sie hier? Er ist stehen geblieben und starrt bloß hin, bis er sich wieder erinnert, noch einmal, wie zum tausendsten Mal, aber ganz selbstverständlich, *sie wohnt ja hier* – in einem der todschicken neuen Hochhäuser unten an der Playa, in dem, das dem See am nächsten ist, dem Glasturm, in einer der obersten Wohnungen. Sollte nicht er, Gusten Grippe, *Höllenmakler*, sich damit auskennen? Allein schon deshalb?

Genau genommen ist ja schließlich er es, der nicht mehr hier im Villenviertel wohnt, nur noch hier joggen geht. »Sein Triathlontraining macht«, wie er manchmal zu ihr sagt, wenn er sie zufällig trifft – *und er will sie ja treffen* (das ist es doch, face it, warum er überhaupt hierherkommt). Und jetzt, als er sie gefunden hat, will er rufen: »Emmy! Emmy!« und loslaufen und sich ihr zu erkennen geben, zum x-ten Mal, denn er bekommt nie genug davon, sie zu sehen, noch mal, noch mal … Aber plötzlich ist etwas im Weg: Ein schwarzer Van mit der Aufschrift NH hält am Bordstein auf der anderen Straßenseite, jemand ruft vom Fahrersitz aus nach ihm, steigt aus und kommt mit schnellen Schritten auf ihn zu.

»Alter. Grippe!«

Nathan.

Es ist Nathan.

Nathan in der Sonne – und ja, das ist echt ein kranker Moment, ein heftiger Brechreiz steigt in der Kehle auf, im

Mund ein bitterer und staubiger Geschmack. Es reißt Gusten aus seinen Gedanken, aus allem, was er ist, was er in letzter Zeit und all den Jahren *danach* gewesen ist – und alle Erinnerungen, alle Geschichten, alles, alles, was er hätte vergessen sollen, ist in dem Augenblick wieder da, in dem Nathan Häggert seine Hand ausstreckt, um ihn zu begrüßen.

Gusten nimmt die Hand, hart und kühl, schluckt, hört seine eigene Stimme, die ihn beruhigt: »Ciao, wiegehtsdir?« Ganz natürlich, sogar lässig, denn Gusten ist nicht einer von den schrägen Typen, die herumlaufen und sich vor aller Augen zum Affen machen: O nein, Gusten weiß sich zu benehmen, unterscheidet sich in dieser Hinsicht überhaupt nicht von den meisten wohlhabenden Jugendlichen, mit denen er und Nathan hier im Villenviertel aufgewachsen sind: von der Grundschule zum Gymnasium und weiter hinein ins Erwachsenenleben, das für einige von ihnen, vor allem für die Jungen, die so frei und flexibel wie nötig sind, in den fünf oder sechs Jahren seit Verlassen der Schule einen raschen Aufstieg in hohe Positionen in der Wirtschafts- oder Finanzwelt bedeutet hat. Oder auch die Übernahme von Papas Firma, sowas in der Art – mitsamt Ehe und Familie und »Gattinnen« (dieses hochtrabende Wort ungeniert auszusprechen, lernen diese »Boys« ebenfalls, sobald sie etwa fünfundzwanzig werden) aus der gleichen sozialen Schicht. Und obwohl es für Gusten Grippe nicht ganz so gekommen ist, ist die Immobilienbranche nicht weit davon entfernt, in der er überraschend, in seinen Augen sogar teilweise schockierend erfolgreich wurde. Mehr *down to earth* vielleicht, *dichter dran an der Materie* sozusagen, denn Häuser und Wohnungen sind konkrete Dinge: Zement Glas Beton, und als Selbstständiger wird man vielleicht mit der Zeit auch etwas verschwitzter und rotgesichtiger, innerlich gewissermaßen, mental (aber Gusten hier ist erst 26, also sieht man *das* äußerlich noch nicht).

Während Nathan Häggert, einst das, was man als Anführer einer Clique betrachten könnte, einer kleinen Schar der

Crème de la crème, *Being in a band called The Disciples*, der Jungen und Mädchen im Villenviertel, die mit einer goldenen Nase geboren wurden, der Brillanteste und Begabteste von allen war. Tja, er ist im Grunde nirgendwo hingekommen: hat nie sein Architekturstudium begonnen, wie er sollte. Ist nicht mal angenommen worden – wurde eine Art Abtrünniger, ein Versager, *Mr. Trash* (wie Nathans Quälgeist Cosmo auch zu sagen pflegt, manchmal neutral, manchmal zufrieden) unten beim Geisterschiff, diesem einst so unglaublichen Haus der Häggerts.

»Gut«, gibt Nathan kurz zur Antwort, nimmt die Sonnenbrille ab. »Gut geht's, hörsdu, Grippe«, und entblößt die trotz des schmuddeligen Aufzugs (dreckige Jeans, ausgeleiertes verblichenes Sweatshirt) immer noch vertrauten blauen, fast unwirklich blauen Augen, die seine Gesichtszüge so scharf und wie gemeißelt hervortreten lassen – und auf einmal ist auch zu sehen, wie babyglatt und schön – ja! – er immer noch ist: die hohen Wangenknochen, die gerade Nase, die vollen Lippen.

Genau wie damals

auch das: der durchdringende Blick, der bleiche, völlig neutrale Gesichtsausdruck, verunsichernd, verstörend.

»Cosmo. Hat er sich bei dir gemeldet?«

»Welcher Cosmo?«

»Gibt nur einen, Grippe.«

Mikroskopisches Zucken des Mundwinkels.

»Ach, der. Nein … ich war in Wien. Also übers Wochenende. Mama …«

»Er hat mich angerufen.«

»… hat dort ein Engagement, in Wien.«

»Ja, Angela«, ein hastig vorüberhuschendes, übliches Lächeln, »ich verfolge ihre Karriere. Sie ist glänzend.«

Glänzend. Nur Nathan, *Nathan in der Sonne*, kann so etwas sagen und es ganz natürlich klingen lassen, interessant.

»Was … war der Grund?«

»Ein Filmprojekt.«

»Filmprojekt?«

»Er will einen drehen. Einen Film. Wie du weißt. Hat eine Produktionsfirma. Cosmos Factory.«

Nathan verzieht den Mund. So wie Grippe den Mund verzieht.

»Aha. Worüber?«

»Muss ich das sagen, Grippe?«

Sie schweigen.

Nein, das ist klar. Natürlich. Muss Nathan nicht. Gusten windet sich.

»Egal, Grippe. Dazu wird es nicht kommen.«

»Hm«, antwortet Grippe, sonst kommt kein Mucks aus ihm, nur dieser Laut, ein kleiner Pieps, wie von einem Tier.

Aber da schüttelt sich Nathan und dreht sich um.

»Muss los. Melde dich, Grippe, wenn dir dazu was einfällt.«

»Ja«, sagt Gusten, ein Reflex.

Und im nächsten Moment überquert Nathan mit langen Schritten die Straße, steigt in den schwarzen Toyota – und fährt davon.

Und ist weg. Gusten Grippe bleibt allein auf dem Gehweg der Sonnenscheinstraße, mitten in diesem neuen Teil des Villenviertels, wo früher, als er vor einer Ewigkeit hier gewohnt hat, nur Wald war und noch mehr Wald – und nie, in keinem einzigen Augenblick hat er ernsthaft daran gedacht, wieder hierherzuziehen.

Nathan.

Nathan in der Sonne. In seinem Atrium, im Untergeschoss des Geisterschiffs. Mindestens hundert Quadratmeter, vom Boden bis zur Decke große Fenster, die zum Kaltsee hinausgehen, mit Badesteg, nur einen Steinwurf vom Eingang zu Nathans Zimmer entfernt – eine ganze Wohnung mit Sauna und Jacuzzi.

Nathan, der tanzt, die Augen geschlossen, allein auf einem riesigen Parkett, leere leere Fläche.

Being in a band called The Disciples, high on –

Time. Time.

Prince immer Prince, Nathan liebt Prince.

Nathan tanzt. Sie sind vielleicht viele dort, aber so ohrenbetäubend ist nur einer: Nathan.

Nathan, der allein tanzt – und die Augen öffnet.

»Grippee!«

Und

man schaut in diese Augen, begegnet dem Blick, der

hart ist, unversöhnlich, grausam.

We have to break through the stage of pleasure to reach the stage of tears.

»Ein Film. Worüber?«

»Muss ich das sagen, Grippe?«

Nein, schon klar. Muss Nathan nicht.

Und plötzlich, hier im Villenviertel, jetzt, auf der Sonnenscheinstraße, genau an diesem Montagvormittag im September 2014, sechs Jahre danach: ist alles um Gusten herum, die Straße, der Gehweg, der viel zu schwüle warme Tag (Altweibersommer, Gewitter in der Luft, schon seit Tagen), – so als wäre es gestern gewesen, nicht lange her – und doch völlig anders. Neu.

Als befände man sich plötzlich auf einem neuen Planeten. Oder eher auf einem alten, einem, der unbewohnbar geworden ist für alles menschliche Leben, leider, leider, weshalb man ihn verlassen musste und die Jahre zwischendurch damit verbracht hat,

frei im Raum zu schweben.

Doch nun: zurück. Mit Nachdruck. Bums. Auf den Boden. Im Villenviertel. Unausweichlich. *Nathan in der Sonne, »die schrecklichen Vier«, »die Boys«.*

»Sie zeigten keine Gnade.«

Er will einen Film drehen. Cosmo.

Einen Film? Worüber? Muss ich das sagen, Grippe?

Nein, nein, nein, das will man nicht, man will protestieren, denn so ist es ja nun auch wieder nicht. Wasser ist den Bach runtergeflossen, er – man, alle – ist jetzt ein anderer, sind anders.

Und Emmy!

Gusten schaut sich um, fast verzweifelt.

Sie war doch hier! Gerade eben! Am Ende der Straße, er hat sie gesehen –

Dort, in der Lücke zwischen zwei Bürgersteigen, an der Ecke vor der Apotheke.

Dort war sie!

Jetzt gähnende Leere. Niemand da. Und für einen Augenblick schwankt die Welt, ihm schießt durch den Kopf: *als hätte es sie nie gegeben.*

Ihm wird flau im Magen, wieder überkommt ihn heftiger Brechreiz, und diesmal kann er sich nicht beherrschen, und die Kotze landet auf dem dunklen Pflaster direkt vor einer gepflegten Hecke, die einen jener pittoresken Gärten säumt, die nahezu identisch um die kleinen einstöckigen Häuser dieser Neubaugegend des Villenviertels herum angelegt wurden.

Er richtet sich auf, sieht sich um. Nein, niemand hat ihn gesehen oder gehört, er versucht, zu atmen. Nichts wie weg hier. Und Gusten rennt los –

Saga-Lill hat erzählt ihr wart zusammen in Wien ich HOFFE es war schön!!! Als er zu dieser Mitteilung im Handy scrollt, ist er schon woanders, unten am Kaltsee, zum zweiten Mal an diesem Tag: an der Playa, auf der Waldlichtung, wo es zu Teenagerzeiten eine lächerliche Bar mit dem Namen *Cosmo Beach Club* gab (eine von Cosmo Brants ersten geschäftlichen Unternehmungen und eine der allerersten Pleiten, hat danach noch viele gegeben). Und davor eine Art Rastplatz für Familien, die, wie es sich die Stadtplaner gedacht hatten, in ihrer Freizeit aus der Hauptstadt zum Wandern hierherkommen würden oder zur Betätigung an der frischen Luft, um beispielsweise das Leben der Vögel am See zu studieren oder am Grillplatz Wurst zu grillen. Die Bänke und Tische sind noch da, fest im Felsboden verschraubt, und ein gemauerter Zementsockel mit verrostetem Grillrost, beschmiert mit Obszönitäten und anderem Graffiti. Meistens kam niemand hierher – auch damals nicht, außer vielleicht zu seiner Zeit: Einige Jugendliche aus dem Villenviertel hingen immer öfter hier ab, abends und am Wochenende … Und *Cosmo Beach Club*, ja, das verbeulte Blechschild liegt immer noch dort, im Schilf, wo es gedankenlos hingeworfen wurde. In einer anderen Situation hätte er über diese Entdeckung gegrinst – auch wenn der »Club« erst später in Betrieb war, nachher. Und nur für kurze Zeit – einen Sommer lang, einen verregneten, kalten Sommer, und außerdem war es hier immer ziemlich schattig. *Cosmo Beach Club*, lächerlich – alles, was Cosmo anfasste, wurde lächerlich. »An Entrepreneur at Heart«, wie er schon früh als Jugendlicher auf die 500 Visitenkarten aus dem Supermarktautomaten drucken ließ. Auch darüber lachten sie gewöhnlich, wenn sie hier herunterkamen, er und Nathan und die anderen etwas älteren Jugendlichen aus ihrer Clique – wie beispielsweise Alex, John, die kleine Evelyne, Sara, Natalie … Das war in den Jahren davor, als sie 13, 14, 15, 16 waren – und später war da auch Sascha Anckar, die zu Herbstanfang im vorletzten Schuljahr auftauchte. *Bling-bling kleiner Hund in zu großer Handtasche*, obwohl sie ja nun nicht »von hier« kam, sondern aus dem Grawellschen Heim für Mädchen.

Da steht Gusten also und starrt eine soeben eingetroffene SMS an wie einen Spuk: eine Mitteilung von *ihr*, Emmy, mit drei Ausrufezeichen und einer Gewitterwolke dahinter. Also keine normale Mitteilung, aber trotzdem. Er lächelt, bemüht sich zu lächeln – um all das andere wegzuschieben und in

Gedanken zurückzukehren zu: Emmy wunderbare Emmy, sich mit ihr anzufüllen, als Schutz. Indem er sich zum Beispiel in eine Diskussion stürzt, die sie schon ziemlich häufig hatten: *Er* und *sie ... »Wie oft muss ich dir noch sagen, Grippe, dass es nicht richtig ist von dir, jemanden auszunutzen, der Gefühle für dich hat, wenn du keine hast.« »Woher weißt du, dass ich keine habe?« »Na, das hast du doch selbst gesagt!« »Hab ich?« »Also, hast du welche?«* Und natürlich hat sie recht, das wissen sie beide, die Antwort ist klar, er hat keine Gefühle für ihre beste Freundin Saga-Lill, nicht so, obwohl er gern mit ihr zusammen ist und mit ihr Sex hat. *»Hör zu, Grippe! Saga-Lill ist meine Freundin, und ich kann nicht einfach danebenstehen und zusehen, wenn ein Mensch, den ich* **trotz allem** *gern habe, sie schlecht behandelt.«*

»Du hast mich gern? Wie sehr?« Und da wird es meistens still, oder sie bricht das Gespräch einfach ab, sagt, sie müsse Schluss machen. *»Mats, mein Mann, und mein Hund brauchen mich jetzt, aber danke fürs Gespräch, Gusten.«*

Und legt auf.

Danke fürs Gespräch, Gusten Grippe. Also ja, klar könnte er dortbleiben, in diesem Gezanke mit Emmy über Saga-Lill, mit der er tatsächlich eine kurze Beziehung hatte, gleich nachdem Emmy ihn vor einigen Jahren verlassen hatte woraufhin er wiederum Saga-Lill verließ, ohne es allerdings zu schaffen, den Kontakt mit ihr ganz und gar abzubrechen oder es auch nur zu wollen oder was immer das war. Erst gestern und vorgestern beispielsweise hatte er mit Saga-Lill ein sehr schönes Wochenende zusammen in Wien verbracht. Sie wohnten in einem Boutiquehotel und schauten sich Sehenswürdigkeiten und seine Mama Angela auf der Bühne an (nackt in einer Badewanne während des ganzen ersten Akts) in der skandalumwitterten Uraufführung der neu geschriebenen Oper *Dissection of the Dark Part III* von Schuck & Gustafson, und das war wirklich ein tolles Erlebnis gewesen, wie ein Hinabsteigen ins Unbewusste, wie es richtig gute Opern oft sind, bis hin zum Bühnenbild, Traumlandschaft, mit prägnanten, starken Kontrasten, dunkel und hell, schwarz und rot … »IchverstehnichtsvonMusikaberinteressantwar'sschon«, hatte Saga-Lill hinterher beim Abendessen mit Angela gesagt. Das war so liebenswert im Gråbbå'schen Dialekt formuliert, dass es sogar Angela gefallen hatte, und später hatte Angela gemeint, sie fühle sich so wohl in Gesellschaft dieser jungen Frau (sie und Emmy hatten sich nie wirklich verstanden) – und später waren sie zum Hotel zurückgegangen und hatten miteinander geschlafen, gevögelt, gevögelt, bis alles wehtat und es Sonntag wurde und Zeit, nach Hause zu fliegen.

Aber jetzt, sich überspülen lassen: von diesen einfachen, alltäglichen Gefühlsfluten und den Streitereien, mit denen sich Leute, denen etwas aneinander liegt, trotz allem beschäftigen, wenn sie den Kontakt nicht abbrechen wollen oder können oder was auch immer, obwohl sie das Leben nicht mehr miteinander teilen … *I can't live with or without you*, wie Emmy einmal während ihrer Beziehung für ihn gesungen hatte, die stürmisch war innig verspielt schwer leicht. *Adults by daylight, Just kids*, ganz und gar großartig.

So lange sie dauerte (bis sie mit ihm Schluss machte und nur noch die Streitereien übrig blieben, und unter anderem deshalb gilt es, daran festzuhalten, ebenso wie an diesem, *let's face it*, denn wahrscheinlich ist es das richtige Wort: diesem Stalking.)

Und doch

geht das nicht.

Sieht Gusten nun ein, hier unten an der Playa, und steckt das Handy weg.

Was eine Erleichterung ist und doch nicht spürbar.

Folgendes ist so viel stärker:

Nathan in der Sonne.

Being in a band called The Disciples –

Time.

Als könnte nichts mehr sein wie früher.

Es führt kein Weg zurück.

Nathan. In seinem Untergeschoss, eine ganze Landschaft, mindestens hundert Quadratmeter, mit großen Fenstern vom Boden bis zur Decke, die zum Kaltsee hinausgehen, mit Badesteg, nur einen Steinwurf entfernt vom Eingang zu Nathans Zimmer – Nathans Atrium: das ganze Untergeschoss mit Sauna und Jacuzzi.

Nathan tanzt. Die Augen geschlossen, allein auf einem riesigen Parkett, leere, leere Fläche. Prince. Nathan liebt Prince, Being in a band called The Disciples.

Time. Time.

»Gnade«, sagte sie, Sascha.

Aber sie hatten keine Gnade.

»Die schrecklichen Vier«, wie man sie nennen würde.

»*Grippee!*«

Being in a band called The Disciples –

»Brutale Gruppenvergewaltigung.«

»Junge Frau stundenlang misshandelt.«

»Die vier Straftäter, ›Boys‹, alle aus derselben Gang – Klassenkameraden.«

Nathan tanzt, Gusten tanzt, betrachtet Nathan, kann sich nicht sattsehen.

Nathan bemerkt Gusten. Beim Tanzen, schaut ihn an, tanzt, Nathan tanzt, Gusten tanzt –

Nathan bleibt stehen, dreht sich um und schaut ihn an –

Einst waren sie gute Freunde, er und Nathan. Beste Freunde, auch wenn sie das nie gesagt haben. Aber zusammen: Damals in der Kindheit sind es Nathan und Gusten gewesen, die abends zur Playa radelten, um das zu machen, was Jungen machen, Sterne anschauen zum Beispiel – ein Hobby, das sie teilten – durch ein richtiges Teleskop, das Nathans Papa »Abbe« Albinus gekauft und für sie am Strand aufgebaut hatte. Oder verschiedene Vögel im Wald beobachten, der dort gewesen war, wo heute der Glasturm aufragt: aufmerksam ihren Tönen lauschen, sie aufnehmen und versuchen, sich an sie zu erinnern, sie später abspielen und versuchen, die Arten zu erkennen, mithilfe von Büchern oder dem Computer. *Ornithologe sein*, auch das ein Interesse, das nur sie beide teilten (nicht einmal Cosmo Brant, der zwei Jahre jünger war und zu dieser Zeit angefangen hatte, sich an sie zu hängen, vermochte irgendein größeres Interesse für Sterne oder Vögel aufzubringen; wollte bloß dabei sein).

Aber woran sich Gusten aus jener Zeit am stärksten erinnert, ist die Stille. Die Stille in ihm, in Nathan, die Stille zwischen ihnen: eine ruhige und konzentrierte Stille bei allem, was sie unternahmen, die nur durch gelegentliche Ausrufe unterbrochen wurde, wenn es etwas gab, das man gelesen oder gedacht oder woran man sich erinnert hatte und das man unbedingt laut aussprechen musste – etwas über Vögel oder über diese Sternformationen, die man durchs Teleskop betrachten konnte und die manchmal Panoramen ohne Konturen ergaben, bloß Licht, Licht. *Guck mal Grippe, guck!* Das einem vor den Augen explodierte, während es ringsum dunkel war. Ja, all das und dergleichen mehr, und dann natürlich noch die harten Fakten zu diesen und ähnlichen Naturphänomenen, mit denen sich Jungen in einer Art vorbehaltloser Neugier auf die Welt, wie sie ist, so gut auskennen – was später häufig verschwindet, mit der Zeit. Ja, eine Weile lasen sie auch Bücher: Jules Verne, später Lovecraft – Bücher wie Welten, in die man eintauchen, in denen man sich aufhalten konnte. Und klar, mit Lovecraft fing auch etwas anderes an. Eine Geschichte oder die losen Fäden einer Geschichte. *Zwei Jungen mit*

Baseballcaps / Die Austauschbaren – darum herum spannen sie ihre Fantasien. Der Junge innen und der Junge außen, sie waren die zwei Austauschbaren, der eine war abwechselnd der andere … Kompliziert, klar, solche Überlegungen konnten einen verrückt machen, und das war er – Gusten – ja vielleicht auch geworden, er war in die Klapse gekommen, psychotisch, nach allem (auch wenn das ja nun viele Jahre später war und er schon fast erwachsen).

Ein Lieblingsbuch von Lovecraft: »Against the world, against life« – *gegen die Welt, gegen das Leben* (achten Sie auf die Worte).

Aber dann wurden sie älter, und mit der Stille war es vorbei. Oder vielleicht so: Genau diese Stille verwandelte sich bei Nathan in eine merkwürdige Art, die Dinge zu betrachten … was, tja, alles unsicher werden ließ. In Gusten. Vielleicht auch in anderen, das wusste er nicht, weiß er auch heute nicht, denn als 13-, 14-jähriger Teenager war er für eine Weile so mit dieser Verwandlung beschäftigt gewesen, dass es ihm jedes Mal, wenn er daran dachte, vorkam, als würde er sich Märchen erzählen.

Als wäre in dem relativ normalen Dreizehnjährigen, der im Juni wie immer mit seinen Eltern in den Sommerurlaub gefahren war, auf einmal Mr. Hyde aufgetaucht.

Nathans Familie verbrachte die Sommer immer im Ausland, nur im Herbst und im Frühling fuhren sie in die »Fischerkate« (eine todschicke Villa weit draußen im Schärengarten, aber mit einer Straße bis dorthin). In die Schweiz, wo Papa Abbe auch eine »Hütte« hatte, wie es so lässig in der Familie hieß, oder auf irgendeine Insel im Südpazifik, wo *die ganze Familie zusammen sein*, sich richtig umeinander kümmern konnte. Das konnte einen in der Tat *verschlingen*, wie Nathans Mama Annelise oft lachend zu ihrer Freundin Angela sagte, die im Sommer zurück in die Heimat kam.

»Wie schade, Angela, dass wir es fast nie schaffen, uns zu sehen. Wir sollten wirklich ... Aber du weißt ja, wie das ist, Albinus hat seine Pollenallergie, die jedes Jahr schlimmer wird und es schwierig macht, den Sommer in diesem Klima hier durchzustehen ... Aber Gott sei Dank« – sie zerzaust Gustens Haar – *»haben wir Gusten hier, der versprochen hat, den Sommer über unser Hausmeister zu sein, aufs Haus aufzupassen und die Blumen zu gießen.«*

Und Nathan, der in jenem Herbst wie verändert zurückgekehrt war, so verdammt schön auf einmal, oder attraktiv, wie eine dunkle Blume, die aufgeblüht war. Das schwarzbraune Haar, die stahlblauen Augen und dieses glatte, glatte Gesicht, die katzenhafte Art, sich zu bewegen (zu jener Zeit hörte Nathan auch mit dem Eiskunstlaufen auf, er hatte jahrelang in der Juniorenliga trainiert – aber sein Körper besaß immer noch diese weiche, graziöse Sexyness, auch in der Art, wie er sich bewegte).

Sympathisch?

Nathan? Hm. Was Wohlerzogenheit oder Höflichkeit betraf, war Nathan im Grunde nie besonders nett gewesen (obwohl er es natürlich sein konnte). Das Gegenteil allerdings auch nicht, also auch nicht direkt gemein zu Leuten. Wie viele andere Jugendliche aus wohlhabenden Familien im Villenviertel war auch Nathan ein ziemlich selbstbezogenes, verwöhntes Kind. Er war es gewohnt, im Mittelpunkt zu stehen und seinen Willen zu bekommen, sonst wurde er sauer und zeigte das auch. Aber natürlich hatte es auch vorher schon richtige Auseinandersetzungen und Vorfälle gegeben, in der Schule beispielsweise. *»Eigentlich ist Nathan ein schüchterner und sensibler Junge«*, hatte Nathans Mama bei Aussprachen mit Lehrern oder auf Elternabenden erklären müssen (aber weil sie, Annelise Häggert, eine international bekannte Wirtschaftswissenschaftlerin war, einst Schülerin von Milton Friedman, persönlich, ein echtes Aushängeschild für das Villenviertel sowohl innerhalb der Landesgrenzen als auch darüber hinaus, wollte man sie nicht der Schmach einer Auseinandersetzung vor den Augen aller Eltern aussetzen, weshalb es häufig bei Zweiergesprächen in aller Abgeschiedenheit blieb) … *»Zu Hause ist er eigentlich ganz anders.«* Oft ging es um Mobbing, teilweise um Körperverletzung, die den jüngeren Schulkameraden Cosmo Brant betraf, der besonders in der Schule Zielscheibe von Nathans Attacken war (und trotzdem hing er weiterhin an Nathan, in der Schule, auf dem Rastplatz, überall).

Aber damit hatte Gusten nichts zu tun, das hatte er selbst so entschieden. In der Schule suchte er sich andere Freunde, andere Beschäftigungen. Er war nie so ausgesprochen gut in der Schule wie Nathan, aber »beliebt« und ein »guter Kumpel«, engagierte sich in verschiedenen Klubs, im Naturklub, im Bücherklub und – was zu einem Wendepunkt wurde – im Theaterklub (wie sehr er das Theater mochte, wie gern er ins Theater ging, Theater spielte, auf der Bühne stand). Er bewahrte sich ein Stück Kindheit, und manchmal war es, als würde Nathan das gefallen. Zu Hause im Geisterschiff zum Beispiel war er mit Gusten wie früher, was Annelise natürlich ganz besonders entzückte: *Du hast einen so guten Einfluss auf Nathan, Gusten.* Gusten versuchte, im Kindlichen so etwas wie Schutz zu finden, bis sich alles beschleunigte und es nicht mehr möglich war, sich um nichts zu kümmern: ein umgestürztes Teleskop im Sand, demoliert, stellt er beim Näherkommen fest – das musste nicht Cosmo gewesen sein.

Konnte auch jemand anderes gewesen sein, irgendjemand.

Allerdings

Arschstefan. Cosmo muss ins Krankenhaus, kommt mit Beulen wieder, voller Verbände. Und wie immer – alle sind so beschissen wie immer (außer dass Cosmo seinen Vornamen geändert hat: zu Cosmo, er druckt sich Visitenkarten, *Cosmo Brant, an Entrepreneur at Heart*).

Und dann kommt die Pubertät, dann kommt Sascha …

Sie verlässt Nathan. Nathan dreht durch

und alles gerät aus den Fugen –

»Ich bringe sie um.« Das sagt er (Nathan).

Gusten und Nathan. Das letzte Mal sehen sie sich im Geisterschiff, unten in Nathans Zimmer, nach der Gerichtsverhandlung, in der Nacht, nachdem die (milden) Urteile gefallen sind – sie schlagen sich fast tot. Gusten schlägt und schlägt und schlägt beinahe wie in Trance auf Nathan ein, der besoffen ist, dicht. So verdammt zugedröhnt von Alkohol und allem Möglichen, da liegt er auf dem Fußboden seines großes Zimmers, das scheinwerferartige Deckenlicht fällt wie Sonnenschein auf ihn herab, *Nathan in der Sonne*, lacht Gusten blöde an, der zuschlägt –

Und dann reißt Gusten sich los und rennt weg, durch den Wald und hinauf zur Landstraße und zur Brücke, von der er sich stürzen will, sich das Leben nehmen, sterben – wird aufgehalten und landet in der Klapse (wo ein Heilungsprozess beginnt, der, wie er jetzt begreift, vielleicht immer noch andauert).

Vier Jahre später stirbt Sascha Anckar an einer Überdosis Heroin in den USA, wohin sie einige Monate nach dem Gerichtsverfahren gezogen ist, um an einer erstklassigen Sportschule zu studieren und zu trainieren.

Und Nathans Mama Annelise.

»Geliebt, vermisst. Dein Sohn Nathan.«

»Weißt du, Gusten, es fühlt sich an, als wäre man eine Überlebende. Aber der Preis fürs Überleben ist, dass man irgendwie zu seiner eigenen Parodie wird.«

Angela auf Skype, nachdem sie beide unabhängig voneinander Annelises Todesannonce in der Zeitung gesehen haben.

Und er will sie fragen, was sie denkt, aber sie fängt an zu weinen. Die weinende Mutter auf dem Bildschirm und der leuchtende Sommer draußen vor dem Fenster. Das ist, wie gesagt, viel später, nach Kindheit und Jugend, im letzten Sommer mit Emmy, auch wenn er das noch nicht weiß, aber in wenigen Tagen wird sie bei Visans Vänner im Gemeindehaus auftreten und Mats G. kennenlernen. Ins Villenviertel ziehen und ihn verlassen. Der letzte Sommer im Fertighaus, das sie im Vorort nebenan gemietet haben: Emmy, die genau in diesem Augenblick für ihren Auftritt übt. »Meine Premiere«, wie sie sagt, die wichtig ist, und im oberen Stockwerk auf der Gitarre klimpert und falsch singt.

Und er, der in seinem Maklerbüro im Erdgeschoss sitzt, umgeben von gerahmten Diplomen und Zertifikaten von Branchen-Auszeichnungen, die er an die Wände gehängt hat, damit seine Kunden sehen, wie gut er ist, wie ambitioniert, zuverlässig, seriös.

Gusten beendet das Gespräch mit Mama, klickt sie mitten im Weinen weg, schaltet aus (hinterher wird er zu ihr sagen, dass das Gespräch unterbrochen wurde und er versucht hat, anzurufen, was aber nicht geklappt hat, weil er keine Verbindung hatte, die Internetverbindung da draußen in ihrer Sommerfrische ist aber auch wirklich schlecht), *diese Krokodilstränen*, denkt er ganz plötzlich –

Und das ist zu viel, er hat Lust, alles kaputtzuschlagen, was er daraufhin auch tut. Fegt die Mappen, die Pappen aus den Regalen und vom Schreibtisch, geht auf die pathetisch gerahmten Zeugnisse an den Wänden los.

Emmy, im oberen Stock, hört den Lärm, hört auf zu spielen und kommt herunter. Hat ihn noch nie so wütend gesehen. *»Aber Gusten.«* Das ist ganz untypisch für ihn.

Emmy!

Als Gusten Emmy kennenlernte, war alles bereits passiert. Allerdings: Er erzählte ihr nichts davon.

Überhaupt nichts. Seltsam. Sie waren mehrere Jahre zusammen, und trotzdem erzählte er es ihr nie.

Und zugleich folgerichtig.

Sieh dich nicht um, hier beginnen wir. Als hätten sie eine Verabredung getroffen.

Als sie sich kennenlernten, Ende August 2009, auf einer Bank im Löwenpark. Emmys erhobener Zeigefinger (als er den Mund aufmacht, um mehr von sich und seinen, wie sie nun sagen werden, »Voraussetzungen« zu erzählen).

»Schsch. Will ich nicht hören«, sagt sie. »Und du willst es auch nicht. Niemand will das hören.«

Aus dem Schatten in die Sonne, sieh dich nicht um. Tabula rasa.

Die schattige Straßenseite verlassen und hinüberwechseln: dorthin, wo die Sonne scheint. Und das tun sie, das haben sie getan. Sogar der blöde Hund, den sie dabeihatte und der nirgendwohin gehen wollte, hat auf die Gefahr hin, zurückgelassen zu werden, kapituliert und kommt mit.

Nöffi.

Auch über ihn hatte er etwas sagen wollen (der dämliche alte Pudel von Cosmos Großeltern).

»Ich muss dir sagen –«

»Schsch –

Wir haben nicht die Zeit. Komm, wir gehen.«

Sie war aufgestanden. Und es war wie im Film.

Von einer Geschichte in die nächste.

Ein völlig neues Leben
explodierte
vor ihren Augen.

Wie ein Regenbogen, und in diesen Farbfilm waren sie eingetaucht, sie und er, und alles Alte war unwirklich geworden.

Aber nun ist er hier, viele Jahre später; starrt auf ein schmutziges Schild *Cosmo Beach Club*. Im Schilf, wo es liegt und verrottet.

Cosmo Brant und die anderen, die sich gewöhnlich hier unten trafen. Auch später, als alles schon passiert war, aber noch niemand davon wusste. An den Tagen, an denen Nathan verschwunden blieb und Sascha – was war mit Sascha? Man kam hier ans Ufer hinunter, weil man sich nirgendwo sonst wirklich aufhalten konnte, mit dieser Unruhe und in dieser angespannten Stimmung. Nathan war plötzlich wie vom Erdboden verschluckt, nirgendwo zu finden, und Sascha? Wo war Sascha? Als man sie zuletzt gesehen hatte (die, die sie gesehen hatten, das waren nicht alle, aber die, die in Nathans Keller dabei gewesen waren), hatte sie bewusstlos und in ziemlich schlimmem Zustand in Nathans Saunaraum gelegen. Im bleichen Morgenlicht, hinterher, als getan war, was getan war.

»Nathan kümmert sich um sie«, hatte es an diesem Sonntagvormittag geheißen, als man verkatert und voller Selbstekel aufgewacht war, im Angesicht von Blut und Kotze. Voller Reue und im Schock (sogar Nathan, dachte man zumindest). Gusten hatte das Haus als Letzter verlassen. Nach Hause (zu Mama. Ja, tatsächlich, Angela würde einige Tage in den Winterferien zu Besuch in die Heimat kommen und Gusten würde sie – nachdem er geduscht, sich umgezogen und gewaschen hatte, die Klamotten gewaschen hatte – vom Flughafen abholen).

Aber sich kümmern. Was hieß das? Die Tage vergingen, Sascha war nirgendwo. Und Nathan. Einem Gerücht zufolge war er bei sich zu Hause gesehen worden, aber wenn man bei ihm in der Kellerwohnung des Geisterschiffs klingelte, machte niemand auf. Die Vorhänge waren zugezogen, das Telefon abgestellt.

Wo ist sie?

Er?

Was sollen wir machen?

Unausgesprochene Fragen, die geheim bleiben mussten. Oder: dortbleiben mussten, an diesem Ort – sie füllten die fahle, graue, träge Märzluft beinahe bis zum Bersten mit aggressiver, frustrierter Stille an (und Gusten erinnert sich, wie er den Zorn in sich wachsen spürte: eine Wut, wie er sie nie zuvor gekannt hatte).

Na, wie geht's uns denn so?

Und mittendrin ein gewisser Cosmo Brant, der unten am Rastplatz auftauchte, wie immer. Hatte so getan, als wäre nichts, aber gewohnheitsmäßig seine unsichtbaren Gefühlsantennen ausgefahren, beinahe die Luft beschnüffelt *hmmm was ist hier los?* (Er hatte die Windpocken gehabt, deswegen war er auf der Party bei Nathan nicht dabei gewesen – wusste nichts, ahnte etwas, wollte alles wissen *alles alles alles*).

Werden hier ein paar Kinder gemacht?

Schnauze, Brant.

Schon gut, ich dachte nur – und Cosmo, listig, winkte mit großzügiger Geste ab, als hätte er trotzdem irgendwie alles unter Kontrolle. Und auch das machte unsicher, er war nicht dabei gewesen, aber *was wusste er?* Und was gedachte er, mit diesem Wissen zu tun?

Allein schon diese Neugier, diese Gerissenheit.

Es war einmal eine Fresse: In einem anderen Zimmer, einer Art beheizten Veranda mit Grünpflanzen auf Fensterbrett und Tischen, weshalb es mitten im Winter wie in einem Garten war – wo sie später gesessen hatten, ein knappes Jahr später, vor und nach dem Gerichtsverfahren. »Die Boys«, wie sie damals genannt wurden, als die ganze Welt außerhalb des Villenviertels zu wissen glaubte, wer sie waren. Eine im Grunde neutralere Bezeichnung als die anderen – »die schrecklichen Vier«, die »Vergewaltigerjungs« –, aber sie fühlte sich genauso an.

Unter der Anleitung des ihnen gesetzlich zugewiesenen Therapeuten (na ja, nicht wirklich; allerdings war das eine

Empfehlung gewesen): ein geleckter Promi-Psychologe, der zufällig ein *älterer Cousin* der Kartoffelnase war, die sich in diesen Spätwintertagen von außen an die Glasscheibe der Verandatür presste, um zu spionieren, zu lauschen, aufzusaugen.

Ein Garten des Schreckens; man ging hinaus (wenn man Gusten Grippe war) und wurde krank (noch kränker) im Kopf, und dann weiter in die Klapse.

Und die Kartoffelnase auf der anderen Seite der Tür, tja, also das war ein anderes Gör aus dem Villenviertel, Cosmo Brant.

Gusten Grippe schaut über den See zum anderen Ufer hinüber.

Er ist jetzt auf den kleinen Felsen gestiegen, den im Schilf.

Geisterschiff. Nathans Haus.

Dort drüben, am Ende der Bucht.

Nicht wirklich gut zu sehen (aber zu erahnen).

Leichter Nebel über der Bucht, um den kleinen Steg herum, der ins Wasser hinausragt. Die Sonne ist hinter den Wolken verschwunden, das Gewitter, das seit Tagen in der Luft liegt, scheint sich erneut zu nähern, es ist sehr nah. Kann jederzeit hereinbrechen, sich einfach ausschütten.

Gusten sieht aufs Handy.

Es fängt in seiner Hand an zu klingeln. Sie ist es. Emmy Emmy Emmy blinkt auf dem Display.

Er geht nicht ran.

Er sieht einen Ballon.

Einen Heißluftballon, rot, wie er vor dem stummen Herbsthimmel majestätisch über den Kaltsee gleitet, als die Sonne plötzlich ein letztes Mal hervorkommt.

Der Hals wird eng von Tränen, das Handy hört auf zu klingeln. Und plötzlich sieht er mehrere Ballons, eine ganze Armada, grüne, blaue, gelbe, bunte, einige mit Reklame – die über den Baumwipfeln und dem See aufsteigen –, viele

Ballons, für einen kurzen Augenblick, bevor die Sonne hinter den Wolken verschwindet und der Regen niederprasselt. *Up, up and away.* Nancy Sinatra singt dieses Lied in einer sehr alten Filmsequenz aus den Sechzigerjahren. Sie haben sie auf YouTube angeschaut, er und Mama Angela, viele Male; Nancy, in hohen weißen Stiefeln, steigt am Ende in einen Korb, sie heben ab und steigen zum Himmel auf – *up, up and away.* Nancy singt, Mama singt – aus irgendeinem Grund liebt sie dieses Lied.

Ich muss mir ein neues Hobby zulegen, denkt Gusten. *Ballonfahren zum Beisp…*

»Der Film heißt … Wer hat Bambi getötet?«

Eine metaphorische Aussage –

Die perfekte Unschuld –«

Dann tippt er auf die Nummer von Cosmo Brant.

Tierhandlung
(Emmy am Nachmittag)

Bevor Emmy in die Tierhandlung kam, arbeitete sie in einer Tierklinik im Villenviertel, von denen es damals mehrere gab. Dort wurde ein Kaninchen hereingebracht, ein Findelkaninchen, alt, ziemlich krank, aber dick und wohlgenährt, und ihm war anzusehen, dass es ihm früher im Leben einmal gut gegangen war.

Aus irgendeinem Grund sollte es operiert werden. Aber der Tod war schneller, die Operation missglückte, das Tier starb, und jemand nahm das Herz heraus (ein junger Student der Veterinärmedizin, der den Tierarzthelferinnen zeigen wollte, wie das Herz aussah).

Später lag es auf dem Operationstisch. Daran erinnert sie sich deutlich; dunkel, rotbraun und bedeutungslos, aber überströmend vor Wärme.

Bevor es erkaltete – ein pochendes Kaninchenherz.

Ein Anblick, der nicht verschwand, nicht, dass er schrecklich gewesen wäre (oder na ja, das war er auch, aber das war nicht die Hauptsache, überhaupt nicht, und wenn man Kleintierpflege gelernt hatte wie Emmy, hatte man so etwas auch schon vorher gesehen).

Er war einfach da. Dieser Anblick. Ein pochendes Kaninchenherz.

Und warum denkt sie jetzt daran? Es ist Nachmittag, sie ist an ihrem Arbeitsplatz in der leeren, stillen Tierhandlung in der oberen Etage eines alten Einkaufszentrums, in das so gut wie niemand mehr kommt, schon gar nicht in die obere Etage. Ist der Laden deshalb pleitegegangen und muss geschlossen werden? Sie weiß es nicht. Jedenfalls: dass sie den Hund auf diesen Namen getauft hatte – Herz – hing irgendwie damit zusammen. Der Hund, mit dem Mats sie bei ihrem ersten gemeinsamen Weihnachtsfest überrascht hatte, nach der Fehlgeburt.

Sie ist allein im Laden. Die Stunden vergehen, die Minuten. Und sie hat viel zu viel Zeit, das zu tun, was sie nicht will: mit dem Handy herumzuspielen. Es klingelt und klingelt, aber Gusten geht nicht ran.

Die Tierhandlung wird, wie gesagt, in einigen Tagen schließen. Der Räumungsverkauf läuft. Aber das macht nichts, die Tiere sind zum halben Preis gut weggegangen, nur drei Kaninchen gibt es noch und ein paar Schlangen.

Und ein Nagetier, so ein kleiner edler Hamster (er hat einen Stammbaum), süß.

Alle Kaninchen sind reserviert, nur eines nicht. Aber Emmy will das Mädchen, das den Hamster gekauft hat, überreden, auch das Kaninchen zu nehmen, wenn sie später am Nachmittag kommt, um den Hamster zu holen. Das wird bestimmt klappen, denn das Mädchen ist genau wie der Hamster, klein und süß. Sie hätte das Kaninchen auch selbst nehmen können … Emmy hat ein besonderes Verhältnis zu Kaninchen, sie erinnern sie an Gråbbå, wo sie eine »Farm« hatte (ein schöner Name für ein schlecht durchdachtes Jugendprojekt, bei dem sie Kaninchen hätte verleihen und verkaufen sollen, Winterkaninchen, und Sommerkaninchen für Interessierte, aber das Geschäft lief schlecht, machte kaum Umsatz, und die Kaninchen fingen an, sich wahllos fortzupflanzen, kopulierten wie

Wie die Karnick –

Nein, jetzt fällt es ihr ein, das Wort, wie kleine *Fuckbunnys* – tönt es aus ihrem Inneren herauf.

Apropos Kaninchen. Eine absurde Erinnerung aus dem Sommer kommt ihr in den Kopf. Cosmo Brant, der Enkel ihres ehemaligen Arbeitgebers – in der Tierklinik – (er stammt aus einem dieser wohlhabenden Clans, die in den besten Gegenden des Villenviertels wohnen und bei denen es wichtig ist, den Überblick über die verschiedenen Verwandtschaftsgrade zu behalten und sie zu benennen), war auf einmal in der Tierhandlung aufgetaucht und hatte darauf bestanden, sie mit einem Kaninchen im Arm zu fotografieren. Sie hatte sich zuerst geweigert, sie konnte ihn nicht leiden, außerdem war er in gewisser Weise Gustens Freund. Der einzige Freund aus Gustens Leben im Villenviertel, den es in ihrem und Gustens gemeinsamen Leben im Fertighaus gegeben hatte, der aber nie vergaß, ihr zu zeigen, dass er sich nichts aus ihr machte, dass er sie für uninteressant hielt, für ein bedeutungsloses Landei, das näher kennenzulernen man sich nicht die Mühe machen musste. »Süß«, hatte er zu Gusten über Emmy gesagt, als würde er einen Gegenstand beurteilen. Und natürlich hatte sie das wütend gemacht, aber gleichzeitig, was ging sie ein Cosmo an? Oder Gusten und sie? Damals waren sie einander genug gewesen, und außerhalb ihrer Zweisamkeit hatte nichts anderes existiert. Aber Cosmo hatte darauf bestanden, hatte gesagt, sie sei die Verkäuferin in diesem Laden und schulde ihm den bestmöglichen Kundenservice. Und er brauche das Bild dringend für einen Film, den er machen wolle. »Ich will nicht in deinem Film sein.« Er hatte gegrinst: »Reg dich ab, das musst du auch nicht, das Bild soll nur ein Schatten sein, das Mädchen mit dem Kaninchen im Arm, eine Silhouette. Für den Umschlag der Präsentation, die man braucht, um eine Förderung zu bekommen. Sonst nichts.« »Eine Silhouette?« »Ja, nichts weiter.« Und schon hatte sie mit dem Kaninchen im Arm dagestanden, mit dem Rücken zu ihm, und sich knipsen lassen.

»Willst du nicht wissen, worum es in dem Film geht?«

»Interessiert mich nicht. Bist du bald fertig?«

»Gleich.« Er hatte nur blöd gelacht und weitergemacht. »Der Tod der Unschuld. Wer hat Bambi getötet? Nach einem alten Song der Pistols.«

»Aha.«

»Was, aha. ›Interessant‹, solltest du sagen, Verkäuferin. ›Interessant.‹«

»Wovon redest du, verdammt noch mal? Verpiss dich!«

Aber genau in diesem Augenblick war ein Kunde ins Geschäft gekommen, das Kaninchen hatte sich blitzschnell ihrem Griff entwunden, und sie hatte es blitzschnell wieder einfangen müssen, damit es nicht durch die offene Tür entkam. Cosmo war gegangen, und als sie wieder allein im Laden war, hatte sie eine ganze Weile mit dem Kaninchen im Arm dagesessen. Hatte den warmen Körper an ihrem Körper gespürt, das weiche Fell, bevor sie es zurück in seinen Käfig setzte.

Ja, sie könnte es, wie gesagt, selbst nehmen, aber was sollte sie damit? Sie hat schon den Hund, und Mats findet, dass Kaninchen für Kinder sind, womit er wahrscheinlich recht hat.

Ja, Kinder.

Kinder.

»Scheiße, Gusten. Antworte!« Emmy springt vom Stuhl hinter dem Tresen auf, auf dem sie in diesem leeren, stillen Laden gesessen hat. Nein, niemand kommt hierher! – Und geht ans Fenster, ans verdammte Schaufenster, durch das man nicht hinausschauen kann … Es klingelt und klingelt, aber Gusten antwortet nicht. Sie checkt noch einmal, zum x-ten Mal, ihre eigene wütende Mitteilung an ihn vom Vormittag. Ja, da steht »gesendet«. Aber trotzdem, äußerst untypisch, dass er nichts von sich hören lässt. Ganz untypisch, genauer betrachtet (es bereitet ihm schließlich größtes Vergnügen, sich mit ihr zu streiten, besonders wenn sie versucht, ihn wegen Saga-Lill zurechtzuweisen, und er sagt: »Was, bist du etwa eifersüchtig?« Und wenn er das sagt, hört sie schon die ganze Hoffnung in seiner Stimme).

Und Saga-Lill hat nichts von sich hören lassen, unter ihrer Nummer ist *der Teilnehmer derzeit nicht erreichbar*, wieder und wieder: Andererseits hat sie, Emmy, gesagt, sie würde wieder anrufen, als sie so flammend ZORNIG gewesen war, dass sie kein Wort herausgebracht hatte.

Heute, früher am Tag, vor nur wenigen Stunden, und dennoch irgendwie lange her, eine andere Zeit.

In diesem schrecklichen, klebrigen Sonnenschein vor der Apotheke. Sonnenscheinstraße.

Die Sonne ist hinter den Wolken verschwunden, vielleicht hat es schon angefangen zu regnen: weicher Nebel hat über dem Kaltsee gehangen, als sie von zu Hause wegging. Die Heißluftballons, die vor einer Weile über den Baumwipfeln schwebten, in allen Farben leuchtend vor dem blauen Himmel. Verschwunden jetzt – alles dunkler und gedämpft regenkrank.

In der Tierhandlung Stille – so still, dass man eine Stecknadel fallen hören könnte, stellt sie sich vor; und die Mädchen, die die Kaninchen, die Schlangen und den Hamster holen werden, kommen erst nach vier, das ist noch lange hin, jetzt ist es halb drei.

Saga-Lill. *Der Teilnehmer ist derzeit nicht erreichbar.* Und ja, sie sieht es ein, sie muss leben und leben lassen und sollte aufhören, eifersüchtig zu sein. Falls es das ist, was sie ist, eifersüchtig? Na, egal, aber FALLS sie es tatsächlich noch ist, jedenfalls.

Man kann die Freunde, die nicht das richtige Image haben, nicht wegfengshuisieren (oder wie das heutzutage heißt, *wawisaba*. WEGMITDERLEICHE?)

Da waren sie sich einig gewesen, sie und Saga-Lill, schon zu Gråbbå-Zeiten. Eine Erinnerung aus dem letzten Jahr in Gråbbå, sie liegt mit dem Kopf in Saga-Lills Armen, Saga-Lill hat die Kamera weggelegt. Du bist mein Lieblingsmotiv, sagt Saga-Lill oft, aber jetzt fotografiert sie nicht ... Jetzt redet sie, über die Freundschaft, ruhig, die Hände in Emmys Haar. »Eine Freundschaft, die sich nicht verändern darf, ist keine Freundschaft«, sagt sie und Emmy stimmt zu – ein Gespräch über die Zukunft also, wohin in der weiten Welt, was wird später passieren, wenn sie Gråbbå verlassen und vielleicht getrennte Wege gehen, denn schließlich werden sie unterschiedliche Dinge studieren und das wird sie vielleicht verändern. In der Zukunft. Bevor Emmy Saga-Lill kennenlernte, hatte sie so etwas wie eine Zukunft nicht. Nein, jedenfalls hätte sie es nicht so großspurig formuliert, sie war auch nicht unglücklich gewesen, aber jedenfalls hatte sie keine Zukunft jenseits von Gråbbå. Sie würde Gråbbå nicht verlassen, bzw. ob sie es verlassen würde oder nicht, war nicht wichtig gewesen.

Sondern sie würde irgendeinen Typen heiraten.

Und viele Kinder bekommen.

Davon war sie damals schon felsenfest überzeugt gewesen, dass sie viele, viele Kinder haben würde! Aber mit Saga-Lill waren so viele andere Gedanken aufgetaucht, andere Möglichkeiten, Gedanken an Veränderung, Entwicklung, und auch das hatte sich richtig angefühlt, so spannend und gut.

Was für eine schöne Szene aus Gråbbå, sie und Saga-Lill am Bach (der wie ein Strich durch Gråbbås Zentrum schneidet, das nichts Besonderes ist, bis auf diese Kerbe, die Wunde mitten in der Stadt – ansonsten hässlich und nichtssagend), im letzten Herbst, Altweibersommer, sie mit dem Kopf in Saga-Lills Armen.

Auf einer Bank

Diese Wärme

Weichheit

Biegsamkeit –

Und irgendwo, pochend im Hintergrund, etwas, das beinahe schon aus dem Bewusstsein verschwunden war: Joel, den es nicht mehr gab, nur diese Berührung.

Joelbiegsamkeit.

»Ich will KINDER haben!«, sagt Emmy laut, im Gespräch über die Zukunft. »Und dann will ich einen Blog haben.«

»Einen Blog?«, sagt Saga-Lill amüsiert.

»Ja, einen Blog und ich werde ihn EINE ETWAS ANDERE MAMA nennen.«

»Warte!«, ruft Saga-Lill aufgeregt. »Bleib so!«

»Was?«

»Dein Gesichtsausdruck! Ich muss –«

Ein Bild machen. Und Saga-Lill macht ein Bild.

Knipst.

EINE ETWAS ANDERE MAMA. Es wird eine ziemlich verschwommene Nahaufnahme von einem unendlich hübschen – ja, sie ist so hübsch, Emmy – Gesicht.

Und jetzt plötzlich, als sie, Emmy, hier steht, unschlüssig mitten am Tag in der Tierhandlung, spürt sie den Körper.

IHREN Körper.

So stark, so muskulös, so warm und lebendig.

Unbezwingbar.

Und denkt: Ja. Jetzt.

Diese Gewissheit auf einmal: als wäre der ganze Tag darauf hinausgelaufen.

Um 15.03 Uhr am Nachmittag hängt Emmy das Schild BIN GLEICH ZURÜCK an die Ladentür der Tierhandlung und schließt ab.

Nimmt daraufhin die Tüte mit dem Schwangerschaftstest, den sie in der Apotheke gekauft hat, aus der Handtasche, geht nach hinten auf die Toilette und macht den Test.

Er ist negativ.

Teil 2

Bambi

Bilder von Emmy, 1

»THEN I GOT MARY pregnant and BOY that was lalalaa lallalalaa and for my nineteenth birthday I got a union card and a wedding lalalaa –«

Emmys Landschaft: Gråbbå, vor einer Ewigkeit, Emmy singt. Sie sind zum Bach hinuntergegangen, dorthin, wo er am lautesten tost: Es hat eine Eisschmelze gegeben, Regen, Überschwemmungen, plötzlich ein paar Tage lang Frühling. Sie haben Kaninchen dabei –Tote, die sie aus ihren Käfigen in Emmys Garten freigelassen haben, weil sie Idiotinnen waren (also sie, nicht die Kaninchen): Saga-Lill soll Fotos machen, Emmy mit den Kaninchen fotografieren, den Augenblick festhalten, in dem die Käfige geöffnet werden und sie an Emmy vorbei hinaus in die Freiheit schlüpfe (Emmy hat beteuert, dass die Kaninchen einfach auf sie hören würden, und das tun sie jetzt nicht mehr.) Knips, knips, knips, Saga-Lill knipst, knipst, aber natürlich laufen die Kaninchen weg. Alles gerät außer Kontrolle, und sie müssen sie jagen, versuchen, sie einzufangen, aber ein paar von ihnen sind in den Wald gehoppelt, außer Reichweite, und einige Verwirrte hinaus auf den Acker, wo Landwirtschaftsmaschinen, die die Erde pflügen, die Erde wenden, die Kaninchen zerhäckselt oder überfahren haben – sie sammeln die toten ein und töten die verletzten (Emmy erschießt sie mit dem Gewehr oder dreht ihnen den Hals um, sie ist geschickt, weshalb es schnell und reibungslos geht), und sie nehmen sie mit zum Bach, werfen sie an einer tiefen Stelle hinein, wo die Strömung stark ist – tote Kaninchen, schlaffe, blutige Körper, fallen aus ihren Händen in den Bach, der Bach tost, Emmy singt, jetzt singt Emmy, sehr laut, um das Tosen zu übertönen, sie schreit in die raue Morgenluft:

»Now all the things that seem so important mister lala lalalaa vanish into earth is a dream a lie that don't come true or is it something worse –

That sends us down to the river
And into the river
We dive –
Down to the RIVER you and I –«

Das ist total schmalzig, aber ein fabelhaftes Bild: Saga-Lill knipst – Emmy, der verzweifelte Blick, Blut an den Händen, an der Jacke.

Knips knips knips

Es ist das erste Mal, dass Saga-Lill Emmys Stimme hört. Sie ist wirklich nicht schön, nicht begabt, nicht rein.

Aber unvergesslich.

Und als Saga-Lill fertig geknipst hat, nimmt sie Emmys Hand und denkt zum ersten Mal an Joel.

Emmy drückt die Hand, singt weiter, lacht. Traurig ist sie nicht, nur aufgewühlt, aber Tiere sterben nun mal, müssen manchmal sterben … Wie schrecklich, aber auch ganz natürlich hier draußen auf dem Land – und die Möwen entdecken sie, kommen angeflogen und kreisen schreiend über ihren Köpfen –

(Die Bilder, die tausend Millionen Bilder von ihr, Emmy, nehmen mir den Atem. Ich setze mich auf den Klodeckel in der Dunkelkammer in meinem Elternhaus und höre, wie das Herz pocht und pocht.)

Jenseits von Afrika
(Saga-Lill in Gråbbå)

DAS BIN ICH, Saga-Lill. Und ich bin wieder in Gråbbå, in meinem Elternhaus, habe mein Studium und meine Studentenwohnung in der Hauptstadt aufgegeben, die deshalb geräumt werden musste, aber Mama braucht mich, sie ist sehr krank und muss außerdem bald umziehen.

Im Elternhaus – dem anderen, dem, das danach kam, »nach Afrika«; ich war schon vierzehn, als wir ins Zentrum von Gråbbå gezogen sind. »Nach Afrika« – ein Codewort in einem Jargon, der in der Familie, solange es sie noch gab, verwendet wurde, um auszudrücken, wie es sich anfühlt, eine pittoreske kleine Küstenstadt am Meer mit alten Holzhäusern voller Türme und Zinnen, einen alten Badeort mit Pension, für das hier verlassen zu haben: das stille, graue Gråbbå, weit entfernt von jedem offenen Meer, mit nichts als einem schmalen Bach, der wie ein blutender Strich durchs Zentrum schneidet, das so schwarz und nichtssagend ist.

Wo meine Mama viel zu lange wohnen geblieben ist, in fünf viel zu großen Zimmern mit Küche, die zu verlassen sie sich bis jetzt geweigert hat. Im letzten Sommer hat sie dem Verkauf an die neuen Eigentümer von EIN BREITES WEISSES LÄCHELN zunächst zugestimmt (es heißt natürlich jetzt anders, geradliniger, wie Zahnklinik zum Beispiel – jedenfalls ist es Teil einer dieser Ketten). Das breite weiße Lächeln, das neonfarben in die Gråbbånacht blinkte, wurde abmontiert und zur Müllhalde gefahren, weil es so viel Platz in dem erstaunlich engen Keller des stattlichen Steinhauses einnahm.

Aber nun hat Mama plötzlich entschieden, dass sie wegwill, mitten in der Chemotherapie. Gunvej in Norwegen ist schwanger, Bror (mein Papa) postet Bilder vom runden Bauch auf Facebook, sie sind so hell, diese Bilder, so verdammt glücklich, vielleicht deshalb? (Obwohl man sie das natürlich nicht direkt fragen kann, und warum auch?) »So schnell wie möglich weg von hier«, sagt sie nun plötzlich. »Zurück nach Afrika«, sagt sie. »Mein Afrika« – in diese wintervergessene, windige Sommerstadt, wo sie, wie sie behauptet, zu Hause ist. Auch wenn ich viel öfter denke, dass sie nirgendwo zu Hause ist außer in ihrem Kummer, ihrem Hass, den sie in sich wie ein heimliches Kind nährt, trotz der Krankheit und trotz diesen, wie sie es nennt, »positiven Gedanken, die die Voraussetzung für meinen Kampf ums Überleben sind«. Die zu denken sie sich also lieber Mühe geben sollte, um gesund zu werden, wie man ihr sagt. Während ich mich, sobald ich meine Mutter in dieser Stimmung erlebe, viel öfter frage, ob man sie hassen kann, Karen, die eigene Mutter? Blöde Frage. Natürlich kann man, aber ich, die Tochter, die einzige, die noch da ist – kann ich? Und wozu sollte das in diesem Fall gut sein?

Ich weiß es nicht. Also bleibe ich in diesen letzten Tagen in der Wohnung, bevor die neuen Eigentümer sie übernehmen, packe Umzugskisten, werfe weg, sortiere aus, packe, werfe weg, montiere die Musikanlage ab, den Fernseher, Mädchenzimmer, Jungenzimmer, Dunkelkammer … die Reste eines Lebens, eines Familienlebens, eines Aufwachsens.

Und Emmy. Alle Bilder, die ich von ihr habe, liegen in meiner alten Dunkelkammer herum, lauter Bilder von ihr, Emmy.

Emmy. »Mein Motiv.« Ja, so habe ich das gesagt. Spaßeshalber.

Emmy. Ein kleines Mädchen in Joels Zimmer. »Wart ihr zusammen?«

Emmy zuckte die Schultern. Und ging. In einer viel zu kleinen Steppjacke. Und ich rannte ihr hinterher. »Warte!«

Mein Motiv, sagte ich also feierlich zu ihr, wenig später, als ich zu ihr kam, ins Haus ihres Großvaters, ein Schuppen, in dem Emmy damals wohnte, und Emmy, das Motiv, grinste mit offenem Mund vor den Gråbbåfeldern – und klick, fotografierte ich das. »Du hast ja eine Schraube locker«, erklärte Emmy begeistert. »Du auch«, sagte ich, und wieder lachten wir.

Und genau so wollten wir uns selbst gern charakterisieren. Wir liebten es, uns zu charakterisieren: eine Schraube locker, reckless, »verrückt« (was man auch gut sein konnte, wenn man zu zweit war).

Und ja, klar, vielleicht kann ich sie jetzt auch vor mir sehen: Da ist sie, in der schicken Wohnung im Villenviertel mit ihrem Mats. Aber er ist nicht zu Hause, ein Abend im November, es ist spät, sie steht am Fenster im Wohnzimmer, allein. Es fängt an zu schneien.

Der erste Schnee: dünne Flocken, die im Schein der Straßenlampe schimmern, auf die Strandpromenade herabwirbeln, wie der Fußgängerweg aus Asphalt zwischen dem Haus und dem weiter unten gelegenen Kaltsee genannt wird oder genannt werden **sollte**, *denn wenn man ihn anders nennt, beispielsweise »Weg«, gibt es immer irgendeinen Nachbarn im Beirat der Hausgemeinschaft, der einen korrigiert, als würde der Wert der Wohnung sinken, wenn man es falsch sagt.*

Aber Asphaltweg bleibt Asphaltweg. Denkt Emmy vielleicht blasphemisch. Ein Weg mit Betonklötzen auf beiden Seiten – Hundert-Kilo-Klötze in einem millimetergenau bemessenen Abstand voneinander, und irgendwelche Töpfe mit verwelkten Pflanzen. Genau wie in Gråbbå, fällt ihr ein. Langweilige rote

Geranien in viereckigen Kübeln ... bängbängbäng, Scheißgeranien, und plötzlich ist sie, in der Erinnerung, wieder mit mir in Gråbbå, an einem trostlosen Samstagabend dawoderPfefferwächst, Gråbbås Zentrum unsicher machend. Total »reckless«, das sagen wir auch übereinander, wenn wir ein paar Bier getrunken haben oder irgendeinen schrecklich gepantschten Wein, den wir aus Mamas »Weinkeller« geklaut haben, der eigentlich nur aus ein paar Regalen mit Marmeladen und Säften im Kühlkeller des edlen Steinhauses besteht, in dem wir, die Zahnarztfamilie, wohnen. Mutter Vater Kind zunächst, aber langsam und eigentlich dann in dieser ganzen Zeit, in dieser Dunkle-Herbstabende-des-letzten-Gråbbå-Jahres-Zeit, reduziert auf Mutter und Kind: ein *Kind. Denn Joel war ja tot, und im Ort ging die Kunde um, dass mein Papa Bror nur wenige Monate nach dem furchtbaren Busunglück, in dem Joel umgekommen war, die Familie ratzfatz verlassen hatte und nach Norwegen gezogen war, mit Gunvej, der Rezeptionistin aus der Zahnarztpraxis, mit der er schon länger ein Verhältnis hatte, was auch die ganze Stadt schon eine Weile wusste (alle außer seiner Frau – und der Tochter, also mir).*

»Karens Sommerwein«, »Karens Dessertwein«, »Karens Traumwein« – sie (Mama) panschte selbst ein bisschen (aber trotz der Etiketten immer derselbe süße, schreckliche Geschmack).

Aber bängbängbäng auf dem Marktplatz in Gråbbå, in der leeren stillen Gråbbånacht: dieses Bäng-Geräusch, wenn ich, total »reckless«, mit dem Fuß gegen ein fahrradständerartiges Ding zwischen zwei dieser identischen Betonklötze stieß, wo im Sommer Unmengen schrecklicher Geranien drin waren, obwohl es gar nicht so laut »bängte«, sondern mir nur der Fuß davon verdammt wehtat, und ich aufheulte und wütend wurde (sonst war ich nie wütend, nur wenn ich betrunken war, was selten vorkam, aber ich brauchte auch nicht viel zu trinken, denn der Wein stieg mir immer schnell zu Kopf).

Und galoppierte in die Gråbbådunkelheit davon, während Emmy mir hinterherrief: »Hör auf, Saga-Lill.« Aber da war ich schon lange weg und rannte weiter, bis mir schlecht wurde und mein Körper schlappmachte und ich mich übergab.

»Karens Traumwein, Karens Dessertwein« und so weiter.

Und es wurde still. Denn vielleicht war Emmy da und legte ihre Arme um mich, tröstete mich, obwohl ich nicht weinte – ich weinte nie, mir ging es so verdammt gut.

Aber das ging vorbei, und schon kam ein neuer Tag.

Und dann war ich wieder dort. Bei Emmy. Voller Ideen, Verrücktheiten, Fantasien und mit meiner verdammten Kamera, und wir gingen raus, und ich kam in Fahrt und fotografierte unermüdlich, knips, knips, knips –

Aber Moment mal: Wo war Emmy? Ach ja, Emmy im Zimmer, hat sich vom Fenster abgewendet, Gråbbå kam und ging, und sie erträgt es nicht, in den Schnee hinauszusehen.

Und lässt mich hier in Gråbbå zurück. In einer alten Geschichte.

Ich taufe sie »Jenseits von Afrika«. Nach dem ersten Satz in Karen Blixens Buch, das Mama im goldenen Zeitalter, als alles noch andauernd gut war, als »unser Buch« bezeichnete und das sie von allen schönen Büchern der Weltliteratur am meisten liebte.

Sie konnte damals auf diesem sogenannten Marktplatz im Zentrum von Gråbbå stehen und eine ihrer leicht deplatzierten, glänzenden Reden für Kreti und Pleti halten, darüber, wer »wir waren« – nicht unbedingt aus Überheblichkeit oder um anzugeben, kein Show-off, sondern bloß, um es zu verkünden, in einem Tonfall, der von einer solchen Sehnsucht erfüllt war, Sehnsucht nach Freiheit und einem gewaltigen Traum von endlosen, offenen Weiten. Ich hatte eine Farm in Afrika. Ich hatte eine Farm in Afrika, am Fuße der Ngong-Berge …

Die Tür zu Mamas Schlafzimmer ist zu: Mama liegt da drin

und ruht sich aus. Sie hat Schmerzen, sie ist einsam, und klar tut sie mir wirklich furchtbar leid.

Die neuen Eigentümer der Praxis im Erdgeschoss: »Die hungrigen Zahnärzte« (sagt sie, Mama) – übrigens auch ein Paar, so wie sie und Bror irgendwann mal eines waren. Karen und Bror – diese Eltern, für die das Leben damals darin zu bestehen schien, in einem Jeep (ich schwöre) im Zentrum von Gråbbå vorzufahren, in zusammenpassenden hellen Leinenklamotten, khaki, weiß und beige, aus dem J Peterman-Versandhauskatalog (Karen und Bror waren bestimmt die einzigen im ganzen Land, die sich ihre Kleidung von J Peterman aus den USA schicken ließen, daran war der Katalog schuld, worüber sie scherzten … ***This is what you wore coming back from the gold fields (der Leinenanzug)*** *– und für eine Weile war das Leben auch so gewesen wie im J.-Peterman-Katalog – natürlich mit einem Augenzwinkern, der ganze J.-Peterman-Katalog war mit einem Augenzwinkern geschrieben. Oder dass ein bestimmter Film mit Robert Redford und Meryl Streep in den Hauptrollen, der auf einem gewissen Buch beruhte, das man allerdings nie ganz gelesen hatte, von dem man aber den ersten Satz wieder und wieder zitieren konnte, eine entscheidende Bedeutung für alles hatte. Dieser Film »Jenseits von Afrika«, einmal der beste Film, den man kannte – der erste Film, den Bror und Karen (das legendäre Paar) gemeinsam gesehen hatten, vor vielen Jahren, als junge und frisch verliebte Erstsemestrige an der Hochschule für Zahnmedizin.*

Sie rauschen hinein in das Zentrum von Gråbbå: Karen und Bror, zwei Kinder auf dem Rücksitz (Mutter, Vater, Sohn, Tochter). »Jenseits von Afrika?« Lächerlich? Vielleicht. Wahr? Doch, leider. Wahr.

Irma heißt sie, die Frau des Zahnarztpaares im Erdgeschoss. Und Mama ist damit beschäftigt, sich abfällige Spitznamen für sie auszudenken – eine letzte Anstrengung aus einer ande-

ren Zeit, als man noch nicht bitter, krank und einsam war, sondern es genoss, im Einklang mit der Familie allen in der Umgebung Spitznamen zu verpassen. Gar nicht bösartig, sondern mit »Augenzwinkern« und »Esprit« (aber das geht jetzt nicht mehr, Irma ist und bleibt einfach Irma, schön, freundlich, down to earth).

In einer Zeit, als man noch nicht mit seiner ehrgeizigen, begabten, zielstrebigen etc. (oder lalalalla, wie Emmy immer sang, um die Stellen im Lied zu füllen, bei denen sie sich nicht an die Worte erinnerte) Tochter, die schon längst mit der Universität hätte fertig sein sollen (auch wenn absolut nicht zu begreifen war: Theologie? Um was zu werden? Pastorin? Aus einem so liberalen, freigeistigen Zuhause mit hohen Decken und Platz für alle Ansichten: woher diese **strenge** *Lebenseinstellung? »Und Saga-Lill«, rotweintrunken genug, um diese Frage zu stellen, weil es nicht so aussah, als würde das Studium zu irgendwas führen: »Hast du daran gedacht, dass eigentlich,* **eigentlich**, *also was ist deine Mission? Im Leben, meine ich?«, schlürf, »im Ganzen?«), in einer Küche saß und Kreuzworträtsel löste, die diese Tochter Saga-Lill, die einen Sommerjob in der Bibliothek von Gråbbå hatte (zu Beginn ihres Studiums kam sie brav jeden Sommer nach Gråbbå zurück, damit die Mutter nicht so ungeheuer einsam in der großen Wohnung war), aus bestimmten, ausgesuchten Zeitschriften herauskopierte, in denen die Kreuzworträtsel »Finesse« besaßen und nicht so leicht zu lösen waren wie die Kreuzworträtsel der normalen Tageszeitungen.*

Stapelten sich allmählich, diese Zeitschriften, damit es einen Vorrat gab für die Zeit, in der die Tochter nicht in Gråbbå war, sondern am Studienort, und die Mutter sich selbst »ausgeliefert« (ein Wort, das sie in Anwesenheit der Tochter besonders gern verwendete), nach Joels plötzlichem Tod im Alter von nur fünfzehn Jahren. Sie war damals an einer Depression erkrankt, von der sie sich nie ganz erholte. Seither nahm sie

Medikamente, die ihre Feinmotorik so stark beeinträchtigten, dass sie nicht in der Lage war, an ihren Arbeitsplatz zurückzukehren. Bror hingegen hatte sich nach der Familientragödie gut erholt (in Norwegen neu angefangen, wohin er nach Joels Tod abgehauen war).

Und sie wurden zurückgelassen. Wir. Wurden zurückgelassen: Mutter und Tochter, ich und Mama. Gemeinsam Wein pichelnd am alten Küchentisch, während Mama nicht aufhören konnte, von Bror zu reden und darüber, wie sie ihn hasste, wie verlassen sie war, »mein Verlassensein«. Klar, dachte ich, als ob ihn das interessieren würde. Manchmal checke ich ihn auf Facebook. Er hat, äußert er in seiner Selbstbeschreibung, ein »aktives Leben« (in der norwegischen Stadt, in der er heute mit seiner neuen Frau Gunvej, 37, lebt, die nun ihr erstes Kind erwartet – das erste gemeinsame von Bror und Gunvej, »meiner wunderschönen Frau«.)

»I support an active lifestyle«, und so sieht man Bror und Gunvej: wie sie wandern gehen, Marathon laufen und mit dem Kajak durch Stromschnellen und andere Wildwasser paddeln und breit und weiß in die Handys lächeln, mit denen sie sich fotografieren, immerzu und andauernd. Und ja, sie sehen glücklich aus, doch, wirklich. Ist das Glück? Ja, vielleicht ist es das tatsächlich, egal – es macht keinen Unterschied. Aber klar, Mama, es kann einen verrückt machen, das zu sehen. Das verstehe ich –

Das neue Zahnarztpaar ist wirklich strebsam. Ehrgeizig, mit beiden Beinen auf dem Boden. Für sie gibt es kein »Afrika« – nichts, was über irgendwelche Grenzen hinausginge, nichts »Magisches«, Großes (wie lächerlich auch immer), kein kleinbürgerlicher Gefühlskarneval. (Die Mutter – weiß erfolgreich wohlhabend, ihre Schäfchen im Trockenen und sich dieser Privilegien überhaupt nicht bewusst – hechelt wie ein Teenager wieder und wieder die Beziehung mit einem Mann durch, der sie schon vor langer Zeit verlassen und aufgehört hat, sich für *sie zu interessieren – im einzigen Architektenhaus aus Stein in Gråbbå, in der größten Wohnung, die den Namen wirklich verdient hat: »Beletage«.) Kein J.-Peterman-Katalog. (»***You can tell that's where her heart is. In the wild and untamed. With style and grace«: The Equestrian Coat, No 3480***)*. *Keine schizophrene Zahnreihe in starker Vergrößerung ausgebreitet, neonleuchtend in den allerdunkelsten Gassen von Gråbbå: EIN BREITES WEISSES LÄCHELN. Nein, nichts dergleichen. Nur ein strebsames, normales Paar – besonders Irma, die, wenn ich ihr auf der Treppe begegne, nie vergisst, das zu fragen, was meine Mutter nie fragt. »Und, wie geht es dir?« Und mir tief in die Augen schaut, so ruhig und freundlich, dass mir fast die Tränen kommen und ich gern Scheiße sagen würde. Ich denke an das abgebrochene Studium, den verlorenen Glauben (etwas, worüber man mit niemandem reden kann, es gibt keinen Gott, die Mutter würde einfach zustimmen und anfangen zu weinen), ich denke an Gusten, Emmy, all das Ungesagte und an das entsetzliche Chaos in meiner Studentenwohnung, bevor ich ausziehen musste. An alles, was da wucherte, und ich konnte nichts dagegen tun. Aber genau in solchen Augenblicken mit Irma auf der Treppe ist mir auch klar geworden – ich kann mich nicht beklagen, ich, mit all meinen Privilegien. Also antworte ich: »Gut.«*

Aber wie auch immer: Wie eine Katze ist sie lange um den heißen Brei gestrichen, diese Irma (deshalb auch Mutters Beiname »die Hungrigen« für sie und ihren Mann: »Der Hunger, der in ihren Augen leuchtet …«). Sie warten darauf, und zwar wirklich, dass sie die Wohnung, in der Mama immer noch wohnt, die sie aber schon gekauft haben, übernehmen können. Was »laut Vereinbarung« wegen Mamas Chemotherapie erst auf Veranlassung der Verkäuferin hin geschehen soll, spätestens jedoch binnen zwölf (12) Monaten nach Unterzeichnung des Kaufvertrags (der Ende des vorigen Sommers unterzeichnet wurde, im Zusammenhang mit der Diagnose, dass der Krebs zurück war). Und sie ist ungeduldig. Da ist auch ein Schreien in ihr, aber ein stilles und gut erzogenes Schreien, das trotzdem, philosophiere ich, ein schlimmeres Schreien ist als jenes an den Himmel gerichtete Gebrüll, in das Mama manchmal nach Joels Tod ausbrechen konnte, und einige Monate später wieder, als Bror plötzlich einfach ging, ohne ein Wort (»durchbrannte« – dieses Scheißwort verwendete er auch später noch, als hätte er kein Ohr dafür, wie es klingt. Und vielleicht hatte er das auch nicht? Dachte vielleicht, es wäre … I once had a farm … was genauso feierlich und schön klang).

Denn es war auch eine Art Erlösung, so zu schreien. Die gleiche Erlösung – wahrscheinlich ein komisches Wort? – wie es für mich wahrscheinlich das Fotografieren von Emmy war, immerzu, das ganze Jahr nach Joels Tod.

Anstelle eines explosiven also der zurückhaltende Schrei – schließlich hat es Irma nicht gewagt, ihren Frust darüber zu zeigen, dass Mama immer noch nicht ausgezogen ist, obwohl die Wohnung Irma und ihrem Mann schon seit längerem gehört. Auch Irma ist, wie Gunvej in Norwegen, schwanger, sie erwartet Zwillinge! (Und es würde mich nicht wundern, wenn sie mit Gunvej Emails austauscht; sie kennen sich gut aus Gråbbåzeiten.) Ende Mai soll die Geburt sein, also ist es verständlich, dass sie den Umzug hinter sich bringen will, denn bald wird es Sommer … Aber natürlich würde sie, Irma, das nie im Leben! Laut sagen!

Stattdessen diese schöne Überraschung, jedes Mal, wenn sie mich im Hausflur trifft. »Saga-Lill, sieh mal einer an! Was für eine schöne Überraschung! Und wie geht es Mama?«, ruft sie mir auf der Treppe hinterher, weil sie sich Mama nicht nähern will, nicht nur wegen Mamas unberechenbarer Laune, sondern auch wegen des ZERPLATZTEN LEBENSTRAUMS – vielleicht ist das ansteckend?

Als würde Mama einen daran erinnern (was eine Tatsache ist, genau das tut sie) und auch daran, wie zerbrechlich alles ist.

Ich habe nicht geantwortet. Allerdings hätte ich antworten können: Aber Sie sehen ja selbst, es geht ihr nicht gut: dass die Haare ausfallen, dass sie Schmerzen hat, müde ist, kraftlos, sich graugesichtig die Treppe hoch- und runterschleppt. Und doch bin ich gleichzeitig ihrer, Irmas, Meinung.

Out of this house, out of here (denn hier geht man unter). Raus – je schneller, desto besser.

Der Glasturm
(Emmy im November)

Emmy hat sich wieder dem Zimmer zugewandt (ja, es ist dieser Abend im November) und stellt sich den Überbleibseln des Tages, die sich vor ihr ausbreiten und auch im Dunkeln noch deutlich unterscheidbar sind. Mats' Pullover über der Stuhllehne, sie nimmt ihn, drückt die Nase hinein, um den vertrauten Duft aufzusaugen, *er* – das Hundespielzeug und die Zeitungen und Bücher auf dem Teppich unterm Sofa.

Der Hund streicht ihr unruhig um die Beine, sie tritt nach ihm, vielleicht aus Versehen, »geh schlafen, Herz«, er knurrt, trottet aber gehorsam ins Schlafzimmer.

Auf dem Sofatisch der Laptop, auf dem sie erst heute Abend auf ihrem Blog ein Rezept für Aal-Carpaccio geteilt hat. *Geräucherte Aalscheiben, dünn wie Prosciutto, in Öl und Zitrone getränkt, himmlisch!!,* hat sie geschrieben, *himmlisch!!* Zweimal zwei Ausrufezeichen auf diesem Blog, den sie heute Abend auch beinahe umbenannt hätte. *Emmy im September* könnte sich beispielsweise gut anhören (auch wenn es streng genommen November ist, aber sie benennt ihren Blog häufig um, unvermittelt, aus einer plötzlichen Eingebung heraus, ändert den Namen aber sofort wieder zurück. In den gewohnten alten. So, wie der Blog seit Urzeiten (seit drei, vier Jahren) heißt. EMMY MITTEN IM LEBEN. Aber genau darüber denkt sie schließlich nach. Ist sie wirklich MITTEN IM LEBEN, und MITTEN IM LEBEN, ist das hier?

Wer bin ich im goldenen September? Ein Echo im Kopf … woher kommt das? Etwas, das Gusten einmal gesagt hat (fällt ihr ein).

Nee. *Emmy im September.* Klingt überspannt und ist auch irgendwie so typisch Gusten, und außerdem ist es nicht gut, den Namen seines Blogs zu ändern. *Ändert man sein Markenzeichen, besteht immer die Gefahr, dass man Leser*innen verliert*, wie Gunilla Gahmberg sagt, was schließlich schade wäre, denn Emmys Blog ist ein vielgelesener Blog. (Na ja, »viel« ist möglicherweise übertrieben, *aber hey,* wie ihre Mentorin Gunilla Gahmberg ebenfalls sagt, MUSS man negativ denken?) Obwohl er nie irgendwelche Preise gewonnen hat, noch nicht einmal nominiert wurde, was die Aufmerksamkeit von Gleichgesinnten in der »Blogosphäre« hätte wecken können. »Anscheinend wird man nur nominiert, wenn man die richtigen Kontakte hat«, ist eine ziemlich verbreitete Ansicht in der Facebook-Gruppe »Die anderen Blogger« oder »Die Übrigen«. Das ist eine Gruppe, die ihren Namen in den drei, vier Jahren, seit es sie gibt, mehrmals geändert hat und der Emmy angehörte, bevor Gunilla Gahmberg ihr eine persönliche Mentorschaft angeboten und sie »unter ihre Fittiche« genommen hat, wie sie auch sagt, eine Gruppe, die gewöhnlich über Fotoface kommunizierte, was Emmy manchmal auch tat, weil es Spaß machte und gut war, einen Zusammenhang zu haben, in dem man Gedanken, Ideen, Erfahrungen aus der »Blogosphäre« austauschen konnte. Wo man gute Ratschläge und Tipps bekam, wie beispielsweise den, dass es wichtig ist, den Namen seines Blogs nicht allzu oft zu ändern, denn *ändert man sein Markenzeichen, besteht immer die Gefahr, dass man Leser*innen verliert.*

»No kiddin', hey!«, sagt Emmy auf einmal trotzig, als sie dort im Zimmer steht und begreift, dass sie nur dasteht, um den Mut aufzubringen, den Laptop erneut aufzuklappen und zu den Kommentaren zu scrollen.

Also schaltet sie stattdessen den Fernseher ein und fummelt im Dunkeln mit der Fernbedienung herum; in London brennt ein Skyscraper, das Haus ist hoch und hat viele Fenster, viele Wohnungen, mehr als zwanzig, die Flammen fressen sich durch die Hausfassade, langsam, hinterhältig – es ist kein Terroranschlag (sie erinnert sich an die Bilder, der Brand war im Frühling). Billiges, leicht entzündbares Material, das bei einer schlampigen Renovierung verwendet worden war, die vor kurzem so günstig wie möglich gemacht wurde, weil das Haus zum kommunalen Wohnungsbau gehört, fast hundert Personen sterben in den Flammen. »Wir Menschen hier sind nichts wert«, sagt eine Frau, die in diesem Haus gewohnt hat, in einem Interview, nicht wütend oder verärgert, sondern nur resigniert. Konstatierend, als wäre es eine Tatsache, und das ist unerträglich. Emmy wechselt schnell den Kanal, aber das ist noch schlimmer: ein Massaker in einem Urlaubsort in Tunesien, direkt am Strand, Blut in den Strandkörben, auf Handtüchern und Sonnencremen, Zeitschriften, iPads, Taschenbüchern, Blut im Sand, Körperteile. Ein älteres englisches Paar (sie sprechen Cockney), Mann und Frau, erzählt, dass eine Gruppe von Menschen durch einen Hotelflur rannte, gejagt von einem Mann mit einer automatischen Waffe, und dass es der Gruppe im letzten Augenblick gelang, in ein Zimmer zu flüchten und sich darin einzuschließen, aber die Frau, die als letzte kam, schaffte es nicht und blieb allein auf dem Flur zurück, und weil sich die anderen im Zimmer weigerten, die Tür für sie zu öffnen, musste ihr Mann hinter der verschlossenen Tür hören, wie auf seine Frau geschossen wurde, wieder und wieder, mit etlichen Schüssen: Sie wurde schwer verletzt, überlebte aber. Wie kommt man damit klar, was wird aus einem … nach so etwas? Als Mensch – und die Beziehung? Emmy ist erstarrt, und im Fernsehen rekonstruieren sie jetzt noch den gesamten Ablauf, *aber kriegen die denn nie genug*?

Also schaltet sie wieder aus.

»Es gibt so viel Langeweile in der Welt, und deshalb möchte ich – ja, ich bestehe darauf, an die kleinen und guten Dinge des Lebens zu denken«, lautet eine von Emmys vielen kleinen programmatischen Erklärungen auf dem Blog. *»Sie zu tun, ihnen Ausdruck zu verleihen,* ***diesen kleinen scheenen Dingen«*** (und woher kommt jetzt dieses Dänisch?) –, *»die die Welt am Laufen halten: Handschuhe stricken, mein Familienlaken schön glattbügeln, duftend und weiß … Sorgfalt auf den Alltag verwenden, besonders in meinem Handeln.«*

Das hat sie geschrieben und es klang überzeugend – aber gleichzeitig ist da immer öfter auch so ein Gefühl beim Schreiben und später, wenn sie das Geschriebene noch einmal aufruft und liest, ein immer stärker werdendes Gefühl, das sie aber geheim hält, denn darüber kann man mit niemandem reden, man kann es kaum selbst in Worte fassen, weil es nicht nur um den Blog geht oder darum, was sie dort geschrieben hat und schreibt, sondern weil sie das Gefühl mitten am Tag überfällt mit

ja

tatsächlich

Gelächter. Schallendes Gelächter, mitten ins Gesicht.

Und

das Allerkomischste daran ist natürlich, dass sie weder strickt (überhaupt nie, nicht »alle Wintersocken der Familie mit einer besonderen Wolle, die schon meine Großmutter …« Sie hat keine Großmutter, nur einen Großvater) – noch bügelt (Laken *bügeln*, come on …). Und dieses Aal-Carpaccio, über das sie kürzlich geschrieben hat. Du lieber Himmel, wo sollte sie in diesen Breitengraden plötzlich frischen Aal herbekommen? Aber die Frage war ja eigentlich, ob das wirklich eine Lüge war, denn sie hatte sich sehr gut vorstellen können, dass sie strickte, also war diese Wirklichkeit als *Potential* vorhanden – oder ist noch vorhanden (denn das macht sie schon die ganze Zeit so). Und schließlich ist stricken oder nicht stricken letztendlich eine ziemlich harmlose Frage. Es ist schließlich keine BOMBE, die sie in der Garderobe zusammenbaut, während sie in ihrem Blog eine blumige Sprache verwendet, »um die eigene Marke sichtbar zu machen«.

Lüge? Tja, wie auch immer. Da ist sowieso schon jemand dahintergekommen. Was zu Anfang des Sommers plötzlich in schwarzen, nicht zu übersehenden Buchstaben im Kommentarkästchen zu lesen war. Und sie hat munter geantwortet und zum Beweis ein Bild hochgeladen, das die Socken zeigte, die sie de facto auch gestrickt hatte (aber vor bestimmt zehn Jahren in der Schule). »So schön sind sie geworden!« Aber der Troll blieb hartnäckig: »Ja, aber das war nicht gestern«, als würde er auch diese Wahrheit kennen.

»Wir haben alle unsere Trolle«, hat Gunilla Gahmberg – eine der renommierteren Bloggerinnen, an die sich Emmy mit der Bitte um Rat gewendet hatte: »Ich habe einen TROLL, was macht man da?« – per SMS geantwortet und sie dann tatsächlich auch persönlich angerufen. »Manchmal hat man eben einen Troll im sozialen Umfeld, sozusagen. Also. *Take a deep breath. It may also mean you are appreciated.* Ich meine, deine Besucherzahlen zeigen klar nach oben, und das zieht eben auch ungewollte Besucher an.«

Mithilfe des Trolls war es Emmy jedenfalls gelungen, eine Beziehung zu The Real Thing in der Blogosphäre aufzubauen: zu Gunilla Gahmberg – und sie sogar als Mentorin zu gewinnen. »Mir gefällt, was du auf deinem Blog machst«, hatte Gunilla nach einer Weile zurückgesimst. »Wenn du willst, kann ich deine Mentorin sein. Wollen wir uns verabreden?«

»Hast du mal darüber nachgedacht, Mats, wie das ist, einen Troll im sozialen Umfeld zu haben?«

Sie hatte auch Mats vom Troll erzählt (der ihren Blog nicht liest, wofür sie dankbar ist. Es ist so schön mit Mats, so wenige

Worte und Gefühlsgedusel, so vieles andere … ja, Sex natürlich), hatte ihm nebenbei davon berichtet, wie über etwas, worüber sie sich keine großen Sorgen macht. So was kommt im Netz nun mal vor, mitgefangen, mitgehangen.

»Na, es ist ja nicht so, als würdest du Morddrohungen bekommen.«

Mats, im Auto, hinter dem Lenkrad, hatte mit den Schultern gezuckt, aufgelacht, eine Hand ausgestreckt und ihr das Haar zerzaust.

»Nein, das nicht«, hatte sie lachend geantwortet, komplizenhaft. Und nach einem kurzen Augenblick mit mehr Leichtigkeit hinzugefügt: »Der Troll funktioniert allerdings wie ein Lügendetektor. Natürlich lässt man sich manchmal ein bisschen hinreißen.«

»Hinreißen?«

»Was?

»Du willst sagen, du lügst?«

Mats hatte ihr einen amüsierten Seitenblick zugeworfen und wieder sein heiteres Lachen gelacht. Sie saßen im Auto, nur sie beide, um zum ersten Mal seit langem ein Wochenende zu zweit zu verbringen.

»Nich direkt … aber der Troll … Der Troll weiß manchmal ziemlich gut Bescheid darüber, wie die Dinge eigentlich sind.«

»Nich direkt«, hatte Mats nachgehakt. »Du willst sagen, dass du die Wahrheit frisierst?«

»Frisierst?«

»Ja, also lügst.« Wieder hatte Mats gelacht. Und zuerst war sie wütend geworden und wollte ihrem Ärger Luft machen, hatte es sich dann aber anders überlegt, tief Luft geholt und gesagt, quasi mit einem Augenzwinkern und ebenfalls lachend: »Ist das nicht schrecklich? – Manchmal schreibe ich einfach das, was mir gerade einfällt – dass ich eine Menge Sachen mache, die ich eigentlich gar nicht mache, aber machen könnte, und verliere mich darin – mich fasziniert, was ich da schreibe. Als wäre es eine andere Person, die schreibt. Ach, ich weiß nicht. *Wenn du zwischen Wahrheit und Legende wählen musst, wähle die Legende*, wie Therese sagt.«

»Therese?« Sie hatte spüren können, dass er zusammenzuckte, aber sie fühlte sich leicht, weil sie einen Anlass hatte, das sagen zu können, einfach ganz direkt (wenn auch wie nebenbei).

»Na, in diesem Fernsehsender, der sie interviewt hat.«

»Welcher Fernsehsender?«, hatte er so dahingesagt, wie er es manchmal tat. Sodass man nicht wusste, ob er es ernst meinte oder nicht.

»Erinnerst du dich nicht? Da war diese Sendung über ihre Karriere und ihren Werdegang! Vor ein paar Jahren! Wir haben das zusammen gesehen und dann … sind wir auf halber Strecke hängen geblieben. Punkt. Punkt. Punkt.«

Denn Mats, das war ihm anzusehen, hatte sich sehr wohl daran erinnert, nicht nur wegen Thereses unerträglich prätentiösem Auftreten im Fernsehen (Kunst hier, Kunst da, *meine Kunst*, eine ganze Story, die sie da auftischte, dabei spielte sie bloß in einem damals populären, aber völlig durchschnittlichen und später eingestellten Zwölfteiler mit), sondern vor allem, weil die Erinnerung so stark mit einer anderen Erinnerung verknüpft war, einer erotischen: als sie dort nebeneinander auf dem Wohnzimmersofa vor dem Fernseher gesessen hatten, hatte sich Emmy plötzlich sachte vom Sofa gleiten lassen und seinen Hosenschlitz geöffnet und ihn in den Mund genommen, und er war in ihrem Mund größer geworden, während Therese weiter über ihre Karriere und ihr Leben und die vielen-missglückten-Beziehungen geschwafelt hatte. Und im nächsten Moment war Therese im Fernsehen vergessen gewesen, und Emmy und Mats hatten umschlungen auf dem Echthaarteppich mitten im Wohnzimmer gelegen.

»Erinnerst du dich?«, hatte Emmy im Auto noch einmal

gefragt, als sie sich sicher war, dass er sich, jawohl, sehr genau erinnerte.

»Wie könnte ich nicht?« Die Stimme leicht belegt. Und auf einmal hatte sich während dieser Fahrt aufs Land die Situation geändert und war wieder eine besondere und intime geworden. Und sie hatte, auch wenn sie es nicht laut sagte, gedacht, dass *wir doch ziemlich glücklich sind.*

Ich will dich, Mats! Sagt sie ins dunkle Zimmer hinein, zu niemandem, denn Mats ist nicht zu Hause. Früher an diesem Abend hat er von irgendeiner Party angerufen; Party, Party, woher soll sie das auch wissen, zumindest klang es so im Hintergrund. »Ein Projekt«, murmelte er, und sie hörte, dass er ein bisschen betrunken war, sagte aber nichts dazu, *so eine ist sie nicht*, sondern sagte stattdessen: »Alles klar, ich sitze hier und genieße einen Abend alleine.« Und ein bisschen stimmte das ja auch, denn sie haben ein ganzes Wochenende zusammen verbracht, nur sie beide, ausnahmsweise, und für zwei erwachsene Menschen in einer reifen Beziehung, wie sie es sind, ist es wichtig, dass beide Parteien manchmal Zeit für sich alleine haben (darüber hat sie auch gebloggt – EMMY MITTEN IM LEBEN VOGELFREI).

»Ich lese Kochbücher und sehne mich nach Griechenland …«, fügte sie hinzu, aber das Gespräch brach ab, und als sie noch einmal anrief, war besetzt, und einige Minuten später plingte eine SMS: »Küsschen, kann spät werden.«

Und sie war zum Blog zurückgekehrt, Griechenland! »Ich habe richtig Sehnsucht nach Griechenland, und das bekommt die Familie zu spüren!«, rang sie sich mühsam als Einleitung zu einem Rezept aus »The Greek Way of Life« ab, einem Buch, in dem sie gern blättert, und dann träumt sie weiter: »Griechenland hat so etwas an sich, dieses Licht, diese Einfachheit – Olivenöl, Oliven –«

Ja. Dort war sie geblieben. Hier.

Wieder auf dem Sofa. Wo sie schließlich den Mut fasst, den Laptop noch einmal aufzuklappen und den Blog und ihren neuen Eintrag anzuklicken. Und dann, getrieben von dieser merkwürdigen Rastlosigkeit und Unruhe, zum Kommentarkästchen hinunterscrollt.

Und richtig. Der Troll ist wieder da.

Und das ist der passende Augenblick, um den Laptop ganz auszuschalten: aber erst noch den Kommentar entfernen, klar, auch wenn er trotzdem nie ganz verschwinden wird, sondern für immer im Cyberspace bleibt. Und auch der Blog würde, wenn sie ihn löschen würde, nie verschwinden, sondern weiter dort im Cyberspace kreisen: EMMY MITTEN IM LEBEN, in einem unendlichen Meer aus allen möglichen Belanglosigkeiten und Banalitäten – Ozeane davon.

Aber was soll's, der Troll hat ja recht. Wie immer. Sie hatten am Samstag kein »griechisches Abendessen zu zweit«, sie und ihr »Gatte«, auch wenn sie zu zweit waren, im Grunde. Von Samstag bis Sonntag – die ganze Zeit regnete es – sie machten Feuer im Kamin und tranken Wein und waren von morgens bis abends im Bett. Kopulierten wie kleine, tja, Kaninchen, und wenn sie Hunger bekamen, aßen sie Knackwurst mit Ketchup und Kartoffelbrei, der mit Wasser angerührt war, weil es im Schrank keine anderen Lebensmittel gab. Auf dem Hinweg hatten sie es auf einmal so eilig gehabt, dass keine Zeit gewesen war, sich in einem Laden mit Proviant zu versorgen.

Ein fantastisches Wochenende also. Mats und sie und all das Körperliche, das es zwischen ihnen gibt, das einfach da ist und ganz selbstverständlich. Das hat sie schon beim ersten Mal gemerkt, als sie sich begegnet waren, als hätten diese beiden Körper einander gesucht. Wie es sie durch Zeit und Raum zueinander hingezogen hat! Und das ist NICHT irgendwohin verschwunden, das ist da, und das ist etwas, das sie zuvor NIE hatte.

Und das weiß Mats. Sie reden nicht darüber, aber er weiß es. Und es beruht auf Gegenseitigkeit. »Du bist wie keine andere …«

Aber weiß der Troll es auch? Wirklich? Und dann: was?

Emmy hat sich unwillkürlich auf dem Sofa aufgerichtet, der Laptop rutscht ihr vom Schoß, aber sie bekommt ihn zu fassen und stellt ihn auf den Tisch neben »The Greek Way of Life« – sitzt völlig reglos, mit klopfendem Herzen: die Überbleibsel des Tages um sie herum im großen, weiten Wohnzimmer.

Alles, was dir gegeben wird, kann dir wieder genommen werden.

Memento mori.

So stand es dort. Allerdings nicht, dass sie trocken ist (wie eine Kuh).

War das eine Drohung?

Sie sucht hastig Saga-Lills Nummer. Saga-Lill, der einzige Mensch auf der Welt, den sie um diese Uhrzeit anrufen kann, mitten in der Nacht, weil sie sich jetzt irgendwie unwohl fühlt. Ja, fast ein kleines bisschen Angst hat – klein ist und Angst hat –, der einzige Mensch, bei dem sie sich traut, so klein und »schwach« zu sein, ohne deshalb ihre Stärke, ihre gute Laune oder Energie zu verlieren.

Saga-Lill – mit ihr könnte man lachen, auch darüber, was Gunilla Gahmberg beispielsweise über sie gehört und ihr netterweise (auf Nachfrage hin) mitgeteilt hatte.

Das mit dem »Fuckbunny«. Oder das Neueste: »Vielleicht ist sie ja auch trocken wie gewisse Kühe?« Das wegexorzieren.

Memento

Ha ha ha –

Das Handy plingt.

Eine SMS.

»Will mich nur für ein ausgezeichnetes Rezept bedanken, von dem mir das Wasser im Mund zusammenläuft. Viva Grecia! Dein Blog ist einfach der beste, Grüße, Gunilla. Psst, ich werde deinen Blog etwas öfter verlinken. Hab ich gerade schon gemacht. Zwinkerzwinker.«

Back to normal.

Wie lächerlich; »dein Blog ist einfach der beste«. Trotzdem, das wärmt von innen, und den Blog zu verlinken, ist zweifellos eine schöne Geste.

Und damit kehrt Emmy in die Wirklichkeit zurück.

Und denkt auf einmal trotzig: nein! Saga-Lill, die nichts von sich hören lässt, sich nicht meldet. Warum soll sie sie anrufen?

Saga-Lill, der sie egal ist und die mit dem Ex-Freund ein falsches Spiel spielt.

Dem Ex-Freund. Sie hält inne. Denn plötzlich taucht in dieser Novembernacht das Bild von Gusten vor ihrem inneren Auge auf, so deutlich, dass es alles ausfüllt. Eine verzweifelte Zärtlichkeit auch für Gusten. *In Triathlonklamotten* (oder was das war). Gusten mit seinen vielen Beschäftigungen: *»Ich hab jetzt ein neues Hobby, Ballonfahren.«*

Nein, es war zu lächerlich, sie konnte, kann es sich nicht verkneifen zu lächeln und innerlich ganz weich zu werden. Nein, nein! Sie liebt ihn nicht mehr und vermisst ihn trotzdem manchmal so sehr, dass es wehtut … Etwas, das zwischen ihnen war, diese Leichtigkeit, die es manchmal gab, *Adults by daylight … Just kids.*

Ja, klar, auch kindisch, aber …

In der Zärtlichkeit, der Liebe jedenfalls: die Welt groß und offen.

Und ja. Die Liebe, ihre Liebe und seine, so entwaffnend –

Sein wildes, wortreiches Gefühlsleben in Bezug auf sie, und wie er dann auf einmal mitten in seinen Wortkaskaden innehalten, verstummen, sich beherrschen und sie intensiv anschauen und sagen konnte: *»Es besteht tatsächlich die Möglichkeit, dass ich dich schlicht und einfach liebe.«*

Beinahe verwundert, und das gibt ihr immer noch so ein warmes Gefühl in ihrem Inneren. Etwas, woran sie an diesen stillen, einsamen Abenden und in den Nächten denken kann … (wenn sie nicht so richtig aus noch ein weiß).

Im goldenen September (auch wenn es jetzt November ist): Wer bin ich?

Gusten. Was macht Gusten gerade?

Fliegt ein Segelflugzeug, läuft einen Marathon und klettert Bergwände hoch. Betreibt Triathlontraining.

Und das Neueste: Ballonfahren. Haha.

Und was empfinde ich eigentlich?

Nein, nicht Liebe, aber irgendwie: das Gefühl eines gemeinsamen Anfangs, ein Herantasten – eine Unsicherheit.

Gusten in Triathlonklamotten (sie erinnert sich): Vor einigen Jahren, als sie mit dem Hund draußen war, hatte auf einmal ein Auto neben ihr gehalten: Gustens Porsche mit Gusten in einer Art Sportmontur am Steuer; Helm und hautenges Trikot (bei dessen prächtigem Anblick sie sich ein Lächeln nicht verkneifen konnte).

Gusten war ausgestiegen und hatte sie umarmt, sportlich quasi, beiläufig. »Bin auf dem Weg zum Triathlontraining«, hatte er knapp erklärt, was in ihrer Gegenwart ganz befremdlich war. Sonst immer diese Erklärungen: *ich fühle, meine Gefühle*, dies und das, weil er sich bei ihr eben nicht kurzfassen konnte. Und so ausgesprochen attraktiv: *umwerfend schön!* Wie er nun mal immer noch war, vor allem, wenn anstelle eines Wortes ein zähnefunkelndes, gewaltiges Lächeln auf seine Lippen kam, in dem man sich quasi ausruhen konnte – leuchtende, seelenvolle Augen, die an diesem Frühlingsmorgen auf ihr lagen. Ja, großartig: anstelle von Worten Worten Worten auf einmal eine große Stille.

Einen Augenblick lang.

Denn auch sie war verstummt. Schweigend hatten sie

einander angesehen. Wie in einem Film (oder einem Popsong).

After all this time – wie zwei …

Zwei … tja, was soll man sagen: Zwei Idioten?

Zwei Fools früher mal in love.

Und erst da hatte Gusten wieder angefangen zu reden. Hatte irgendetwas Unzusammenhängendes über sein neues Hobby, das Bergsteigen, gestammelt.

»Aber du hast doch Triathlonsachen an!«, hatte Emmy gerufen, fast in Gustens ersten Satz hinein, irgendwie peinlich berührt von der Situation.

Und Gusten war wieder verstummt, hatte sie schweigend angeschaut, mit demselben stumpfen, hingebungsvollen Blick, der während ihrer Beziehung immer von demselben leise geflüsterten Satz begleitet wurde: *Und dann, Emmy, besteht ja tatsächlich die Möglichkeit, dass ich dich liebe –*

Aber diesmal war der Satz nicht geäußert worden. Nichts war daraus geworden, abgesehen davon, dass Gusten, nachdem er schnell einen theatralischen Blick auf seine Uhr geworfen hatte, plötzlich murmelte: »Oh je. So spät. Ich muss los.« Und auf dem Absatz kehrtmachte, sich ins Auto warf, den Motor aufheulen ließ und davonraste.

Und hier, im Dunkel des Wohnzimmers mitten in der Nacht (auf dem Display ist es 0:53), spürt Emmy, wie ihr die Tränen über die Wangen laufen. Und plötzlich bricht sie in Weinen aus. Sie weint laut, hemmungslos, untröstlich wie ein Kind. Die Hand greift automatisch zum Telefon und, pling, hat sie seinen Namen aufgerufen und, ehe sie es sich versieht, auf den Anrufbutton getippt.

Und er nimmt ab, so einfach ist das, schon hat sie ihn am anderen Ende der Leitung. »Emmy, was ist los? Ist was passiert?« Gustens Stimme, beunruhigt, eindringlich und aufgeregt. »Was ist? Emmy?« So außer sich und inniglich, dass sie allein deshalb wieder anfängt, Rotz und Wasser zu heulen.

»Gusten, sing etwas für mich«, bringt sie heraus. »Wiege mich in den Schlaf …«

»Emmy.«

»Gusten, bitte.«

Und das macht er dann auch, später, am Telefon. Singt *Hoajajajaj buff*, ein Wiegenlied für sie:

Bringt die Trollmutter ihre elf kleinen Trolle ins Bett und bindet sie fest am Schwanz / Da singt sie für elf kleine Trolle ganz leis die schönsten Worte, die sie kennt / Hoajajajaj buff hoajajajaj buff Buff

Hey Kid, ich bin bei dir, Kid
Alles wird gut, Kid –
Buff, buff.

Und während er singt, wird sie vollkommen ruhig. Und klickt Gusten sachte mitten im Singen weg. Geht entschlossenen Schrittes ins Bad. Nimmt den Schwangerschaftstest (noch einen) aus dem Schrank. Setzt sich auf die Toilette, pinkelt, hält den Streifen darunter. Wartet.

Und einige Minuten später steht es fest. Sie ist schwanger.

Ja klar, logisch. Wie eine Entladung. Alle Anspannung fällt von ihr ab, und auf einmal merkt sie, wie müde sie ist. Nimmt den Streifen, schaltet das Licht im Bad aus und tappt ins Schlafzimmer, zieht sich aus, schlüpft in den Pyjama, kriecht unter die Decke, der Streifen auf dem Nachttisch, der Hund dicht bei ihr.

Und schläft ein.

Aber kurz vor dem Einschlafen geht ihr etwas durch den Kopf, auch das ganz ruhig, mehr wie eine Erkenntnis, die schon die ganze Zeit darauf gelauert hat, erkannt zu werden, etwas, das sie die ganze Zeit wusste, nur nicht fassen konnte: *»Memento mori. Alles, was dir gegeben wird, kann dir wieder genommen werden. Es ist wichtig, das nicht zu vergessen.«*

Saga-Lill in Joels Zimmer in Gråbbå, einer der ersten Sätze, die sie sagt. Sie haben sich gerade erst kennengelernt, Saga-Lill ist hereingekommen und hat Emmy zusammengerollt auf Joels Bett gefunden. Sieht Emmy an und sagt leise und irgendwie sachlich konstatierend: Memento mori. Es ist wichtig, das nicht zu vergessen –

Warte mal. Saga-Lill. Der Troll.

Verdammt noch mal: *Sie ist das.*

Als Emmy aufwacht, sind einige Stunden vergangen, es ist tief in der Nacht und immer noch dunkel draußen. Mats sitzt auf ihrer Bettkante, im Mantel, der helle, teure Trenchcoat, er riecht nach Alkohol.

Emmy setzt sich schlaftrunken auf. »Wie spät ist es? Was ist passiert?«

»Ich muss dir etwas sagen, Emmy«, sagt Mats. »Ich war untreu. Aber das hat nichts zu bedeuten. Denn du bist es, die ich liebe.«

»Ich bin schwanger«, antwortet sie.

»Es ist Therese. Das muss ich dazusagen. Aber du bist es, die ich liebe. Es wird nicht noch mal passieren.«

»Ich bin schwanger«, wiederholt Emmy, auf einmal hellwach, und schaut ihm starr in die Augen.

»Vertraust du mir, Emmy?« (Mats, einige Stunden später: Sie haben wach im Bett gelegen, geredet, geweint, sich geliebt, gelacht – sie werden ein Kind haben! – und einander im Arm gehalten.)

»Liebst du mich?«

»Ich liebe dich«, antwortet er wieder und wieder und nimmt sie in seine Arme.

Bilder von Emmy, 2

… Aber noch etwas, eine Randnotiz: »Ein breites weißes Lächeln«, »I once had a farm in Africa«, »Die hungrigen Zahnärzte« und so weiter. Achten Sie auf die Worte. Nicht besonders fantasievoll – oder?

Nein, wie mir jetzt, an einem dieser letzten Abende, klar wird, an denen ich in meiner alten Dunkelkammer bin (ein Gästebad in der großen Gråbbåwohnung), sie ausräume, Fotos sortiere, Fotos, Fotos, Millionen Fotos vor allem von Emmy, Fotosfotosfotos – vielleicht war das die Wahrheit über uns, die kleine Familie, Bror und Karen, Joel und ich, dass wir gar nicht so unerhört ausgeflippt und anders waren – so »aus Afrika«, dem leuchtenden, geheimnisvollen Afrika, den endlosen Weiten. »Der ganze weite Kontinent, das gewaltige Licht und die gewaltigen Schatten – **ALLES ist so gewaltig dort, in Afrika, auch die Schatten.***« Mama in ihrem Element, im goldenen Zeitalter, so redete sie nach 2–3 Gin & Tonic, in Gesellschaft anderer und vor Kreti & Pleti des »Kleinstadtlebens«. Das waren auch später am Abendbrottisch ihre geflügelten Worte, mit einem gewissen Unterton geäußert, in der Familie, und natürlich fand ich, die zurückgezogene, sarkastische Tochter, die ich damals war, es lächerlich und trotzdem auch ein bisschen cool. Auf der Jahresfeier des Martha-Club-Chors, bei Rotary und Zonta: Mama, die eine Show abzog, und zwar sehr überzeugend, denn in Gråbbå war niemand je in »Afrika« gewesen und schon gar nicht so wie sie. Auch Karen Blixen hatte hier niemand gelesen: »Afrika – Dunkel lockende Welt«, »Sieben fantastische Geschichten« – in Gråbbå liest man »Der Hundertjährige, der* *aus dem Fenster stieg und verschwand« und »Der Alchemist«. Das weiß ich zur Genüge, weil ich drei Sommer in der Bibliothek im Zentrum von Gråbbå gejobbt habe.*

Und wir waren auch nicht so unerhört kultiviert oder gebildet.

»Strindberg hatte ein rotes Zimmer, aber ich habe ein blaues!« (Mama im goldenen Zeitalter über ihr neu eingerichtetes Arbeitszimmer in der riesigen Gråbbåwohnung). »Das war eine **Kneipe**, *Mama!« (die Tochter im goldenen Zeitalter). »Was?« »Ein Restaurant. Das rote Zimmer.«*

»Wenn ich in Rente gehe, werde ich endlich ›Die Suche nach der …‹ lesen. Alle vier Teile.«

»Das sind SIEBEN Teile, Mama.«

Und wie sich anschließend zeigte, waren wir auch absolut nicht unbesiegbar oder von überragender Brillanz.

Aber hier sehen wir (auf Facebook) Gunvej und Bror auf dem Gipfel eines norwegischen Fjälls oder mit einem Kanu am Ufer irgendeines Fjords.

»Meine wunderbare Frau Gunvej – gebt ihr viele Likes!«

»Hast du mit ihm gesprochen? Seid ihr in Kontakt?« (Mama am Küchentisch, ist das ein Verhör?)

»Nein, Mama, sind wir nicht«, antworte ich gehorsam – obwohl ich immer öfter, wenn ich mich durch die dummen Posts und Kommentare scrolle und sie lese, den Messenger aufrufe, wo sein Online-Button leuchtet. Nicht, um etwas zu schreiben, sondern um im Cyberspace für einen Augenblick am selben Ort zur gleichen Zeit zu sein wie er.

»Prächtig, prächtig.«

»You are one hell of a lucky guy.«

Und im Kopf
manchmal
alles Mögliche. Momente der Nähe.

Privat. Beinahe verboten: Papa.

Manchmal im Herbst, lange Spaziergänge an trostlosen Stränden (das war in »Afrika«, in dieser Sommerstadt, in der wir wohnten, die im Winter auch trostlos, kalt und zugig war, aber es gab das Meer. Wir fuhren mit dem Auto in ein Naturreservat, gingen in hohen Stiefeln durch den Wald, kamen an glatten Felsen und Klippen heraus, das Meer im Sturm grau und tosend, und nur wir beide – allein mit dem Meer, wir brüllten das Meer an, schrien, johlten, um es zu übertönen, wie Tiere).

Oder, später in Gråbbå, manchmal morgens: einfach nur gehen, die Straße geradeaus gehen, die Ausfallstraße, die sich wie ein feuchter Strich durch die Landschaft zieht, fünfzehn Kilometer hinauf zum Abzweig der Landstraße und wieder zurück.

Keine Erinnerung an das, was gesagt oder worüber gesprochen wurde. Erinnerungen an die Hand auf der Schulter, an eilige Umarmungen.

Papa. (Nicht Bror.)

Papa und ich. Was es auch gegeben hat. Was niemandem gehörte außer mir.

»Eine kleine Familie in ihrem schwächsten Zustand, da SCHLUG sie ZU.« (Mama über Gunvej, in einer Küche in Gråbbå, Wein und Kreuzworträtsel, später, all die Jahre.)

»Mama!«

»Wie eine Schlange.«

»MAMA!«

Eine völlig normale, erbärmliche Familie also. Die kaputtging.

Oder sich nur, wie viele Familien aus den verschiedensten Gründen, auflöste.

Nachdem Joel gestorben und der Vater weggegangen war (feige und schändlich: Eines Abends ging er aus dem Haus und kam nicht wieder. Sagte, er würde zum Treffen des Rotaryclubs gehen, aber hinterher zeigte sich, dass alles schon im Voraus geplant war. Gunvej hatte den Mietwagen mit dem Nötigsten gepackt. Leichtes Gepäck. Man brauchte nicht viel, schließlich war man zu zweit und verliebt in Richtung Freiheit unterwegs.)

FREEDOM. Wie unter dem Bild auf Facebook stand, das er gepostet hatte, als sie einige Tage später in Norwegen angekommen waren, in Gunvejs Heimat, wo das neue Leben beginnen sollte. Ein alter Mann in dunkelblauer Satinjacke, von hinten aufgenommen, und auf dem Stoff die glitzernden Buchstaben FREEDOM.

Ich wollte ihm schreiben: »Papa, nimm wenigstens das hier raus.« Machte ich aber nicht. Schaffte es nicht. Es war auch albern, als würde ich mich irgendwie schämen. Selbst vor den Leuten in Gråbbå, vor allen. Schließlich schrieb ich gar nichts, denn als ich den Messenger anklickte, hatte ich bereits eine Nachricht von ihm im Posteingang. Die so begann: »Mein liebes Mädchen, ich wollte nicht, dass es so kommen würde –«

Eine Nachricht, die unmöglich zu beantworten war, und das ist bis heute so geblieben.

Wie es anfing (die Auflösung von allem)? Möglicherweise gar nicht mit Joels Tod – aber da wurde die Grenze überschritten.

Ich war sechzehn und mein Bruder Joel ein Jahr jünger. Ich und Joel: Keiner von uns beiden erfüllte die Kriterien für sowas wie »goldene« großartige Persönlichkeiten, als die man sich die Kinder einer Karen und eines Bror wohl hätte vorstellen können. Ich war schüchtern, und Joel war schüchtern (als er verunglückte, galt die größte Aufmerksamkeit in Gråbbå dem anderen Jungen aus dem Dorf, der bei diesem Unglück ebenfalls ums Leben gekommen war: Edvin Bäck, der großen Hoffnung unter den Skisportjunioren des Gråbbå IF).

Joel war eine Sportskanone. Nahm an Junioren-Wettkämpfen im Skilanglauf im klassischen Stil teil. Kein Star-Talent, aber ein Teamplayer, fester Bestandteil der Staffeln, geschätzt wegen seiner ruhigen, besonnenen Art. Auch von mir, obwohl wir uns nie besonders nah waren. Auch das nichts Besonderes, wir hatten einfach andere Interessen, waren anders. Er war ein Junge, der seinen Sport und sein Scouting hatte, das hatte schon viel früher angefangen, damals »in Afrika«. In dieser Familie, die, wie ich zu verstehen begann, als Papa sich davonmachte, genau daraus bestand, aus Freaks. »Karen«, »Bror«: zwei, die mit großer Geste ihr Lebensgefühl, oder was immer das war, ausagierten. Dieses (wie es hieß) »Jenseits von Afrika«, als wären sie auf einer Bühne – jeder in seinem »Finland-Raincoat« (auch das eine J.-Peterman-Bestellnummer, ***»Remember the Day you walked along Mannerheimintie to the Finlandia Hall …«****), wenn es regnete, was in dieser kleinen grauen Stadt oft der Fall war, diesem Nichts auf der Weltkarte, in dem sie nur zufällig gelandet waren.*

Sie, die »aus Afrika« kamen (im Nachhinein eine nahezu unfassbar seltsame, lächerliche Formulierung, unmöglich nachzuvollziehen, nicht mal als Code).

Tja, Freaks, alle, und das war keine angenehme Entdeckung. Denn vorher hatte ich geglaubt, nur ich wäre der Freak in der Familie, was ich nicht schlimm fand, im Gegenteil. Hatte ein geradezu wollüstiges Vergnügen daran, inmitten des lauten, in helles Leinen gekleideten Geschreis – vor dem Hintergrund von Zähnen, die geputzt und verplombt wurden

und wurzelbehandelt

ein Apfel am Tag hält die Trolle auf Abstand –

die Schweigsame mit den Büchern zu sein, das selbstgenügsame Wesen, die Leseratte, die grüblerische Einsame, »Der Fremde« (eines der Bücher, die ich energisch unter den Arm geklemmt mit mir herumschleppte). Genoss beinahe mein Außenseitertum: Ich gehe wie eine Fremde mitten unter euch, und die Einsamkeit umhüllt mich fast wie NEBEL.

»Ich muss aus meiner eigenen Einsamkeit heraus bestimmen, was die Welt ist.«

Denn ich litt nicht. Ich mochte diese Einsamkeit. Sie schützte mich. Ich wurde ja trotzdem geliebt, wahrgenommen, in meiner Familie.

Da geht unsere Tochter mit Weltliteratur unterm Arm, wie die Eltern, flashy Mutter, flashy Vater, mit kaum verhohlenem Stolz auf der Cocktailparty flüsterten.

Ein gewaltiges Theaterflüstern, das überall zu hören war.

Und später, danach, war alles weg.

Stille, die in den Ohren dröhnt, die Kaninchen, ein großes weites Feld.

Vor dem Unglück und vor Papas Verrat konnte die Welt also als eine definiert werden, in der ich die Saga-Lill mit den Büchern war und Joel der Junge mit dem Sport. Und Gunvej unten an der Rezeption der Zahnarztpraxis »die schneidige Norwegerin« (wie am familiären Abendbrottisch geäußert wurde in, wie man dachte, munterem Einverständnis, aber, Achtung, **niemals** *herablassend. Nicht falsch verstehen; denn damals im goldenen Zeitalter gab es keine Bosheit, nur Humor in bester Absicht. »Schneidig« rührte einfach daher, dass Gunvejs Hobby Outdoorsport war, sie liebte es, draußen zu sein, sich zu bewegen, worüber sie auch ständig redete; sie war eine, die für alles, was passierte, dasselbe Rezept hatte: raus an die frische Luft, spazieren, wandern, laufen, Sauerstoff in den Körper pumpen – und man konnte sie in dieser ewigen Trainingskleidung die Straße bis zum Abzweig der Landstraße auf und ab keuchen sehen). Und Emmy Stranden, die kleine Blonde, süüß (fast wie ein Welpe). Joels kleine FREUNDIN (wie ein Kuriosum, ein kleines, weiches Ding), ein Püppchen mit Löckchen, wie Mama acht Tage vor dem Unglück sagte.*

Und dann, gleich danach, zu mir: »Hast DU denn eine Freundin?«

Allerdings, muss ich sagen, mit Enthusiasmus, vonseiten beider Eltern.

»Jaundwieso?«

Wie überrascht sie waren. Aber auch erleichtert, froh darüber, ehrlich erfreut. Joel war tot, und neben der Trauer, dem Schock war eine Verwundbarkeit in ihnen zum Vorschein gekommen, ***was dir gegeben wird, kann dir wieder genommen werden****. Und damit ein neues, wenn auch unausgesprochenes Wissen darüber, wohin diese Verwundbarkeit führen konnte, man konnte so unendlich einsam werden. Und auf ganz neue Weise. Was sich vielleicht in einer genuinen Sorge um mich äußerte, die ich ja auch sonst immer einsam war, was würde aus mir werden?*

»Ich denke nicht so viel nach«, stellte Emmy ziemlich schnell am Anfang unserer Freundschaft fest. »Und noch was. Erwarte nicht so viel von mir. Ich habe keine Fantasie.«

Und da wurde mir auf einmal klar, dass das wie süße Musik in meinen Ohren klang. Fantasie. »Bror« und »Karen«. Afrika. »I once had a farm.«

Raus aus Afrika.

Fantasie. Ich hatte genug von Leuten mit Fantasie. Von mir selbst auch (»der Freak mit den Büchern«), die ich mich plötzlich irgendwie von außen betrachtete, mit fremden Augen. Da war Bror schon mit Gunvej zusammen, die Beziehung war aufgeflogen, sie waren gemeinsam abgehauen. Und für Mama gab es nur ein paar melodramatische SMS, die sie abrufen konnte: »Danke für alles … ich muss …«

Und so weiter, et cetera.

»Das ist echt scheiße«, sagte Emmy, die sowohl das Mietauto als auch die Abreise gesehen hatte.

Denn Gunvej wohnte im Hochhaus direkt neben einem von Emmys Brüdern, bei dem Emmy gerade zu Besuch war. Und dann nahm sie mich in die Arme, sah mich an und sagte: »Hey, mach dir keine Sorgen, alles wird gut –«

Da kam Emmy für mich ins Spiel, so richtig. Nachdem ich sie auf Joels Bett gefunden hatte, unter dem Foto der nordischen Skiläuferidole Vegard Hulgaard, Sigred Strömsted und Magne Storfjärt und einigen anderen.

Die eine solche Wut in mir weckten: breites Goldmedaillenregenlächeln in diesem grellen Wintersonnenschein.

Kleine Emmy, in einer viel zu kleinen Steppjacke (alles, was sie in dieser Zeit trug, war »zu klein«. Dieses Aussehen, dieser Körper, der leicht und geschmeidig war und doch aus der Kleidung platzen wollte, so voller Licht; das, was sie ausstrahlte, war Licht Licht Licht).

Und das Erste, was ich wirklich zu ihr sagte, war: »Memento mori. Alles, was dir gegeben wird, kann dir wieder genommen werden. Das darf man nie vergessen.« Genau in diesem Wortlaut, als der kleine Furz, der ich damals auch war, bei jeder Wetterlage

Die Nase hoch, impertinent.

Aber nun so verdammt traurig, BETÄUBT.

»Mein liebes Mädchen, ich wollte nicht, dass es so kommt ...«

»Nenn mich feige, aber es war notwendig ...«

»Ändert absolut nichts ...«

»Ich habe dich so lieb wie immer ...«

»... du musst mich besuchen kommen ...«

Und hier plötzlich in meiner alten Dunkelkammer. JETZT habe ich schon wieder Papas Facebook-Profil in meinem Handy angeklickt. Den Messenger: Einen Augenblick lang starre ich diesen hoffnungslosen Brief an und fühle gar nichts, auch keinen Schmerz, weil so viel Wasser den Bach hinuntergeflossen ist, es ist so lange her. Ein schöner, befreiender Gedanke.

Und nun: Der grüne Punkt leuchtet. Er ist da. Stelle mir vor, wie sich bei ihm das Kästchen öffnet. Mein Kästchen. Dass ich jetzt da bin. Endlich. Und was von ihm will.

Wie er darauf wartet, dass die Blase aufpoppt, die anzeigt, dass ich gerade etwas in das leere Feld eintippe.

Warum eigentlich nicht? Das Herz, wie es auf einmal pocht, »Papa«, beginne ich …

»Saga-Lill? Bist du da?«, erscheint auf dem Display. Und da stocke ich. Nicht jetzt, ich klicke auf das x in der rechten Ecke und schalte das Handy aus.

Wieder in meiner Dunkelkammer. Lauter Bilder von Emmy.

Emmys Erscheinung. In einer viel zu kleinen Steppjacke. Sah aus, als würde sie frieren. Sie fror aber nicht. Emmy war stärker als alle und alles.

Und auf einmal dieses Gefühl: Die vielen Fotos von ihr, sie sagen mir nichts mehr. Also nehme ich den großen schwarzen Müllsack und stopfe das gesamte »Laboratorium« hinein, das ganze Entwicklerzubehör, die Flüssigkeiten, die entwickelten Bilder und die Negative von Emmy und den anderen.

Auf dem Boden hinter der Toilette ein Stapel alter Zeitungen aus den Tagen und Wochen nach dem Busunglück. Die komplett geschwärzte erste Seite: 20 Verletzte und 8 Tote, Fotos vom Unglücksort. Interviews mit Überlebenden und Angehörigen. Auch das mit Edvins Eltern einige Stunden später, am Unglücksort. So zerbrechlich, so kläglich, unter Schock. »Nun ist er nicht mehr da.« Und natürlich ist das schrecklich (auch davon ist die Rede, wie schamlos das war, sich den Eltern so kurz danach aufzudrängen).

»Nun ist er nicht mehr da.« Und Joel auch nicht. Oder Emmy.

Und als alles leer ist, schleppe ich den Müllsack in den Flur. Lege ihn auf einen Haufen anderer Säcke, die morgen zur Müllhalde gebracht werden sollen.

Gegenschuss Emmy im Dezember

Im Nachhinein erinnert sie sich nicht, wohin sie unterwegs gewesen oder woher sie gekommen war: Arbeitsagentur, Beratungsstelle? Sie war in der Stadt, in der richtigen Stadt, der Hauptstadt, lief dort herum, einige Wochen vor Weihnachten, ringsum Tingeltangel, Menschenhorden auf den Gehwegen.

An einer roten Ampel blieb sie stehen, geriet in eine Gruppe Menschen, hauptsächlich Touristen, die in einer fremden Sprache redeten, war es Japanisch? Egal, sie stand im Wind und fror, denn ständig blies dieser eiskalte Wind durch die Straßen und Gassen der Hauptstadt, das Meer ist schuld, heißt es, dass es so häufig stürmt.

Und während sie dort zwischen all diesen Menschen stand und sich halb zu Tode fror, fiel ihr Blick plötzlich auf ihn. Mats. Auf der anderen Straßenseite. Zuerst freute sie sich und wollte sich gleich bemerkbar machen und winken. Zu ihm hinüberrufen: »Mats! Ich bin's!« Als etwas Merkwürdiges geschah: Ihre Blicke trafen sich, und er machte kehrt und fing an zu rennen. Als könnte er nicht schnell genug von ihr wegkommen.

Die Ampel wurde grün, und sie rannte ihm hinterher. Er hatte schon einen gewissen Vorsprung, denn überall waren Menschen, mit denen sie zusammenstieß, oder es gab Gedränge, durch das sie sich hindurchschlängeln musste.

Es fühlte sich an, als würde sie ihn jagen, durch die Viertel hinunter zum Marktplatz, zum Hafen.

Verlor ihn aus den Augen, sah ihn wieder.

Und unten am Markt, wo es einen Weihnachtsmarkt gab, ja, dort war sie, Therese. Stand dort und wartete auf ihn. Und Emmy sah, wie er ihr entgegenging, wie sie sich berührten, nicht wirklich umarmten, aber von ihrer Berührung ging ein Strahlen aus, als er einen Arm um sie legte, sie an sich drückte. Ehe sie wieder losgingen und gemeinsam im Gewühl des Weihnachtsmarktes verschwanden, fröhlich, lachend.

Es war wie im Film. Ganz unwirklich. Emmy war stehen geblieben, starrte ihnen hinterher. Und kurz bevor sie aus ihrem Blickfeld verschwanden, drehte er sich um. Schaute in ihre Richtung. Direkt zu ihr hin. Sah sie aber nicht.

Als ob es sie nicht gäbe. Und in diesem Augenblick musste sie an etwas anderes denken, an etwas aus dem Sommer. Cosmo Brant, der in die Tierhandlung gekommen war und sie dazu gebracht hatte, ihm für ein Foto Modell zu stehen, mit einem Kaninchen im Arm (von denen, das eines dieser Mädchen in Obhut nehmen würde, als die Tierhandlung zumachte. Sie wollte nur einen Hamster, bekam aber, das hatte keine große Überredungskunst erfordert, noch das Kaninchen dazu – das letzte, übriggebliebene – umsonst).

Aus dem Foto war ein Poster geworden, das Cosmo ihr zeigen wollte.

»Hübsch, was?«

»Was ist das?«

Sie hatte nichts begriffen. Eine Frau, und diese Frau war sie, das war aber nicht zu erkennen, denn es war von hinten aufgenommen worden, nur eine Silhouette war zu sehen und außerdem die Silhouette des Kaninchens in ihrem Arm – man sah nur den Kopf und die langen Ohren.

Ein Schattenmädchen und darüber der Text »Wer hat Bambi getötet?«.

»Das Poster für meinen ersten Spielfilm. Das ist erst Mal das Bild auf dem Umschlag mit dem Material für potentielle Geldgeber. Bist du nicht stolz?«

»Warum soll ich stolz sein?«

Sie war wütend geworden, denn das Bild hatte sie unangenehm berührt, ohne dass sie hätte sagen können, warum.

Aber er, Cosmo, hatte nur gelacht, den Laden verlassen, der den letzten Tag geöffnet gehabt hatte, und sich davongemacht.

»Der Tod der Unschuld. Wer hat Bambi getötet? Nach einem alten Song der Pistols. Aber darum geht's ja auch im Film.« Was er auch schon gesagt hatte, als er die Fotos machte.

Diese Sätze gingen ihr durch den Kopf, ein halbes Jahr später, als sie dort im Trubel stand, der einfach weiterging, Tingeltangel, Lichter und der süße Geruch nach Weihnachten in der Nase, trotz der Kälte und des starken Windes, der hier unten am Hafen scharf vom offenen Meer hereinkam.

Und dieses schreckliche Bild: das Schattenmädchen mit dem Kaninchen im Arm, ein Niemand, ein Nichts. Und sie dachte: Das bin ich.

Langsam drehte sie sich um und ging zurück in Richtung Zentrum. Ging wie benommen, ohne einen Gedanken, den sie hätte denken können, aber dann stand Gusten dort auf der weihnachtlich geschmückten Straße. Sie stieß beinahe mit ihm zusammen, lief in ihn hinein.

»Emmy!« Er schaute sie an. Und sie – natürlich – fing an zu weinen. Stand dort und weinte mit offenem Mund. Er umarmte sie, hielt sie fest, ließ sie nicht los. Sie brachte kein Wort heraus, außer, zwischen den Schluchzern: »Ich bin schwanger.« Und weinte weiter.

Vorbereitung zum Abstieg in Gusten Grippes Dunkelheit

»Ein freischwebender Ballon bewegt sich mit der Geschwindigkeit der Luft.«

»MAYDAY MAYDAY.«

Als Gusten an diesem Abend nach Hause kommt, hat er

drei Nachrichten von Cosmo auf dem Handy, und alle fangen mit demselben Halbsatz an.

»Mayday Mayday große Neuigkeiten –«

Er öffnet sie nicht.

»Ich bin schwanger.«

Das ist es, was ihn überwältigt. Sie ist schwanger. Emmy erwartet ein Kind.

Und da steht er nun, mitten im Zimmer in seiner Wohnung und zieht seine Kleidung aus – die »Triathlonsachen« – vor allem die. Denn er erinnert sich plötzlich an Emmy, wie sie an diesem Herbsttag war – in einem anderen Jahr, einem anderen Herbst –, als sie sich zufällig im Villenviertel trafen. Wie sie ihn einen Moment lang angeschaut hatte, forschend, und dann gesagt hatte: »Aber Gusten, du hast ja immer noch deine Triathlonsachen an.«

Den Hund an der Leine, als würde auch der ihn anschauen. Triumphierend.

Nachdem er erklärt hatte, wie viel er in seinem neuen ereignisreichen Leben zu tun hatte. Dass er sich beispielsweise genau in diesem Augenblick schleunigst auf den Weg machen musste, um einen wichtigen Termin nicht zu verpassen.

»Er beginnt in fünf Minuten!«, hatte er gerufen.

Und blieb weiterhin stehen, wie Kaugummi, festgeklebt am Randstein.

Ja, klar: Natürlich hatte sie ihn erwischt, ein Klassiker – so zu tun, als würde »das neue Leben« direkt hinter der nächsten Ecke auf einen warten, wenn man sich aus der verflossenen Beziehung herausgewunden hat –, er war abrupt verlassen worden, wollte aber »trotzdem nicht damit hinter dem Berg halten«, dass auch er sich, wie er nicht vergaß, ihr bei der Trennung klarzumachen, nicht »befriedigt« gefühlt hatte, beim letzten Mal … was auch immer er damit gemeint hatte, wer weiß, er selbst hatte da zumindest nicht so richtig eine Ahnung. Das neue Leben war so ergiebig und reich, dass er von Termin zu Termin hetzte, von Party zu Party, von einem interessanten Menschen zum nächsten, und »all die Frauen, ja das ganze gesellschaftliche Leben, das quasi gewinnbringend ist«. Wirklich. »Wie sich das Berufliche mit dem Privaten verbindet«, als er dastand und grinste, dieser Höllenmakler – in Triathlonklamotten –, »das alles fordert viel von einem, gibt einem aber so viel mehr zurück.«

»Seit wann redest du so? Du klingst wie irgend so'n Professor.«

»Ist das was Schlechtes?«

»Nein, gar nicht. Nur ein bisschen ungewohnt, aber … was geht mich das eigentlich an? Beeil dich, sonst kommst du zu spät!«

»Wohin?«

»Hast du nicht gesagt, du hast es eilig?«

Ein leichtes Lachen, ein Augenzwinkern, und so hatten sie sich trennen müssen, und Gusten war zum glühenden Leben in Richtung Nirgendwo geeilt, denn er hatte ja nun keinen Termin und das Triathlontraining war mehr ein Gedanke gewesen, etwas, mit dem man sich beschäftigen könnte, *strange* Hobby, eine Art Code für ein anderes, mögliches Leben, aber bis auf weiteres joggte er bloß, wie immer, joggte an jedem Wochentag morgens vor der Arbeit ziellos durch die Vororte, die westlich vom Zentrum lagen. Wegen ihr (logisch).

Wo er sich dann wiederum an allen möglichen Orten wiederfand – nicht immer, aber manchmal; andere Orte, Orte ohne Bezug zu ihr, alte Orte wie Cosmos verlassener Fucking Beach Club beispielsweise. **Rastplatz** unten am Kaltsee – oder auf dem Wanderweg am See, wo er dann manchmal stehen blieb, zum Haus der Häggerts zwischen den Bäumen in der Bucht gegenüber starrend. Geisterschiff. *Nathans Haus.* (Und der Verfall überall, an sich schon irgendwie verhext, der Garten voll Gerümpel, die kaputten Fenster in der oberen Etage, auch wenn man das nicht so deutlich sah, war es doch leicht vorstellbar, das Haus mit »Bad Karma«, »das sorglose Leben« und so weiter, wie Cosmo gesagt hatte).

Und sich oft losreißen musste, um nicht dort hängen zu bleiben und ins Grübeln zu geraten.

Aber wie gesagt, er joggte auch durch die anderen Vororte. Durch den angrenzenden, in dem er nun in einer »Junggesellenbude« wohnte, in einem »minimalistischen Traum« (den er versucht, zu verkaufen, aber nicht loswird). Auch das Fertighaus ist dort, in dem er und Emmy drei Jahre lang zusammengewohnt haben, mittlerweile aufgehübscht, Familie mit Kindern, üppiger Garten.

Justkidshaus. I believe in sunshine, I'm singing in the rain-Haus.

Aber jetzt, vor kaum einer halben Stunde, oder wie lange es dauert, um mit dem Porsche aus dem Stadtkern in den grünen Vorort zu rasen, zu der sauberen, leeren Wohnung, die gegenwärtig sein Zuhause ist, die er, ganz im Einklang mit ihrem Erscheinungsbild, gerne als »nackt« bezeichnet – ein Wort, das er als Immobilienmakler, der er nun mal ist, der Bezeichnung »minimalistischer Traum« vorzieht, in diesem Stil, den er gut beherrscht, wenn er sich ins Zeug legt, und das tut er nicht immer. Aber auch wenn er sich nicht ins Zeug legt, dieser Erfolg im Arbeitsleben, das Geld, das er verdient – der Porsche eine Art Beweis für –, ja, für das Frivole daran, denn nichts anderes ist es, *frivol*, Beschreibung einer gewissen Attitüde; als wäre er auf eine schwer erklärbare Weise damit beschäftigt, sich der Welt anzubiedern; *er selbst sein bester Zuhälter, und HOPPLA, hier komme ICH –*

Vor kaum einer halben Stunde also hat er sie gesehen. Ist über sie gestolpert, zufällig. Im wahrsten Sinne des Wortes, dieses Mal war es tatsächlich Zufall.

Mitten im Weihnachtstrubel. Kam sie ihm entgegen. Stand auf einmal direkt vor ihm, sodass er beinahe in sie hineingelaufen wäre. »Emmy.« Schnee im Haar, die Augen schimmernd wie Schneesterne (dieses schöne Wort, Schneestern, als wäre es nur ihretwegen erfunden worden).

Und sie, die sofort sagte:

»Ich bin schwanger.« Und anfing zu weinen. »Ich bin so glücklich.« Und ihm in die Arme fiel und einfach weiterweinte. Und erst nach mehreren Minuten beruhigte sie sich und sagte noch einmal: »Ich bin so glücklich.«

Und da hat er verstanden: *Weg hier, für immer, und kein Zurück.*

Eine eisige Einsicht – aber etwas zu verstehen, etwas in einem Augenblick tatsächlich zu begreifen, ist nicht dasselbe wie etwas fürs Leben zu begreifen, für immer und ewig. Das ist nur in Romanen so. Weil es sich einfach so hinschreiben lässt.

Und er möchte das jemandem sagen. Nicht irgendwem. Er möchte es ihr sagen.

Dass ihr Duft an ihm ist, überall. Aber das hilft nicht. Also:

Entkleide dich deiner Liebe, Gusten Grippe.

Entkleide dich deiner Liebe, jetzt.

Und das macht er dann – Hosen, Strümpfe, Unterhosen – fallen auf den Parkettboden. Dann stellt er sich unter die Dusche. Duscht lange. Trocknet sich ab, zieht sich an. Checkt das Handy, kann es nicht lassen, einen Gruß einzutippen, weil von ihr nichts gekommen ist.

»Hoffe, du bist gut nach Hause gekommen. Pass auf dich auf.« Schreibt er nach einer halben Stunde Nachdenken. Sendet die Nachricht und reißt sich zusammen, um nicht den ganzen Abend mit dem Handy in der Hand sitzen zu bleiben und auf eine Antwort zu warten. Hebt die Klamotten vom Boden im Flur auf, räumt sie in die Waschmaschine in der »kompakten« Küche mit Waschmaschine, Trockner, Spülmaschine, auf kleinstem Raum und dennoch bewundernswert geräuscharm, diese ganzen Apparate – als »Singletraum« würde er diese Wohnung in angetrunkenem Zustand beschreiben. »Ein Singletraum«, hat er in angetrunkenem Zustand geschrieben, weil er versucht hat, die Wohnung auf viele verschiedene Weisen anzupreisen, sie aber trotzdem nicht loswird; es liegt natürlich an diesem bescheuerten Preis. Aber der Verkäufer ist geizig, weigert sich, mit dem Preis runterzugehen, dabei ist die Wohnung zu groß für einen »Single« und zu klein für eine Familie, also muss er kämpfen, ob betrunken oder nüchtern – für ihn macht das keinen so großen Unterschied, obwohl der Verkäufer glaubt, dass er den Verkauf absichtlich hinauszögert, weil ihm die Wohnung so gut gefällt – sicher doch, sicher nicht, er muss hier nicht wohnen: Wenn er hier nicht wohnen kann, zieht er halt woandershin, in irgendein anderes Objekt, so hat er es schon einmal gemacht, von Objekt zu Objekt, was gut zu ihm passt –

Und dreht den Wasserhahn auf und stellt das Waschprogramm an.

Wieder im Wohnzimmer, diesem modernen nackten Ganzen, das trotz Stil und Luftigkeit aufgrund der hohen Decken gar keinen Anlass dafür bietet, es »Traum« zu nennen, irgendwie zu kahl, zu kalt, zu vage auf gewisse Weise, aber ein Zipfelchen vom Meer sieht man zwischen den Häusern, groß und weit breitet es sich in einiger Entfernung aus; ja, das ist ungeheuer (oft ertappt er sich dabei, dass ihm bei der Arbeit solche Worte gefallen, ungeheuer, großartig), »großartige Aussicht«, das stimmt, denn es gibt auch Baumwipfel und Himmel, einen weiten Himmel, hier, in der obersten Etage, und Heißluftballons, die im Herbst, im Frühling und im Sommer still über die Baumkronen gleiten – zurück am Fenster, Handy in der Hand, sieht er, dass eine Nachricht von ihr gekommen ist. »Danke, gut. Alles ist nur insgesamt so aufwühlend. Aber jetzt ist Mats hier und kümmert sich um mich.«

Der alte Suffkopp. Kümmert sich. Schon klar, danke auch.

Denn Emmy. Ich sehe doch, dass er sich überhaupt nicht um dich kümmert.

Alle wissen, dass er mit seiner Ex fremdgeht.

Und ihn überkommt eine gewaltige Müdigkeit.

»Alle wissen doch, dass er mit seiner Ex fremdgeht.« Hatte Saga-Lill gesagt, in einem Hotelzimmer in Wien, spätnachts, vor einigen Monaten. Sie waren in der Oper gewesen, um Angela zu sehen, und danach hatten sie zu dritt zu Abend gegessen. Ein geglücktes Ereignis, Angela und Saga-Lill hatten sich gut verstanden, und nach dem Essen waren sie ins Hotel zurückgekehrt, wo Saga-Lill nach dem Sex auf einmal dünnhäutig wurde (auch der richtig gut, wie immer mit ihr, und unter anderem deshalb war es ihm so schwergefallen, diese Fickbeziehung zu beenden), weshalb er Emmy ins Gespräch brachte.

»Alle? Wer denn?«

»Eine gewisse Gunilla Gahmberg. Ihre Freundin. Oder ihr Coach. Oder ihre Mentorin. Oder wie auch immer das in der ›Blogosphäre‹ heißt. Anyway, Gunilla hat mich plötzlich angerufen, weil sie nicht wusste, was sie machen soll, also persönlich, ob sie Emmy irgendwas davon erzählen soll. Ob Emmy davon weiß. Das soll schon eine ganze Weile so gehen.«

»Gunilla Gahmberg?«

»Ja, eine Freundin von Emmy, hab ich doch gesagt.«

»Was für eine Freundin. Punkt. Kein Fragezeichen.«

»Hör auf, Gusten. Mama ist im Krankenhaus, sei nett zu mir, ich bin müde.«

»Wer ist die andere?«

»Mats' Verflossene. Eine Therese.«

Gusten legt das Handy auf den niedrigen Couchtisch, der im Gegensatz zur übrigen Wohnung, die tiptop aufgeräumt ist, ein heilloses Durcheinander darstellt: Zeitungen, CDs,

Papiere, Dokumente, alle Bücher, die er in letzter Zeit gekauft hat: *Ballooning Handbook, Falling Upwards: How We Took to the Air.*

Und streckt sich der Länge nach auf dem Sofa aus, schließt die Augen und gibt der Müdigkeit nach, bleischwer, kopfschmerzauslösend, und alles, was er an diesem Abend noch tun wollte, das Training, die ganze Planung, verwandelt sich wie so oft am Ende in Vorsätze, von denen er vor sich selbst rechtfertigen muss, warum er sie nicht in die Tat umsetzt. Sich Rechenschaft ablegen muss. Morgen, übermorgen … *Entkleide dich deiner Liebe, Gusten Grippe.*

Er schließt die Augen. Ihr Duft. Er ist frisch wie Zitrone (Emmy in seinen Armen, vor nur wenigen Stunden). »*Scheiße, ich muss weinen, aber manchmal weiß ich nicht, was ich tun soll … ich liebe ihn.*«

Schluchzen an seiner Brust.

Vor nur wenigen Stunden. »Ich liebe –«

Dem ins Auge blicken.

Ein freischwebender Ballon bewegt sich mit der Geschwindigkeit der Luft. Eine Notiz auf einem leeren Blatt am Schreibtisch.

Dem ins Auge blicken, auch dem.

»Solche Menschen sind wie Kinder, Gusten.« (Wieder Saga-Lill.)

»Welche Menschen?«

»Menschen wie sie. Kiddults. Selbstsüchtig, naiv, verantwortungslos und … bezaubernd. Das ist das Schlimmste. Aber weißt du, Gusten, manchmal denke ich: Ich habe die Nase voll von ihnen.«

Kiddult, ja, vielleicht, vielleicht ist da was dran, vielleicht stimmt es. »*Manchmal weiß ich nicht, was ich tun soll, aber ich liebe ihn*« – denn, klar, wenn er daran denkt, ist es unbestreitbar, und irgendwie will er ja auch auf diese Weise daran denken, wie an eine Replik aus einer schlechten Fernsehserie, mit Tränen obendrauf: wie naiv und selbstsüchtig. »Halt mich mich mich!« Immer sie, niemals niemals er.

»Dieser ätzende, verlogene Blog zum Beispiel: HALLO BLOG! HEUTE HAB ICH AUS EINEM STEIN SUPPE GEKOCHT! Das Gazpacho wird kalt! Ich sterbe!«, hatte Saga-Lill im Hotelzimmer förmlich gejohlt, die Stimme fast im Falsett, wie ein Schwein am Spieß. »Ha ha!«, hatte er versucht, mitzulachen. Denn ein bisschen lächerlich war es schon, dieser Blog und alles!

»Ich meine«, hatte Saga-Lill hinzugefügt, »erwachsene Leute! Das ist doch nicht normal!«

Saga-Lill hatte sich im Hotelzimmer hineingesteigert. »Hey, jetzt beruhig dich!«, hatte er versucht, denn schließlich war der Abend in jeder anderen Hinsicht geglückt gewesen, auch der Sex bis dahin. Sie hatten Angela in einer interessanten, wenn auch großspurigen Vorstellung gesehen – wie immer bei Kompositionen von Schuck & Gustafson; verschwurbelt irgendwie, aber gleichzeitig ging es durch Mark und Bein, *Dissections of the Dark*, ein Dunkel, eine Taubheit, eine Unterströmung
die sich da auftut,
nicht aufhört.

Hinterher beim Abendessen waren Angela und Saga-Lill sofort auf die »wesentlichen Dinge« zu sprechen gekommen (wie Angela ihm hinterher gesagt hatte), wie auf das Theodizeeproblem, die Frage von Gut und Böse. Sie diskutierten über Simone Weil. »Wirklich eine große Denkerin«, hatte Angela gesagt, und Saga-Lill hatte zugestimmt. Mit Emmy hätte Angela niemals so reden können. »Dieses Mädchen habe ich nie verstanden«, hatte Angela ebenfalls zu Gusten gesagt, als Saga-Lill auf die Toilette gegangen war und sie für einen

Augenblick allein gewesen waren. »Aber dieses Mädchen hier. So gebildet, nett, intelligent.«

»Wir sind nur Freunde, Mama«, hatte Gusten auf der Zunge gelegen, aber da war Saga-Lill zurückgekommen, rechtzeitig zum Dessert, Pflaumenkompott, das laut Angela nach einer kräftigen Mahlzeit gut war, »um Blähungen zu verhindern«. Und ja, vielleicht war es auch gut gewesen, dass Angela keine Ahnung davon hatte, was später passiert war, als er und Saga-Lill sich von ihr verabschiedet hatten und zurück im Hotelzimmer waren. Wo Saga-Lill plötzlich in schallendes Gelächter ausgebrochen war.

»Eine große Denkerin, SCHEISSE!« Und noch lauter lachte, wie eine Hexe aus der Unterwelt, und er sie hatte stoppen müssen, alles hatte stoppen müssen, indem er sich auf sie warf und das provozierte, was sie immerhin auch teilten, die große Geilheit.

»Kiddults!« Haha! Gusten wälzt sich auf dem Sofa herum und versucht, noch mehr Wut auf die Einfältigkeit und Selbstbezogenheit aller dieser Emmys aufzubringen. Aber dann fängt er doch an zu – ja, zu lächeln. Lächel lächel lächel. Dieses kindliche Lächeln, das er nur bei ihr gehabt hat. Bei ihr hat, bei Emmy. Immer noch. Auch wenn sie nicht mehr da ist, um es zu sehen: *Gusten, der lächelnd durchs Leben geht.*

Und so ertappt er sich dabei, wie er auf dem Sofa liegend geradewegs die Decke anlächelt –

Und Saga-Lill hatte erneut losgelegt:

»Bist du denn überhaupt nicht wütend auf sie?«

»Auf wen?«

»Na, Emmy.«

»Warum soll ich wütend auf sie sein?«

»Sie nutzt dich aus. Sie will, dass du da bist, gibt aber nichts zurück. Willst du dich nicht rächen?«

»Rächen? Wovon redest du?«

»Na, du hast doch gesagt, dass du wütend auf sie bist. Dass du manchmal Nadeln in eine Puppe stichst und so tust, als wäre sie das –«

»Nee.«

»Wie Voodoo. Das fühlt sich sogar gut an. Gibt mir Energie, irgendwie.«

»Was? Mensch, hast du jetzt völlig den Verstand verloren?«

»Nein, das ist doch auch nicht gefährlich, es ist nur schön, sich manchmal abzureagieren.«

Setzte sich splitternackt auf, nach dem Sex. Der Sex (der sehr erregend und ausgiebig gewesen war, wie er zugeben musste).

»Und manchmal bin ich ein Troll auf ihrem Blog.«

»Bist du verrückt?«

»Reg dich ab. Ich habe auch gar nicht vor, sie zu erschrecken. Ich will sie nur daran erinnern …«

»Woran?«

»An alles.«

Und sie ließ einen richtig langen und lauten Furz fahren.

»Pfui. Hör auf.«

»Hör doch selber auf.« Und stürmte wütend hinaus auf die Toilette.

Aber als sie zurückkam, war sie wieder ruhig und ernst.

»Entschuldige, Gusten. Ich weiß nicht. Es ist nur so, dass – als wären es immer nur Worte. Worte Worte – aber ich wollte noch etwas anderes sagen. Entschuldige, dass ich mich über sie lustig gemacht habe. Denn ich mag sie sehr. Deine Mutter.«

»Schon okay.«

»Okay?« Einen Augenblick lang schaute sie ihn an, als würde sie gleich wieder explodieren, beherrschte sich aber und sagte niedergeschlagen: »Weißt du, Gusten. Es ist, als hätte ich eine Lawine in mir. Mit allem möglichen alten aufgestauten Scheiß, von dem ich nicht mal weiß, was es ist, aber es muss raus.«

»Wie meinst du das?«

»Never mind, Gusten. Ich weiß nicht.«

Nein, wütend ist er nicht, überhaupt nicht, nicht auf diese Weise. Rächen will er sich nicht, hat er noch nie gewollt, nicht, dass er zu bemitleiden wäre, nicht so. Will nichts in dieser Richtung, klar, denn er liebt Emmy. Und würde nicht einmal im Traum daran denken, ihr wehzutun, logisch.

Auch weil er nicht die geringste Kraft oder Inspiration, oder wo verflucht nochmal sowas sonst herkommen könnte, dafür aufbringen kann, Rachegefühle zu entwickeln. Für sie oder für jemand anderen, im übrigen, fällt ihm ein. Es klappt einfach nicht; also ist das wohl seine Veranlagung. Das zeigt sich auch ein bisschen im Job; beispielsweise ist er völlig außerstande, seine Aufgaben als irgendeine Art von Leistung zu verstehen, die erbracht wird, um jemanden aus dem Feld zu schlagen, um zu gewinnen, der Beste zu sein oder so was in der Art. Er ist gänzlich immun gegen jede Art von infantilem Konkurrenzdenken, als wäre das schon ein Wert an sich. Und trotzdem ist er erfolgreich, hat nach nur wenigen Jahren in der Branche ein Renommee, das sich zu erarbeiten, andere viele Jahre brauchen, wenn sie überhaupt je dahin kommen, wo er mittlerweile ist, *Höllenmakler*. Was natürlich vom Umfeld als störend angesehen werden kann, unverschämt geradezu. Er weiß, dass das Gefühle weckt, ein so großer Gewinn im Vergleich zu seinem Einsatz, vor allem, weil er schließlich nicht vierundzwanzig Stunden am Tag darauf bedacht ist, den Einsatz zu maximieren. Er motiviert sich nicht so, wie man (vielleicht) sollte: steht nicht morgens zeitig auf, um sich in Zielstrebigkeit zu üben, Gewichte zu stemmen, vor Sonnenaufgang zehn Kilometer Rad zu fahren, sich für neue Eroberungen, neue Erfolge *zu putschen*. Nee, er steht einfach nur auf, torkelt im Dunkeln oder Halbdunkeln aus dem Bett, draußen im Vorort, diesem oder irgendeinem anderen, raus auf die Joggingrunde und fängt an zu laufen, laufen … wie im Traum, nur um, let's face it, nicht einmal sich selbst kann er noch belügen: um, *vergiss mich nicht*, einen Schimmer von ihr zu Gesicht zu bekommen.

Und Ehrgeiz, was soll das sein?

Ja, okay, vielleicht hat er so etwas nicht, Ehrgeiz. Hingegen aber doch Ambition, Strebsamkeit (auch wenn er sich nicht ganz im Klaren darüber ist, wonach er strebt, und sie fehlgeleitet sein könnte, wer weiß). Aber gleichzeitig – wenn es um die Arbeit geht – macht es ihm Spaß, er genießt es auf infantile Weise. All diese leeren Flächen, all diese Aussichten (und die Erwartungen der Käufer und Verkäufer und derjenigen, die noch überlegen). All diese Räume, all diese – ja, so ist es – Möglichkeiten, die diese Leere eröffnet, immer wieder. Und vielleicht ist er deshalb so gut im Verkaufen, weil er genauso mit seinen Kunden und Auftraggebern redet, und nicht so, als ob das, was er sagt, aus einem Lehrbuch käme nach dem Motto *fengshui dein Leben wie du möchtest.*

Sondern es kommt, seltsam genug, aus ihm selbst, denn er findet diese Leere auf gewisse Weise in sich wieder.

»Teflongrippe«, wie Saga-Lill sagt. »Als ob du eine Hülle um dich hättest. Päng päng päng. Kaputtschießen, damit der Schädel zerspringt. Und hör auf, von diesem Triathlontraining zu faseln! Schließlich trainierst du nicht. Du rennst in diesen Vororten rum und stalkst sie.«

»Das mache ich überhaupt nicht!«

»Natürlich machst du das!«

»Und wenn schon, was geht dich das an? Du bist schließlich nicht meine Freundin, du bist meine *Ex*-Freundin, oder nicht?«

Aber die Sache ist die, dass er Häuser liebt, er liebt Gebäude – nicht wie ein Architekt sie liebt oder ein Ingenieur oder Baumeister (»von der ehrgeizigen Sorte«, »solche gibt es auch«

und bla bla, wie er mit seinen Maklerkollegen über die Arbeiter, die Malocher, redet, zu denen man selbst nicht gehört, ach nee, ach nee) mit ihrem Blick fürs Praktische.

Ja, Gebäude, Wohnungen, Aussicht, keine Aussicht, feste Grundmauern, weniger feste, all die Planungsarbeit, die dahintersteckt, die gesamte Vision … Ach, schwer zu erklären

wie eine Landkarte allerdings
das Zeugnis
einer Zivilisation.

»Aber so prätentiös! Warum launchst du nicht einen Blog und fängst auch an zu bloggen? *Zeugnis einer Zivilisation?*«

»Denk dran, sobald du den Mund aufmachst, fällt es immer auf dich zurück, Grippe!« Saga-Lill, dem Weinen nahe.

Und im Dunkel des Hotelzimmers hatte sie schließlich die Fassung verloren und angefangen zu weinen. Und er hatte auch sie trösten müssen.

Saga-Lill im Platzregen auf einer Bank, an einem trüben Herbsttag vor ziemlich langer Zeit (mindestens anderthalb Jahre vor Wien). Weint (auch damals schon): ein hilfloses, trostloses Weinen, das durch Mark und Bein geht. Saga-Lill, seine frühere und letzte und leider noch einmal letzte und noch einmal, denn es wird nicht aufhören mit diesem On-off, wie sehr er auch versucht, sich von ihr fernzuhalten. Aber diese Erinnerung an einen Herbsttag in einem Park im Regen, als er sich wirklich Mühe gab, ihr zu erklären, warum er eine »aus den falschen Gründen« (wie er wirklich gesagt hat, mein Gott, genau so hatte er sich ausgedrückt) hastig begonnene Beziehung nicht fortführen wollte, »weil die Gefühle nicht die richtigen sind«.

Klar, kann er sich den Tag ins Gedächtnis rufen (obwohl er bald zwei Jahre zurückliegt und nichts seither zu Ende ging, im übrigen), auf einer Bank im Park.

Sie, die ihn unterbrach.

»Mir ist kalt.«

Sie hatte immer viel zu dünne Klamotten an.

Er hatte geschwiegen und ihr unbeholfen den Arm um die Schulter legen wollen.

Sie hatte ihn weggestoßen, als er trotz allem wiederholte: »Ich denke nicht, dass unsere Beziehung die Voraussetzungen dafür hat, weiterzugehen, weil ...«

»Was weil?«

Sie war aufgestanden und weggegangen. Ihr Rücken. Seine Einsamkeit.

Und mitten im Regen war die Sonne durch die dichte Wolkendecke gebrochen. Für einen Augenblick war alles in leuchtende Regenbogenfarben und Glitzern getaucht.

Dieser GOLDENE Tag Anfang Oktober, einer dieser Tage, an denen das Laub Funken sprüht, glänzend vom Regen.

Für einen Augenblick.

Golden. Wenn es denn schön gewesen wäre, mit Saga-Lill. Das goldene Schimmern im Herzen, der Rücken des Menschen, den man nicht liebt, dem man aber dennoch wünscht, es möge ihm gut gehen. Auch das war mehrmals gesagt worden, *ich möchte nur, dass es dir gut geht* – abgeklärt, endgültig und charakterfest, also von seiner Seite aus, aber sie hatte ihm weiterhin Textnachrichten geschickt, sich verabreden wollen (und mit der Zeit manchmal wohl auch er).

Und er hat nicht nein gesagt, sondern ... Was hat er gesagt? Einfach nichts (immer öfter), und wie gesagt kommt es vor, dass er Dinge vorschlägt, die sie unternehmen könnten, Veranstaltungen, die sie gemeinsam besuchen, oder Reisen, die sie machen könnten, und dann haben sie Sex. Und das ist meistens eigentlich ganz gut. Besonders am Anfang. Vor dem Sex. Da sitzen sie beispielsweise bei ihm auf dem Sofa und reden über ihrer beider Einsamkeit und finden, dass es gut ist, immerhin noch einander zu haben, quasi, als Freunde, und das kann wirklich intensiv werden, diese Erklärungen gegenseitiger Freundschaft, und so führt eines zum anderen, und plötzlich haben sie ihre Klamotten ausgezogen, und es passiert einfach, und das ist nur folgerichtig, aber hinterher fängt sie an zu weinen und sagt, dass sie von einem gemeinsamen Alltag mit ihm träumt.

»Ich könnte mir vorstellen, hier zu wohnen.«

»Willst du kaufen? Ich warte auf das richtige Angebot.«

»Ich meine uns.«

»Ich sagte, ich warte auf das richtige Angebot!«

Saga-Lill. Was für ein Unterschied zu Emmy Stranden. Mit ihr hatte er in der Sonne auf sonnenwarmen Straßen entlangspazieren wollen, wo sie alle waren, absolut alle. Sunny side of the street, ja, wirklich, in einem Universum voller Menschen, die man kannte … Nachbarn, Freunde, Familie, Verwandte … Kurz, mit ihr war er Teil der Welt, war er die Welt –

Tja, und schon war er wieder dort.

Schon ist er wieder dort.

»Ich bin doch nur ein Zeitvertreib für dich.«

Und dieses Weinen im Hals. Wie recht sie hat.

Er schließt die Augen, öffnet die Augen.

Wirf deine Liebe weg, eins, zwei drei. Schicht für Schicht – leg sie ab.

Und dann klingelt das Handy. Eine Nachricht. Er schnappt sich das Handy.

Wieder Cosmo.

Und er ruft die Nachricht auf:

»Big news aus der Schweiz. Schau um 00:30 auf meine Seite. Geht um den Film. Funding negotiations.

Zitter, Grippe.

Grüße aus der Schweiz.«

Schweiz? Gusten bleibt einen Augenblick sitzen, auf einmal völlig leer. Versteinert. Cosmo. Das kann doch nicht wahr sein.

Wer hat Bambi getötet? The Movie. Das darf nicht wahr sein.

Sitzt eine ganze Weile so da, und die ganze Angst, alles kommt wieder hoch.

»Als hätte man eine Lawine in sich, Gusten. Mit allem möglichen alten aufgestauten Scheiß.« Und er versteht: Er entkommt dem nicht. Er muss dorthin zurück.

Steht auf, geht zum Regal mit den Schallplatten und sucht mit Bedacht eine Platte aus seiner Sammlung heraus. Nimmt sie und legt sie vorsichtig auf den Plattenspieler.

Angela Grippe singt Schuck.

Dissections. Angela. Mama.

»Kleiner Schatz.«

Schließt die Kopfhörer an. Und irgendwo setzt ein Streichorchester ein, eine Sängerin setzt an, tiefes Einatmen –

Meine Damen und Herren, darf ich Ihnen vorstellen, Angela Grippe!

Und Gusten Grippe streckt sich wieder auf dem Sofa aus. Schließt die Augen, lässt los, geht hinein ins Dunkel.

Die Vergewaltigerjungs
(zerbrochene Geschichten)

»Ich stand am Spülbecken und spülte. Spülte und spülte, ›Lieblingsbecher‹. ALLE Becher nach der Sitzung. Ich hatte den Impuls zu fliehen. Dabei wurde ich erwischt. Auf frischer Tat ertappt.

Während ich versuchte, das sacken zu lassen, was ich gerade von meinem Mann über meinen Sohn erfahren hatte.

Was ich einfach nicht wahrhaben wollte. Um keinen Preis. Es war … wie sterben –

Aber jetzt …

Glaube ich, dass ich, wir alle … etwas daraus gelernt haben.« (Annelise Häggert, 2008, im letzten Interview)

Nach seinem Zusammenbruch starrte Gusten Grippe häufig diese Worte an, um dann (allein, mit lauter Stimme) zu fragen: »Ja, nur was?«

Als Teenager hatte Gusten bei etwas mitgemacht, das, will man das richtige Wort verwenden, Gruppenvergewaltigung genannt werden kann. »Das richtige Wort.« »Genannt werden kann.« Weg mit diesen Schutzmechanismen. Eine Vergewaltigung ist eine Vergewaltigung. Sie waren zu viert. John X, Alex A, er, Gusten Grippe. Und Nathan. So war das.

»Vergewaltigerjungs.« »Die schrecklichen Vier.« Oder »die Boys«, wie man sie dann in der Öffentlichkeit nennen würde. … *BoysmitgoldenerNase.*

Eine Vergewaltigung ist eine Vergewaltigung. Aber das

auszusprechen und vor allem die Schutzmechanismen zu entfernen, würde ein langwieriges Projekt werden. Stellenweise unmöglich. Eventuell misslingen. Denn die Schutzmechanismen waren das, was das Umfeld haben wollte und oft bereitwillig anbot. Besonders die, die ihnen am nächsten standen: überbesorgte Mütter und Väter, von denen viele »Repräsentanten der Wirtschaft« waren oder sich in ihrer Eigenschaft als Geschäftsführer oder Unternehmer als solche betrachteten, Politiker und dergleichen, also: Stützpfeiler. Ganz unterschiedlicher Art, aber mit großem Einfluss innerhalb der Gesellschaft und in der Welt, sowohl in der, die die kleine Welt genannt werden kann (das Villenviertel, »unser Umfeld«), als auch in der großen.

Ebenso oft wurde etwas anderes hervorgehoben, besonders wenn man in seiner Eigenschaft als Stützpfeiler die Möglichkeit bekam, eine Stellungnahme abzugeben – oder dazu gezwungen wurde. Denn innerhalb eines gewissen Zeitraums, der mittlerweile fast vergessen ist, war diese Geschichte überall: im Fernsehen, im Radio, in den Zeitungen. Hervorgehoben wurde, dass, Zitat: »Lügen, Übertreibungen und Verleumdungen in dieser *an und für sich* ernsten rechtlichen Angelegenheit niemandem nützen. Wir bestehen darauf, dass das Recht seinen Lauf nimmt, und zwar *auf das Schärfste.*«

Wie auch immer man nun fortfuhr.

Denn nicht selten verhedderte man sich hier. Wenn man eine solche Stellungnahme abgab. Von der man aufgrund der familiären Verbindungen persönlich und intim, das heißt auf komplexe Weise, selbst betroffen war, beispielsweise aufgrund der Tatsache, dass man, wie einer dieser Väter, der stellvertretende Oberrichter Albinus »Abbe« Häggert war, verheiratet mit der Wirtschaftswissenschaftlerin und Unternehmensjuristin, Vorstandsprofi und Professorin Annelise Häggert, also der Mutter desjenigen Straftäters, der die herausragendste Rolle innehatte bei der, tja, man muss es so sagen, die Karten auf den Tisch, und genau dieses Wort verwenden, »Gruppenvergewaltigung«. Und demzufolge waren es auch diese beiden, die Eltern dieses jungen Mannes – namens Nathan –, die wegen ihrer herausragenden Positionen sowohl in der Politik als auch in der Geschäftswelt als Erste vor die Kameras traten und Fragen beantworteten.

Und es dauerte eine Weile, sich daran zu gewöhnen, an dieses Abgeben von Stellungnahmen, und zu lernen, wie man sie abgab. Denn das war eine neue Rolle, und man war darin so ausgeliefert. *Man ist so schutzlos*, pflegte sie, Annelise Häggert, zu sagen. Manchmal lakonisch, manchmal wutentbrannt (ehe sie begriff, dass es auch für sie in dieser Hinsicht keine Gnade gab. Es wurde nur noch schlimmer durch die Art, wie sie über sich und ihre Familie sprach, *ausgeliefert*). Ja, es war quasi ein Prozess gewesen, zu lernen, wie man auftrat, ohne die ganze Zeit in der Defensive oder unterlegen zu sein. Und genau so würde »man« die Sache auch betrachten: als eine Situation, in der es wichtig war, sich richtig zu positionieren. Und in der man trotzdem auf irgendeine seltsame Weise dem Recht Genüge zu tun hatte, »das seinen Lauf nehmen muss«.

Einige Wochen danach hatte man – die Eltern und Familien der Angeklagten – auf Initiative der Häggerts dann einen Medienberater angestellt, der sich auch später, während des Gerichtsverfahrens gegen die 3–4 Straftäter, noch als sehr nützlich erweisen würde. Der Strich hat folgenden Grund: Der vierte war Gusten Grippe, der glimpflich davonkommen würde, obwohl er durch seinen Pflichtverteidiger – der Einzige unter den Angeklagten, der sich mit einem solchen begnügte, die anderen hatten teure Anwälte – und durch seine Mutter Angela verlauten ließ, dass er eine besondere Behandlung ablehnte, die er allein aufgrund der Tatsache hätte beanspruchen können, dass er zur Polizei gegangen war und einen unwiderlegbaren Beweis sowohl für die Vergewaltigung als auch für die Körperverletzung erbracht hatte. Denn Gusten hatte selbst kein Interesse an einer übertriebenen Verteidigung, er wusste, dass er schuldig war, er wollte seine Strafe.

Aber zuerst, zuallererst, war man völlig ungeschützt gewesen:

»Gang? Mein Sohn gehört keiner Gang an!« Annelise Häggert, aufgenommen in einem dieser Momente, draußen vor der Goldfontäne, mitten in der Stadt, während es schneite. *Prime time public television*, und das ist unvergesslich, wurde zu einer legendären Aufnahme, die unzählige Male abgespielt wird und jahrelang im Netz bleibt. »Nathan?« Wie ihr Gesicht zusammenfällt, während sie ganz allein dort steht und sich umschaut nach einem Halt oder nach etwas, das den Wahnsinn dieser Behauptung bestätigen könnte. »Nathan?« Während die Schneeflocken weich um sie herum fallen: still, gleichgültig. Und ihr nackter, auf einmal flehentlicher Blick im Live-TV. Und danach auf allen anderen Bildschirmen.

Annelise Häggert, neu ernannte CEO des einflussreichen neoliberalen Thinktanks Goldfontäne, mit schwarzer, hoher Pelzmütze in Tütenform (sie ist teuer, wie alles, was sie trägt, aber nicht so, dass es gleich ins Auge springt: Eine dezente, aber sichtbar kostspielige Eleganz umgibt sie, was Anstoß erregt, auch das).

»Verschwinden Sie!« Im nächsten Moment scheint sie aufzuwachen und ihr Gesicht verzieht sich zu einer abscheulichen Grimasse, und eine Hand schnellt hoch, als wolle sie das Filmen verhindern, durch die heftige Bewegung verrutscht die Mütze und fällt vom Kopf, als sie sich mit fuchtelnden Armen der Kamera nähert: **»Hetzer, Komministenpresse!«** (Ja, so spricht sie das aus: *Komministen*) – was die Sache nicht besser macht, aber schließlich ist sie auch als hartnäckige Gegnerin der öffentlich-rechtlichen Medien bekannt. Der Film bricht ab, das Bild wird für einige Sekunden schwarz, und dann sieht man nur die Aufnahme einer schwarzen, tütenförmigen Mütze, die auf einer Treppe gelandet ist, die zu einem Kellereingang führt, auf dessen Tür in schwarzen, schlichten Buchstaben »Goldfontäne« steht. *Scheiß Nerzmörderin*, kann man, wenn man die Seite hinabscrollt, in den Kommentaren lesen. *Kapitalistenhure.*

Goldfontäne, ein todschicker Souterrain-Raum in einem todschicken Stadtteil. Dieser Sitzungsraum des Thinktanks wird tatsächlich »Kabuff« genannt. Von dort kommt sie also an diesem Märznachmittag 2008 und wird von Journalisten überfallen. Aus der Goldfontäne direkt vor die Kameras: Als hätte sie immer noch nicht begriffen, was passiert ist, obwohl sie es, wie sich später herausstellt, bereits weiß (nach der Vorstandssitzung ist sie in der kleinen Küche neben dem Sitzungszimmer ihres neues Arbeitsplatzes geblieben, um zu spülen, und hat einen Anruf ihres Mannes Albinus Häggert entgegengenommen, der ihr die Verhaftung ihres Sohnes durch die Polizei mitgeteilt hat, draußen im Sommerhaus, wo dieser sich in den letzten Tagen versteckt hatte). Sie befindet sich also gewissermaßen in einer anderen Geschichte, denkt, die Sache betrifft jemand anderen, und das sieht man. Annelise Häggert, bekannt für ihre vielen Vorstandsmitgliedschaften und Vertrauenspositionen in der Geschäftswelt, vor allem aber für ihre kürzliche Ernennung zur CEO und öffentlichen Gesicht von Goldfontäne, des finanzstärksten und einflussreichsten Thinktanks des Landes. (Und wenn man bedenkt, dass sie einst ein Waisenhauskind war, eine »Alumna vom Grawellska«, wie ihr Mann Albinus gern lachend am Abendbrottisch der Familie Häggert sagt, manchmal mit einem wenig respektvollen ironischen Unterton. Und Gusten, der mit am Tisch sitzt, sieht, begreift – träumt er?)

Sie war überall, im Fernsehen, im Radio, in den Zeitungen. Beispielsweise am Sonntag vor nur wenigen Tagen: eine große Homestory mit prächtigen Fotos in der Hochglanz-Wochenendbeilage der größten Tageszeitung des Landes.

Annelise H., weißgekleidet in einem großen, kahlen Zimmer mit hoher Decke, zwei kleinen weißen Hunden (zwei Zwergpudel, »Mamas Goldjungen«, von denen Gusten nie weiß, wie sie heißen, obwohl er manchmal für lange Zeit in dem Haus wohnt, Mutte, Putte, oder wie?). Und auf dem Sofa ausgestreckt der Sohn: der goldene Jüngling, sein Name ist Nathan (*Nathan, 18, möchte Architekt werden*, steht in der Bildunterschrift). Und auf dem Fransenteppich vor dem Sofa, wenn man genau hinschaut, der Umriss eines anderen: ein Freund der Familie, der Nachbarsjunge Gusten, der »wie ein Sohn in unserem Haus ein und aus geht«. Durch das Annelise läuft, strotzend vor Glück und unbezwingbar, und ahnungslos in die bitteren, müden Gesichter der Jungen hineinträllert – denn zu dem Zeitpunkt, als die Reportage gemacht wird, ist das Verbrechen, das im Kellergeschoss desselben Hauses stattgefunden hat, noch nicht ans Licht gekommen. Aber alles ist bereits passiert, ein Zurück gibt es nicht, nur ist sie sich, als die Bilder gemacht werden, dessen glücklicherweise nicht bewusst. Annelise, *auf der Höhe ihrer Karriere*, wie sie dem Journalisten immer wieder sagt – als ob sie das nötig hätte –, sodass der Effekt, den das hat, auch ein ungewollt komischer ist. Einmal fällt ihr Blick auf Gusten, und sie zerzaust ihm beiläufig das Haar, »unser Gusten, wie ein Sohn …«. Obwohl das in der Reportage nicht vorkommt, wofür man, wenn man Gusten ist, vielleicht allen Grund hat, dankbar zu sein – im Nachhinein, als die Medien sich auf die Familie Häggert eingeschossen haben. Aber als Gusten feststellt, dass er gestrichen wurde, kann er nicht umhin, einen Stich zu verspüren, einen Stich des, ja, was denn? Neids?

Was natürlich vollkommen entsetzlich ist, alles.

Und hier muss Gusten eine Pause machen.

All diese Clips, diese Bilder, Schnipsel, Szenen. Er hat sie aufgehoben. Hat eine ganze Mappe davon, eine Mappe, in die er eigentlich gar nicht hineinschauen muss, dabei ist es lange, bald sieben Jahre her, auch wenn er nicht mehr daran denkt ... seit sehr langer Zeit nicht mehr daran gedacht hat. Hat es aus seiner Welt geext, wie gesagt ... Trotzdem wird ihm jetzt, als er sie tatsächlich wieder anschaut, klar, dass er die Bilder auswendig kennt, sie haben sich ihm eingebrannt, ob er will oder nicht, sodass sie manchmal wirklicher erscheinen als die Wirklichkeit. (Auch deshalb darf man nicht bewusst an sie denken, sonst übernehmen sie alles.) Die Wirklichkeit, in der all das längst ausgelöscht ist, in der Wasser den Bach hinuntergeflossen und das Leben weitergegangen ist, genau, wie Annelise H. – selbst nicht mehr am Leben – es auf der Treppe vor dem Amtsgericht gesagt hat, an jenem Frühlingsnachmittag 2009, nach Ende des Gerichtsverfahrens, in dem die milden Urteile, gegen die auch keine Berufung eingelegt werden würde, gefallen waren: »Jetzt blättern wir die Seite um, und eines schönen Tages werden wir so viele Seiten umgeblättert haben, dass nichts von alldem passiert ist.«

Die Stimme laut und deutlich.

Und die Familie, die Familien applaudierten, der Medienberater, den die Angehörigen der Angeklagten zu Rate gezogen hatten, applaudierte – sie applaudierten dem Leben, das verstrich, das weiterging, trotz allem ... Und ja, ja, für eine Weile war das wirklich so gewesen, auch für ihn: *Just kids*, diese wunderbare Geschichte mit Emmy Stranden, in die er hineingezogen wurde wie in ein Ereignis, das alles über den Haufen warf, eine völlig neue Welt eröffnete, was an sich schon ein Beweis dafür war, dass das, was von seiner Seite aus Heilung genannt werden konnte und mit einer freiwilligen Einweisung in die Klapse begonnen hatte, tatsächlich stattgefunden hatte. Auch weil es eine ganz konkrete positive Antwort auf eine Frage ist, die er nie positiv würde beantworten können, nach dem ...

Ja, nach dem, was passiert war. Die Frage war, ob er überhaupt in der Lage war, zu lieben, geliebt zu werden, nach dem hier. Und auch wenn Emmy Stranden nie wirklich wissen würde, was passiert war oder wie sein Leben (außer in groben Zügen) insgesamt ausgesehen hatte vor diesem magischen Abend, an dem sie sich, sie und er und Nöffi, der dumme Hund, zur selben Zeit am selben Ort in einem Park mitten im Universum befanden, das jedenfalls war sein Gefühl: Ja, ja, ja, es ist möglich: zu lieben, geliebt zu werden, soo zu lieben, trotz allem so echt und überwältigend, dass es völlig natürlich schien, alles, was vorher gewesen war, auf null zu stellen und hier zu beginnen. An dieser Stelle. *Nur Kinder*, Emmy lachte. *Just kids* … ein Buch von Patti Smith, das für sie wie eine Bibel war, mit einem Titel, der zu einem Sinnbild auch für sie und ihre Geschichte wurde während der paar Jahre, die sie zusammenwohnten und sich liebten und in einem alten Fertighaus mit verwildertem Garten in einem Vorort nahe dem Villenviertel ihre eigene Welt schufen. Aber egal, was zählte, waren wir beide und das, was wir beide zusammen sind, wie Emmy sagte, die es ansonsten im Laufe ihrer Beziehung immer mehr hasste, darüber zu sprechen, und erklärte, dass sie es verabscheute, über Gefühle zu reden und »über die Beziehung zu diskutieren« … *Diese Selbstverständlichkeit bei uns, Gusten, das ist es doch, was zählt.*

Und er kann sich noch erinnern, wie fröhlich sie war, als sie das sagte, an einem Spätsommertag am Meer, das allererste Mal, ich liebe dich, Wassertropfen im Haar und die Sonnenbräune, aus der ihre Augen hervorglänzten. Wie sie mit offenem Mund lachte, und niemals, nie, war etwas vollkommener gewesen als sie er die Sonne das Meer die Klippe der Sommer in diesem Augenblick.

Ich liebe, liebe dich … aber er hatte immer noch weitergemacht.

»Ich auch, Gusten, aber das darf man nicht zu oft sagen«, fing sie dann immer öfter an, nicht ohne eine kaum hörbare

Ungeduld: »Ich will die Liebe leben, nicht darüber reden. Die Liebe leben wie die Musik, wie etwas, das nicht erklärt werden muss … die Selbstver…« Und tja, das war ja auch absolut richtig, das fand er auch, weshalb er sie mit Küssen unterbrochen und nur noch fester umarmt hatte: Ich liebe dich, liebe dich, liebe dich, hatte er immer wieder wiederholt, konnte nicht damit aufhören, wie ein Papagei, wieder und wieder … »Gusten, ich auch, aber man braucht nicht immer so viele Worte.« Ihre Stimme, die noch angespannter klang (ja, natürlich hatte er das gehört). Und irgendwo da, ein paar Jahre später, als sie aufs Ende der Beziehung zusteuerten, die dann ziemlich abrupt aufhörte. Dieser Klassiker: ein anderer Mann, der auftaucht, der plötzlich mitten hineinplumpst in *just kids*, in ihre Wirklichkeit in diesem heruntergekommenen alten Haus mit üppigem Garten.

In der Morgenausgabe der Zeitung war er auf eine Todesanzeige gestoßen. »Geliebt, vermisst«, eine feierliche Zeile und darunter: Die Trauerfeier fand in aller Stille statt.

Meine Mama Annelise Häggert, geb. 27.02.1961 – gest. 28.08.2013

Geliebt, vermisst, dein Sohn Nathan.

Annelise. Nathan. Und für einen kurzen Moment hatte er da wirklich gedacht, dass er Nathan anrufen und … ihm sein Beileid aussprechen sollte oder ein Telegramm schicken, ein Kondolenzschreiben oder etwas auf das Konto der Gemeinnützigen Stiftung des Grawellska einzahlen, wie es in der Annonce stand. (Die Gemeinnützige Stiftung gab es noch, auch wenn das Gebäude des Kinderheims verkauft worden war und Annelise schon vor langer Zeit auch diesen Vorstandsposten hatte aufgeben müssen: Mittlerweile war die Stiftung eine Instanz, die Stipendien an begabte, weniger wohlhabende Jugendliche des Villenviertels vergab.) *Grawellska*, vielleicht schreckte er auch davor zurück … Vielleicht erinnerte er sich … Vielleicht durchfuhr ihn die Erinnerung wie ein Hauch, die Erinnerung an eine Begegnung, die vorletzte Begegnung:

»Ich war das Nichts-Mädchen, und deine Mama war die, die alles hatte. Und du warst der Junge mit der goldenen Nase – aber Gusten, so darf man nicht denken, du warst immer wie ein Sohn in unserem Haus, das ist wahr, und das weißt du.« Annelise im Wald, in jenem Frühjahr, hinterher, kurz vor dem Zusammenbruch, der Klapse ... Wie sie plötzlich da gewesen war und ihm das Leben gerettet hatte, ihn festgehalten hatte, damit er wenigstens nicht von dieser Brücke sprang, der hohen beleuchteten Autobrücke, die ins Zentrum führte.

Das vorletzte Mal, dass sie sich trafen – das letzte Mal war ein halbes Jahr später gewesen, Ende des Sommers, als der Verrückte (er) genesen war oder jedenfalls die Klapse verlassen durfte. Und da war sie wie Teflon gewesen, Annelise, als wäre diese Sache im Wald und alles andere nie geschehen. Aber schließlich hatte sie auch so viel verloren, die Karriere, Abbe, beinahe alles.

»Was ist los, Gusten?«, hatte Emmy dort am Frühstückstisch mit Zeitung und Todesanzeige gefragt. »Warum bist du auf einmal so still?«

»Nichts, Emmy. Schatz –«

»Nichts?«

»Nein, hab ich doch gesagt!«

Und er war aufgestanden, hatte die Zeitung mit der Todesanzeige von sich geschleudert und war wie ein verstockter, verzogener Bengel rausgerannt, hatte die Tür hinter sich zugeknallt und war dann eine Weile draußen im Garten gestanden, neben dem verwelkten Flieder, und hatte fast hyperventiliert inmitten dieser verlogenen Üppigkeit. Und aus einem offenen Dachfenster drang bald wieder Emmys dünne, falsche Stimme: *Just a country girl (not hillbilly!)* – sie, die für den ersten Soloauftritt ihres Lebens übte, der einige Wochen später bei Visans Vänners Open-mike im Gemeindehaus stattfinden sollte. Es klang grässlich, und warum, warum konnte er, wollte er ihr das nicht sagen? Einen Augenblick war es dort im Garten tatsächlich so gewesen, als würde er an allem ersticken. Den Pflanzengeruch tief in der Nase und der schreckliche Gesang und der schwüle Sommertag, der nie enden wollte, um zu dem zu werden, was er sein sollte: Gewitter, Unwetter, Regen und eine klare ruhige Kühle hinterher.

Er stand bloß da im Schatten des großen Ahorns (später gefällt von den neuen Eigentümern, die das Haus kauften und einzogen), presste die Fingerknöchel aneinander und spürte fast Hass.

Aber dann, natürlich, klar, hatte er sich beruhigt und war wieder hineingegangen und war wie immer gewesen, wurde Emmys sozusagen wieder gewahr – liebte! – wieder, wie zum ersten Mal, immer von Neuem, von Neuem und ging zu ihr und umarmte sie, die auf ihrer Gitarre im Schoß Anfängerakkorde zupfte. Hatte sie mitten im Lied überfallen mit seinen Umarmungen, verzeih, verzeih, verzeih.

»Verdammt noch mal, Gusten, schon gut, ich WEISS, dass du mich liebst, aber ich muss jetzt üben!«

Also nein. Auch da nicht – auch diesmal hatte er die Gelegenheit nicht genutzt, um ihr alles zu erzählen, alles über Annelise, Angela, Nathan und die Vergewaltigerjungs … und über Sascha Anckar. Sascha, die eines Tages im Herbst 2007, zu Beginn des letzten Schuljahres, am Rastplatz aufgetaucht war, wild, kaputt (wie einige sagten) und schön – die *erste Liebe* von Nathan, der ihr, pladautz, verfällt.

Und kurz nachdem die Todesanzeige in der Zeitung gestanden hatte, hatte er mit Mama Angela geskypt, die sich zu diesem Zeitpunkt an ihrem geheimen Ort befand. »Ich habe gesehen, dass Annelise gestorben ist«, hatte sie sofort gesagt. »Ich habe Blumen geschickt. Weißt du, Gusten, es ist, als ob man … Ja, als wäre man … so was wie eine Überlebende. Aber der Preis fürs Überleben ist, dass man sich vorkommt wie seine eigene Parodie.«

Mama, die den ganzen Bildschirm ausfüllt, mit einem teuren Seidenturban und großer dunkler Sonnenbrille. Diese Hülle, ihre Haut, faltig, gespannt. Von Sonne, Alter, Erfahrung. Wie alt war sie da? Er konnte sich nicht genau erinnern, aber es war das erste Mal, das weiß er noch, dass er gedacht hat: sie ist alt, und dass sie vielleicht recht hatte – eine Karikatur ihrer selbst. Dieser alberne (schweineteure, vielleicht Louis Vuitton) Turban zum Beispiel. Allein der, um mit irgendetwas anzufangen, schon der.

»Weißt du, manchmal muss ich daran denken … Was aus uns geworden ist, Gusten. Aus mir und Annelise –«

Sie unterbrach sich, nahm die Sonnenbrille ab und fing an zu weinen.

»Mama.«

»Ja, Gusten.«

Und unterbrach sich wieder, richtete sich auf, trocknete die Tränen.

»Ja, Gusten.«

Schaute ihn direkt an. Ihr Alter.

Diese Haut. Auf dem Bildschirm. Zwei Mütter, zwei Freundinnen. Auch das zerstört.

»Ich …« Nein. Die Stimme verriet ihn. Er wusste nicht, wie er weitermachen sollte. »Ich …«

»Schon gut, Gusten. Du musst nicht –«

Du, Gusten, hast es zerstört. Aber nein, das sagte sie nicht, natürlich nicht. Niemand sagte das. Überhaupt nichts.

»Ich denke, wir haben alle etwas daraus gelernt.« Er konnte sich Annelise Häggert ins Gedächtnis rufen, direkt nach der Gerichtsverhandlung in einer anderen Zeit, in einer anderen Reportage, damals vor einer Ewigkeit, danach.

Und wie er diesen Satz anstarrte und sich fragte: »Ja –

nur was?«

Aber jetzt Schluss damit. Stop.

Wo war er doch gleich? (Als würde er wieder versuchen, zu fliehen, sich aus der Wirklichkeit wegzuplappern.)

Ach ja, hier: bei den Bildern. Die sich in Gusten festgesetzt haben.

Eine Frau auf der Höhe ihrer Karriere (in dem einen Moment).

Im nächsten eine tütenförmige Mütze im Schnee. Vor einem Keller. Ein Augenblick in der Zeit. Schnee, der weich fällt: Goldfontäne.

»Nach Ihrem Sohn wird wegen Mittäterschaft bei einer Gruppenvergewaltigung, Missbrauch und Freiheitsberaubung gefahndet. Die Straftat soll sich angeblich bei Ihnen zu Hause ereignet haben.«

»Nathan?«

Sie schaut sich um. Nur Schnee und Journalisten. Die Kamera läuft, aber niemand sagt etwas.

»Nathan?«

Nathan, 18, möchte Architekt werden (eine Bildunterschrift). Das Bild wurde an einem Nachmittag im Häggert'schen Haus aufgenommen – etwa eine Woche bevor der Skandal öffentlich wurde – für eine Homestory über Annelise H., kürzlich ernannte CEO des einflussreichen, vermögenden neoliberalen Thinktanks Goldfontäne. Eine zwitschernde Annelise auf der *Höhe ihrer Karriere* (worauf hinzuweisen sie, wie gesagt, bei dieser Gelegenheit sich nicht scheut, bis zum Überdruss, wie Gusten hört, weil er in der Nähe ist). Nach dem Interview werden an verschiedenen Orten im Haus Fotos gemacht, sogar im Wohnzimmer, wo die »Boys« sich zu diesem Zeitpunkt aufhalten: Nathan und Gusten, der eine auf dem Sofa, der andere direkt davor auf dem Fußboden, aber beide in tiefem Schweigen (wir werden bald sehr genau wissen, warum). Während

Annelise, berauscht von sich selbst, vom Leben, ihrer Familie, von all diesem *Reichtum*, eine Show abzieht. Sie ist, wie wir bereits wissen, nicht unbedingt bekannt dafür, besonders zurückhaltend zu sein, wenn sie aufgeregt ist, eine Eigenart, über die man die Augen verdrehen und die man lächerlich finden kann, wenn man möchte. Aber zu diesem Zeitpunkt, vor dem Skandal, ist das noch nicht wirklich etwas Schlechtes, dazu wird es erst hinterher, in dieser neuen Wirklichkeit, in die sie hineingetrieben wird, *vollkommen schutzlos, wie Schlachtvieh* (ihre eigenen Worte, und wie falsch doch solche Vergleiche in der neuen Wirklichkeit erscheinen werden, in der ihr Sohn wegen einer schweren Vergewaltigung vor Gericht steht, die sich in ihrem eigenen Zuhause ereignet hat, weshalb man recht schnell begreift, dass man einen Berater engagieren muss, um zu entscheiden, welche Stellungnahmen an die Medien gehen sollen).

»Ja, als wir jung waren, sind wir auf die Barrikaden gegangen«, zwitschert sie. »Und nun sitzen wir hier oder da, im Kabuff, wie unser Sitzungssaal heißt, in einem Keller im Zentrum …« Ein helles Lachen, das man fast von der Zeitungsseite aufsteigen hört, auf der die Reportage erschienen ist … »Aber wir haben alle einen kleinen Weltverbesserer in uns, und darin kann ich mein junges, *revolutionierendes* Ich (ein Versprecher, der wörtlich und ohne Kommentar später im Text zitiert wird, vielleicht mit Absicht) wiedererkennen … Und es ist zweifellos lohnenswert, mit so intelligenten Menschen zu diskutieren, wie sie da um den Tisch des Thinktanks sitzen, und Visionen zu entwickeln, wie die Welt mit einer freien Wirtschaftsordnung immer noch besser werden kann! Was für ein Privileg, finde ich, mit den intelligentesten, mit bekannten und berühmten Menschen dort sitzen und aus ›Lieblingsbechern‹ Tee trinken zu dürfen. Genau wie … Ja, wie mit gewöhnlichen Leuten!« Und wie ein Mantra: *»die erste Frau auf diesem einflussreichen Posten, was für eine Ehre«*. Und auch keine falsche

Bescheidenheit (das hohe Gehalt, das sie für sich ausgehandelt hat, war auch damals schon ein öffentliches Gesprächsthema). »Natürlich ist das ein hohes Gehalt, aber keineswegs unvernünftig, sie wissen, was sie bekommen und wofür sie bezahlen, und mich gab es noch nie«, wieder ein helles Lachen, »gratis.«

Sie gab es noch nie gratis.

All das ist eine Woche später immer noch da, in ihr, als sie sich plötzlich, mit einem Mal, in einer völlig neuen Situation wiederfindet, an einem unauslöschlichen Tag, als sie allein draußen vor der Goldfontäne im Schnee steht, nach einem Anruf von »Abbe«, den sie im Kabuff entgegengenommen hat. Und der ihre Welt zerstört hat, auch wenn sie das noch nicht begreift (ein solcher Gedanke braucht Zeit, um richtig einzusickern, so ist das). Sie hat sich hastig angezogen – ihren teuren Pelz und die tütenförmige Designerpelzmütze – um nach Hause zu eilen und zur Polizei, *Nathan*!

Wurde aber überrascht von Journalisten und Fotografen und gezwungen, eine Stellungnahme abzugeben. Will um sich schlagen, jeder Vernunft, jeder Realität, jeder Wirklichkeit zum Trotz, denn schließlich weiß sie es schon, aber Gehirn und Gefühle und Auffassungsvermögen sind auf sonderbare Weise miteinander verbunden, was in Situationen von extremem Druck sowohl zu Verleugnung als auch zu Fehleinschätzung führen kann und infolgedessen zu absurdem Verhalten: *»Komministenpresse!«*

Wie sie schließlich die Fassung verliert und die Pelzmütze herunterfällt und sie zack-zack der Luft ein paar wedelnde Hiebe versetzt wie Karate-Schläge: *»Hören Sie mit dem Filmen auf!«*

Und draußen vor der Goldfontäne auf die Kameras zugelaufen kommt.

Tja, apropos Goldfontäne. Nichts Komisches daran. Der finanzstärkste Thinktank des Landes, der seine Tentakel ein bisschen überall in den höchsten Ebenen von Wirtschaft und Politik hat. Benannt nach einem gewissen Gayn Hand, einem kettenrauchenden, manischen Amerikaner, der seit mehreren Jahrzehnten tot ist und gern einen Mantel mit aufgenähten Dollarscheinen trug und viele Bücher schrieb, Romane eigentlich. Die meisten handelten vom Heiligen Unantastbaren Eigennutz und also von der wichtigen Tatsache, dass Geld alles bedeutet (alles andere war eine Kränkung aller).

»Ach, du lieber Himmel«, seufzte Gustens Mama Angela Grippe, als ihre Kindheitsfreundin Annelise vom Grawellska damit anfing. Und so seufzte sie auch an diesem Sonntagmorgen Anfang März 2008 am Frühstückstisch in Gustens und ihrer kleinen Wohnung im Zentrum des Villenviertels, wenige Tage nach dem Fotoshooting im Haus der Häggerts (Angela ist zufällig für ein paar Tage im Land, denn eigentlich hat sie im Augenblick ein Engagement an einer Oper in Australien und Gusten, der ansonsten meistens bei den Häggerts wohnt, ist bei ihr zu Hause). Sie liest die große Reportage, die in der Morgenausgabe der Zeitung veröffentlicht worden war: »Du lieber Himmel«, aber gutmütig, dieses Lachen, hihihi. Schließlich sind sie gut befreundet, sie und Annelise, kennen sich *forever and ever.* So sagen sie das und umarmen einander, geben sich weiterhin Küsschen, wenn sie sich treffen, was mittlerweile ziemlich selten passiert. *Viel zu selten*, finden sie beide, weil sie jeweils mitten in ihrer Karriere stecken, aber trotzdem Freundinnen sind, so, wie ihre Söhne Freunde sind und alle anderen auch bis auf weiteres – eine Weile wird es noch so aussehen, auch wenn die Söhne Nathan und Gusten in der Realität schon ein ganz anderes Kapitel aufgeschlagen haben.

»Du lieber Himmel«, sagt Angela noch einmal über der Morgenausgabe am Frühstückstisch. »Mein junges revolutionierendes Ich.« Sie zitiert Annelises dummen Versprecher und verdreht die Augen. »Aber *wie* soll man sie zum Schweigen bringen?«

Denn obwohl sie gut befreundet sind und sich immer noch nahestehen, haben sie verschiedene Wege gewählt. Die eine das Geld: Goldfontäne, Gayn Hand und Den Heiligen Eigennutz. Die andere *das, was wirklich wichtig ist im Leben* (Zitat Angela) – und zwar Kunst, Kultur und Musik, *die Oper, klassische Musik.* »Ein humanistischer Ansatz, Gusten, der den Menschen in den Mittelpunkt stellt.« Denn Angela teilt Annelises extrem neoliberale Auffassung von Gesellschaft nun wirklich nicht und lässt sich von Goldfontäne nicht beeindrucken, ungeachtet aller einflussreichen Persönlichkeiten, Geschäftsleute, Politiker, die sie bejubeln. Denn die wollen nie etwas für andere tun, wie beispielsweise Steuern zahlen (Sowjeetunion! Komminismus! Linksruck!) und kleiden ihre Gier in quasiphilosophische Prinzipien, die besagen, dass es gut und richtig ist, sich auf Kosten anderer zu bereichern. Des einen Leid ist des anderen Freud': »Wir müssen besser darin werden, uns aneinander zu messen« (so Annelise, als sie in die Schule des Villenviertels kam, um eine »motivierende morgendliche Versammlung« abzuhalten, wie sie es nannte). »Nein, also wirklich, Gusten, das kann man doch nicht ernst nehmen, so banaal. Gayn Hand ein Philosoph?« (Und *banaal* ist im Grippe'schen Haushalt das schlimmste Schimpfwort überhaupt.)

»Woher weißt du das alles, Mama?«

»Das hab ich gelesen. Und Annelise hat es auch gelesen. Wir haben das zusammen gelesen. In unserer Jugend haben wir Gayn Hand wegen der Sexszenen gelesen. Und uns laut die besten Stellen vorgelesen, wo die Architekten, in diesen Büchern sind es immer Architekten, sich Titanen nennen und miteinander vögeln … Ich meine VÖGELN, Gusten. Sie steigen ins Bett und machen miteinander dies und das und vieles mehr auf die unterschiedlichsten erfinderischen Weisen. Ich hätte nie gedacht, und niemand hat das damals gedacht, dass sie oder irgendjemand (oder die Gesellschaft, seriöse Politiker), anfangen würden, dieses Sammelsurium von Ideen, die einem quasi nebenbei untergejubelt wurden, ernst zu nehmen! Also, das geht über meinen Verstand. Das ist das allerlächerlichste daran.

Wie in einem Schundroman, Gusten. Höhlenmenschen – für Millionäre.«

»Höhlenmenschen?«

»Steinzeitsex. Weißt du, Gusten, ich habe immer ernsthaft geglaubt, dass die Leute sich nur aus brennender historischer Neugierde für die Höhlenmenschen interessieren.

Hahaha ...«

»Das reicht jetzt, Mama.«

»Was?«

»Ich habe gesagt, das reicht jetzt. Bist du neidisch?«

»Neidisch. Ich? Auf wen ... Annelise? *Unsere* Annelise? Das Nichts-Mädchen vom Grawellska? Zieh nicht so ein Gesicht, Gusten, das sagt sie doch selbst. Und ohne uns, unsere Familie, würde sie ...«

»Mama«, Gusten stöhnt laut, »hör auf.«

»Okay, Gusten, aber Annelise ist meine Freundin. Ich gönne ihr alles. Ich bin nicht neidisch auf sie. Aber sie haben jetzt einen großen Einfluss. Da bei der Goldfontäne. Und das macht mir Angst. Vermutlich. Und dass jemand, die so pfiffig ist wie Annelise, darauf hereinfällt. Dass sie das schluckt. Wie banal.«

Gusten schaut Angela an. Sie ist hässlich, denkt er plötzlich.

Auch Annelise ist hässlich. Und Nathan. Alle sind hässlich. An diesem Morgen.

Sascha im Krankenhaus. *»Niemals. Ich scheiß auf deine Gerechtigkeit, Gusten!«* (Wird sie sagen, wenn er sie bittet, zur Polizei zu gehen und die Wahrheit zu erzählen.)

Und Nathan. Nathan, der verschwunden ist, wo ist Nathan?

Ihm ist schlecht. Mit dem Geschmack von Erbrochenem im Mund steht er auf. Und geht.

Muss raus raus raus –

Will überhaupt nirgendwo sein.

»Ich muss jetzt los.«

»Wohin?«

»Zur Arbeit.« Damals sortierte Gusten abends für ein paar Stunden in der Woche und zu Stoßzeiten auch am Wochenende die Post.

»Am Sonntag? Die Post hat zu. Und die Weihnachtsferien sind vorbei.«

»Es gibt immer was zu tun.« Ruft er, schon im Flur, nimmt seinen Rucksack. Draußen ein dunkler Sonntagmorgen, der Schnee ist im Tauwetter der letzten Tage ganz geschmolzen.

Geht los. Wohin, weiß er nicht, die Post hat – völlig richtig – zu, und an Sonntagen arbeitet er nicht, außer mal im Hochbetrieb zu Weihnachten. Aber die Füße tragen ihn dorthin, klar: zum Geisterschiff, zu Nathans Haus –

Und eine halbe Stunde später ist er wieder draußen, mit, unter anderem, einigen Schulbüchern unterm Arm. Und einem Fotoapparat (nein, nicht seiner). Steht eine Weile draußen im Garten, auf der Seite, die zur Straße zeigt. Und hier und jetzt fasst er den Entschluss. Das geht schnell, sobald er den Gedanken zulässt. Zuerst ins Krankenhaus, in dem Sascha zerschunden liegt, seit sie, laut eigener Aussage von »irgendeiner Gang« überfallen wurde.

Ansonsten erinnere ich mich an nichts, ich war so verdammt dicht …

Und dann mit dem Fotoapparat: zur Polizei.

Ja, also. Aber bevor wir weitergehen, müssen wir zurück zu jenem Tag im Haus der Häggerts, an dem der Journalist und der Fotograf von der großen Zeitung zu Gast sind und eine Homestory über Annelise Häggert *auf der Höhe ihrer Karriere* machen, aus Anlass ihrer Ernennung zur CEO von Goldfontäne. Eine knappe Woche, bevor sie hoffnungslos allein in Pelz und Pelztütenmütze, mit leerem Blick und wie neugeboren, vor einer neuen Art von Wirklichkeit stehen wird – in der sie so schutzlos ist und neuer Worte bedarf, Worte, die es noch nicht gibt. Weshalb ihr die alten, aus einer alten Geschichte: *die Crème de la Crème aus Geschäftswelt und Politik, früher ging man auf die Barrikaden, mein reiches Leben etc.* über die Lippen kommen wollen. Auch als Schutz; wie schwierig, besonders am Anfang, sie zurückzuhalten.

Und zwei Jungen, Sohn Nathan »möchte Architekt werden« und Gusten »wie ein Sohn in unserem Haus«, sind zugegen. Letzterer ist auf den Fotos vor allem als Schatten zu sehen, ein dunkler Schopf, und alles, was Annelise über ihn sagt, als die Bilder gemacht werden, wird gestrichen, was ihm seltsamerweise ein bisschen wehtun wird.

»... *Die erste Frau auf diesem einflussreichen Posten*, und natürlich ist das ein hohes Gehalt, aber nicht unvernünftig. Sie wissen, was sie bekommen«, stellt Annelise dort im Wohnzimmer wieder und wieder und wieder fest. »Und ich kenne meinen Wert.« Ein bezauberndes Lachen. »Mich gab es noch nie gratis.«

»Mama«, ruft Nathan plötzlich, »hör auf!« Und richtet sich auf dem Sofa im Wohnzimmer auf, wo er gelegen hat, ohne ein einziges Wort zu sagen, genau wie Gusten, sein Freund, auf dem weißen Läufer davor. Nathan, der in irgendeiner Reisezeitschrift blättert, und Gusten, der leer vor sich hinstarrt und die Sekunden zählt, er ist wütend, er *muss* jetzt mit Nathan reden. Vor allem muss Nathan mit ihm reden, ihm eine Frage beantworten: *Wo ist Sascha?* Denn die Tat wurde bereits begangen (was im Zimmer nur diese beiden wissen). Eine schreckliche Situation, doch sonst gibt es für die beiden einfach nichts zu sagen. Nathan und Gusten, einst zwei Burschen mit Baseballcaps, die *Austauschbaren* (und noch vieles mehr), Kindheitsfreunde. Was, wenn nicht Worte (und wie deutlich er sich daran doch erinnert, so viele Jahre später, obwohl er auf den Fotos fast nicht zu sehen ist, und wie sehr er und Nathan sich tatsächlich dagegen wehrten, abgebildet zu werden). Aber jedenfalls: dieses sonderbare Warten, der Frust, die unterschiedlichsten Gefühle.

Und etwas völlig Neues zwischen ihnen: Hass. Wie sie einander hassen. Was Gusten genau in dieser Situation klar wird, als er auf dem Fußboden neben dem Sofa liegt wie ein Hund. Er hasst Nathan. Während Annelise Häggert herumträllert und keine Ahnung hat, nichts weiß. *Not a clue.* Sie, die sie später zerschmettern werden. Gusten Grippe, Kindheitsfreund, »wie ein Sohn in unserem Haus«, und ihr eigener Junge Nathan.

Und: Es gibt kein Zurück. Denn alles ist bereits passiert.

»Was hast du gesagt, Nathan?«, ruft Annelise aufgeregt.

»Nichts«, murmelt Nathan und legt sich wieder hin.

Schließlich brechen der Journalist und der Fotograf auf, und Annelise folgt ihnen hinaus in den Garten, um sich zu verabschieden. Da stehen Nathan und Gusten wie auf ein Signal hin schweigend auf und gehen hinunter in Nathans Atrium, in die Wohnung im Untergeschoss, die die Bezeichnung »Keller« kaum verdient, auch wenn das Wort später von den Medien verwendet werden wird, um den Tatort zu beschreiben. Und dort unten erklärt Nathan auf einmal, dass er jetzt seine Sachen packen und für unbestimmte Zeit wegfahren wird, »Bali vielleicht«. Und verfällt in einen wirren, aber großspurigen Monolog darüber, wie herrlich es ist, als Backpacker durch Südostasien zu reisen, »die Freiheit, verstehst du?«

»Nathan«, unterbricht ihn Gusten. »Ich war am Rastplatz –«

»Und?«, sagt Nathan beiläufig, nimmt den Rucksack und fängt an, Klamotten hineinzustopfen.

»Sie war nicht da.«

»Wer? Guck mal hier.« Und Nathan hält ein Papier in der Hand, das aussieht, als hätte er es aus der Reisezeitschrift gerissen, in der er soeben noch im Wohnzimmer geblättert hat. Die Landkarte einer Südseeinsel: Palmen, blaues Meer, Korallenriff.

»Niemand hat sie gesehen. Sie ist nicht im Grawellska gewesen. Seit … letztem Wochenende. Sara ist da gewesen. Und Sara und Natalie sagen …«

»Was?«

»… dass auch sie sie nicht gesehen haben.«

»Nee, ich auch nicht. Was willst du?«

»Wissen. Wo sie ist.«

Und Nathan, ja, zuckt mit den Schultern.

»Ich muss los.« Zieht sich die Jacke an, nimmt den Rucksack und wirft ihn sich auf den Rücken. Da sagt Gusten endlich das, was er schon lange hätte sagen sollen: Jetzt ist Schluss damit, er muss wissen, wo Sascha ist, ansonsten geht er zur Polizei.

Und stürzt sich auf Nathan. Und sie prügeln sich. Während es draußen in der Kälte vor den großen Panoramafenstern wieder anfängt zu schneien. Und der eisige See in grauem Dunst liegt, die hohen klaren Tage, die Schlittschuhtage sind vorbei, und es ist so ungeheuer leer

im Universum –

Flapp. Das Geräusch der Schläge ist zu hören, denn keiner von beiden sagt etwas, flapp, flapp.

Und nachdem Nathan Gusten umgeworfen und ihm mehrmals von beiden Seiten ins Gesicht geschlagen hat, während er auf ihm sitzt, harte, brennende Schläge, steht er wieder auf. Rückt seine Kleidung zurecht, zieht den Reißverschluss an seiner Jacke zu, nimmt den Rucksack und geht.

Und Gusten bleibt auf dem Fußboden in Nathans Atrium liegen, auf dem Rücken, Blick zur Decke. Erschlagen, aber plötzlich auf sonderbare Weise wach. Lauscht auf die Geräusche oben im Haus, Annelises klare, heitere Stimme aus der oberen Wohnung, wie sie die Hunde ruft, oder vielleicht telefoniert sie? Was sie sagt, kann er nicht verstehen, er kann sich darauf auch nicht konzentrieren.

Und dann ist da noch dieses andere Geräusch. Dieses Wimmern. Zuerst meint er, sich das einzubilden. Aber das ist keine Einbildung.

»Gusteen! Nathaan!« Der Ruf schallt durchs Haus, Annelise auf der Treppe, Gusten rennt aus dem Zimmer, als hätte er Angst, gesehen zu werden. Annelise steht oben vor der Küchentür, im Mantel. Ruft tschüss die Treppe hinunter, sie ist auf dem Weg zum Flughafen, um nach Davos zu fliegen, wo das Wintertreffen des World Economic Forum stattfindet.

»Macht's gut, Jungs!!«, zwitschert sie und ist verschwunden. Verlässt das Haus, die Tür fällt zu, und Gusten ist allein. Auf der Treppe zwischen Hauptwohnung und Keller.

Auf einmal hält er inne. Auf halber Treppe gibt es einen Absatz mit einer Tür. Die in ein anderes Zimmer führt: eine Vorratskammer, die ihren Namen ebenfalls nicht verdient, denn sie ist groß und hell und hat viele Fenster, es ist Gustens früheres Zimmer, in dem er gewohnt hat, ehe er ins Gästezimmer unterm Dach gezogen ist.

Seit einer Weile: das gepolsterte Zimmer. Nathan hat das Zimmer zu einem schallisolierten Studio umfunktioniert, um darin seine eigenen Songs einspielen zu können (hat er gesagt, irgendwann im Herbst).

Er drückt die Klinke hinunter, die Tür ist abgeschlossen. Nimmt den Schlüssel, der noch an seinem Schlüsselbund hängt, schließt auf. Stößt die Tür auf.

Was er dort findet, nimmt ihm den Atem.

»VERDAMMTE SCHEISSE!«

Das also passiert gut eine Woche vor jenem Nachmittag, an dem Annelise Häggert vor aller Welt die Fassung verliert – ihr Mann hat angerufen und ihr berichtet, dass ihr Sohn Nathan wegen Körperverletzung, Freiheitsberaubung und

Mittäterschaft bei einer schweren Vergewaltigung gesucht wird. Und all das hat sich in ihrem eigenen Zuhause ereignet. Sie weiß es also, hat es aber – als sie sich nach dem Anruf den Pelz überwirft und hinausläuft, wo die Fernsehkameras überraschend aufgebaut sind und sie erwarten – noch nicht ganz begriffen.

Und genau das zeigt die Aufnahme sehr deutlich. Wie eine alte Geschichte, in der sie viel lieber sein möchte, von ihr abfällt.

Und übrig bleiben Aggression und Leere, ein einziges Herumtappen, *wer bin ich*, nichts.

Nathan wird im Schärengarten, im Sommerhaus der Familie Häggert, gefunden, in der »Fischerhütte«, die sie fast nie aufsuchen.

Und zwar mit Gustens bereitwilliger Unterstützung, er ist es, dem auffällt, dass der Schlüssel zur »Fischerhütte« nicht am Haken im Flur hängt, als er an diesem Sonntagmorgen das Haus durchstöbert, kurz bevor Abbe ihn entdeckt. Der Schlüsselring ist ziemlich groß und sperrig, ein blau angemaltes, von Kinderhand geschnitztes Boot: Nathans Hand, eine von Nathans frühen Handwerksarbeiten in der Schule (auch das so hübsch, er war in *allem* so gut, Nathan, in seiner Kindheit, und eben auch künstlerisch veranlagt).

Es ist derselbe Sonntag, an dem Gusten noch einmal dieses Zimmer betritt: Es wurde sauber gemacht, die Polsterung von den Wänden entfernt, das Haus badet wie immer im Licht. Neue frische Laken, eine blaue Tagesdecke, aber der Fotoapparat ist noch da, auf dem Nachttisch. Saschas Fotoapparat. Gusten nimmt ihn mit.

(Doch einige Tage zuvor: Da findet er sie festgebunden auf einer Liege in diesem schalldichten Zimmer. »Wir gehen jetzt zur Polizei«, sagt er, nachdem er sie gefunden und befreit und das Tuch abgemacht hat, das um ihren Kiefer geknotet ist.

Und das Klebeband von ihren dünnen, vogeldünnen, weißen Armen reißt.

Sascha schüttelt heftig den Kopf. »Nein! Auf keinen Fall.«

Aber er macht es trotzdem. Vier Tage später.)

An dem Tag, an dem die Reportage über Annelise erschienen war, hatte er seine Mutter in der Wohnung im Zentrum des Villenviertels in der Küche zurückgelassen, nach der Auseinandersetzung über Goldfontäne und Annelises Artikel.

Sascha im Krankenhaus (Gusten hat sie aus dem Haus der Häggerts dorthin gebracht), was sie Nathan per SMS mitgeteilt hat. »Ruf an.« Aber Nathan ruft nicht an, und Sascha liegt auf der Krankenstation und behauptet hartnäckig, dass ihre Verletzungen daherrühren, dass sie von einer »Gang« überfallen wurde, Typen, die sie nicht kennt, im Waldstück unterhalb des Grawellska, *ich war so dicht, ich kann mich an nichts anderes erinnern.* (Eine nicht ganz abwegige Erklärung, denn dass sie Drogen verkaufte, wusste schließlich jeder.)

Nathan geht nicht ran, ruft nicht an, meldet sich nicht, gibt seinen Aufenthaltsort nicht bekannt. Und Gusten kann das nicht mit sich herumschleppen, kann es einfach nicht. Und gleichzeitig ist er wie gelähmt. Wagt es nicht, irgendetwas zu unternehmen, und so ist es eine Erleichterung, fast seltsam, mit Mama wegzufahren – verspätete Winterferien. Er schwänzt die Schule, und sie nehmen das Schiff über den Bottnischen Meerbusen, um Lady Macbeth in der Oper zu sehen oder war es Lucia di Lammermoor? Er weiß es nicht mehr, viel Blut und Wahnsinn jedenfalls – und am späten Samstagabend kommen sie zurück, und am Sonntag, dem Tag nach der Reise, kehrt er noch einmal zum Geisterschiff zurück, eine pulsierende Übelkeit im Körper, überall.

Mama und Nähe: An diesem Abend im Hotel, in der Stadt auf der anderen Seite des Bottnischen Meerbusens, reden sie über Annelise, nach der Oper. Liegen in diesem großen Hotelzimmer im Bett, jeder in seinem eigenen, das Licht gelöscht, und flüstern.

»Sollen wir sie anrufen? Jetzt?«

»Nee. Sie ist in Davos.« (Gusten.)

»Davos?«

»Auf dem World Economic Forum. Die haben ihr Wintertreffen. Weißt du das nicht?«

»Was? Was soll ich wissen?«

»Na, dass sich die Reichsten und Mächtigsten der Welt treffen, um sich *zu verständigen* oder wie das heißt.«

»Und was macht *sie* da?«

»Na, sie ist natürlich wegen Goldfontäne da. Das gehört doch zu ihren neuen Aufgaben.«

»Ach so. Was für ein *faszinierendes und inspirierendes Milieu* … Gott, Gusten, ich kann sie«, kicherkicher, »beinahe hören.«

Wo ist Nathan? Gusten steht draußen vor dem Atrium im Untergeschoss, vor dem Geisterschiff, Nathans Haus. Späht durch die hohen Fenster hinein. Niemand da, es ist genauso leer, wie er es letzte Woche, vor vier Tagen, zurückgelassen hat, zusammen mit Sascha (sie haben ein Taxi ins Krankenhaus genommen). Gusten hat den Schlüssel und geht durch den Kellereingang ins Haus und die Treppe hoch, es ist Morgen, still … Es ist schrecklich, in diesem Haus herumzuschleichen, in dem er gerade noch wie ein »Sohn« aus und eingegangen ist, doch jetzt kommt er sich bloß wie ein Dieb vor, ein Eindringling. Und wonach sucht er? Nathan? Nein, hier ist kein Nathan, aber auf der Treppe zum Gästezimmer ganz oben im Haus, wo sein Zimmer liegt für die Zeit, in der Angela nicht da ist, begegnet er Abbe, im Morgenrock und mit der Zeitung unterm Arm: »Gusten! Du hier? Ich dachte, Angela ist gerade im Land.«

Allerdings nicht besonders überrascht. Er ist es gewöhnt,

dass Gusten in ihrem Haus kommt und geht. »Ja, stimmt, sie ist da und lässt grüßen. Ich muss nur was holen, ein Schulbuch, wir haben Prüfung in Geschichte, ich muss zur Arbeit, aber vielleicht schaffe ich es, in der Kaffeepause zu lernen.«

»Ja, ja«, grunzt Abbe wohlwollend. »Lern du mal schön.« Und wer sollte etwas gegen einen »ehrgeizigen Burschen« haben (Abbes Lieblingsausdruck für Gusten, besonders in Gegenwart seines Sohnes Nathan), der nicht nur für die Prüfung lernt, sondern auch noch sonntags arbeiten geht? Abbe schon gar nicht, der Gusten oft als lobenswertes Gegenbeispiel für seinen eigenen Sohn Nathan anführt, den er für einen Rumtreiber, Taugenichts, Faulenzer hält – obwohl Nathan sich in der Schule nie anstrengen musste. »Schlechtes Blut von der Mutterseite«, ergänzt er manchmal, wenn alle dabei sind. Am Esstisch beispielsweise, und die ganze Familie, inklusive Gusten, lacht.

Ja, sogar Annelise lacht – die Mutter mit dem Blut, das *Nichts-Mädchen*, die ja verstehen sollte, dass das nur ein Witz war. Schließlich kommt sie ja auch aus dem Kinderheim, »eine ›Alumna‹ des Grawellska«, wie man (er, Abbe) ebenfalls sagt, genauso heiter-ironisch. Denn auch sie verändert sich, wenn Abbe zugegen ist, wird nervöser, genau wie Nathan. »Ja, ja, Papa«, er dreht sich weg und lächelt über seine eigene Misere, was ganz untypisch für ihn ist, sodass man nicht weiß, ob er wütend ist oder ob es ihm egal ist. Gusten, der das Ganze wie ein Schauspiel beobachtet (er selbst ist nicht in einer Mamapapakindfamilie aufgewachsen, war immer nur mit Angela. *Du und ich, Gusten, das sind du und ich*), hat manchmal den Eindruck, dass Nathan gewaltige Angst vor Abbe hat, was irgendwie ein unheimlicher Gedanke ist, denn Nathan ist arrogant und hat in Gegenwart anderer vor gar nichts Angst. Aber Gusten weiß es nicht genau und wird es vielleicht nie mit Sicherheit wissen, denn so vieles ist ungeklärt geblieben, seit er einige Wochen nach diesem Sonntag aus dem Haus geworfen wurde.

An jenem Morgen also, einige Wochen vorher, war Annelise nicht zu Hause. »Immer noch in Davos?«, fragte Gusten auf der Treppe, eine höfliche Nachfrage, aber vielleicht trotzdem unnötig intim – Abbe hasst Vertraulichkeiten dieser Art, wenn sie nicht von ihm ausgehen. Vielleicht gab er deshalb keine richtige Antwort, nur ein kurzes »mmff«, bevor er wieder im Schlafzimmer verschwand und die Tür hinter sich zumachte. Erst später hat Gusten begriffen, dass er nicht allein im Schlafzimmer war, was auch erklärte, warum er so heiter war. Dass sie dort war, die Geliebte (Sekretärin/Assistentin), von der ihm Cosmo – oder war es Angela? – später erzählte. Natürlich hatte er sie schon gesehen, im Haus, aber auch an anderen Orten, an denen man Abbe begegnete. Abbe hatte eine Menge Vertrauenspositionen in verschiedensten Komitees und Vereinen im Villenviertel inne und trat auf bestimmten Veranstaltungen auf – und manchmal, wenn er etwas getrunken hatte und nicht fahren konnte (nicht missverstehen: Abbe war kein Alkoholiker, sondern durchaus darauf bedacht, sich innerhalb der Grenzen zu bewegen, ohne Ausrutscher), war sie es, die den Jeep, einen Volvo, steuerte oder ihn in ihrem schicken, kleinen roten BMW nach Hause brachte. Ihr Name? Birgitta soundso. »Die alte Joan Crawford in jung« war Cosmos Beschreibung für sie: dunkle Haare, scharfe, klare, wie gemeißelte Züge. Aber über diesem verhältnismäßig jungen Gesicht lag eine Patina, die einen an etwas Altes denken ließ, an eingegrabene Falten, Müdigkeit.

Verglichen mit ihr war Annelise, die mindestens zehn Jahre älter war, eine Königin: schlicht, zeitlos, kühl, mit ihrem jederzeit hübsch frisierten hellen Haar und ihren – in der häuslichen Umgebung – hellen Seidenkleidern.

Tja, und hinterher würde sich Gusten – wenn er an die Episode mit Abbe auf der Treppe dachte, wenige Stunden bevor er zur Polizei ging und die Gruppenvergewaltigung anzeigte, an der er selbst beteiligt gewesen war und zu der ihn der Sohn des Hauses, Nathan Häggert, angestiftet hatte – auch vorstellen, wie Abbe die Schlafzimmertür hinter sich geschlossen hatte und wieder ins Bett geschlüpft war, zu ihr, der Geliebten, unter dem gewaltigen Gemälde The Hunters / Die Jäger, das über dem Bett hing.

Das er selbst so oft angestarrt hatte in den Sommern, in denen er auf das Haus der Häggerts aufpasste. Sicherlich kitschig, aber auf jeden Fall alt – vom Anfang des neunzehnten Jahrhunderts vielleicht. Eine Waldlandschaft (sie sollte den Wald darstellen, den es vor langer Zeit auf der anderen Seite des Kaltsees gegeben hatte, ungefähr dort, wo jetzt das Grawellska stand). Und dann diese Tiere. Waren es Rentiere, Elche, Rehe?

Oder Fantasiegebilde?

Tiere mit im Vergleich zu ihren Körpern kolossalen Köpfen, mit kolossalen Augen, die einen direkt anschauen, bewusst und gleichzeitig vollkommen arglos, und sich der Jäger, von denen sie betrachtet werden, auf arrogante Weise nicht bewusst sind. Nichts eigentlich Unschuldiges an ihnen, eher eine Unberührtheit. Aber vor allem: massiv. Diese Körper, Augen, Köpfe.

Doch zurück: Abbe hat die Tür hinter sich geschlossen, Gusten ist weiter durchs Haus gegangen. Ist plötzlich wieder auf der Kellertreppe, der Treppe, die zu Nathans Atrium führt und zu diesem anderen Zimmer, auf halber Treppe.

Das gepolsterte Zimmer, aus dem die Polsterung verschwunden ist, wurde sauber gemacht, es riecht nach Putzmitteln. Chlor. Die Tür ist angelehnt, er stößt sie auf. Wie früher. Wie in dem Herbst, als er eingezogen ist. Dasselbe Bett, derselbe Tisch, Fernseher, dieselben zitronengelben Vorhänge (das kann einen verrückt machen).

Und das Licht, das durch die Fenster hereinflutet.

Da schießt es ihm durch den Kopf: Das hat er sich alles nur

eingebildet. Aber dann sieht er die Tasche auf dem Tisch. Die rote Tasche, die Sascha gehört, er erkennt sie sofort. Er nimmt sie. Sie ist leer. Bis auf den Fotoapparat. Als er ihn sieht, traut er seinen Augen nicht. Aber da ist er. Saschas Fotoapparat, den sie von Nathan geschenkt bekommen hat. Der Film noch drin (beinahe voll). Er nimmt den Fotoapparat mit.

An diesem Sonntag also verlässt Gusten das Häggert'sche Haus mit einigen Schulbüchern unterm Arm und dem Fotoapparat in der Jackentasche. Bleibt eine Weile draußen im Garten stehen. Auf der Seite, die zur Straße geht, und fasst hier und jetzt den Entschluss. Zuerst ins Krankenhaus, wo Sascha zerschunden liegt, nachdem sie, laut eigener Aussage, von einer »unbekannten Gang« überfallen wurde.

Und dann: zur Polizei.

»Lass mich in Ruhe. Lass mich schlafen.« Sascha hält an der Geschichte fest, dass sie überfallen wurde von Typen, die sie nie zuvor gesehen hat, im Waldstück unterhalb des Grawellska. Schließlich können dort alle möglichen Leute aufkreuzen, auch Typen mit schweren Vorstrafen, die Kontakte zu den Bewohnern haben. Natürlich nicht zu Sascha, die ein »schwarzes Schaf« aus einer bekannten Familie ist (die Mutter heißt Ursula Borggaard). Dass die Polizei sie nicht stärker unter Druck setzt, liegt vielleicht daran, dass man davon ausgeht, sie würde sich nicht trauen, mehr zu erzählen, schließlich ist das Grawellska nicht gerade ein Kindergarten.

Jedenfalls sagt sie, dass sie sich nicht erinnern kann, dass sie alles hinter sich lassen will. »Halt die Schnauze, ich will nicht mehr darüber reden.«

»Ich gehe auf jeden Fall zur Polizei«, wiederholt Gusten im Zimmer des Krankenhauses.

Sie liegt im Bett, wendet ihm den Rücken zu.

Gusten, ich scheiß auf deine Gerechtigkeit.

Er geht. Zur Polizei, wo er alles berichtet (den Fotoapparat mit den Bildern hat er dabei). Nathan wird verhaftet und schließlich auch die anderen, die mitgemacht haben. Und alles ist in den Medien: »Die schrecklichen Vier … Das brutale Spiel. Sie zeigten keine Gnade.«

Und infolgedessen: muss Gusten das Haus der Häggerts verlassen.

Er erinnert sich kaum an diese letzte Zeit im Geisterschiff. Vielleicht will er sich nicht erinnern, allerdings ist er auch ziemlich selten dort. Hält sich meistens in der kleinen Wohnung im Zentrum des Villenviertels auf, auch als Angela nach Australien zurückgekehrt ist (man bricht ein Engagement nicht ab, weil der eigene Sohn, der von der Polizei verhört wird, der Mittäterschaft bei einer Gruppenvergewaltigung bezichtigt wird. Das wäre eine Vertragsverletzung und dafür muss man teuer bezahlen.) Aber eines Abends, einige Tage, nachdem Nathan gefunden wurde und die Geschichte der Gruppenvergewaltigung in den Medien wie eine Bombe eingeschlagen hat, kommt Gusten spät ins Geisterschiff »nach Hause« – es ist fast Nacht, das Haus wirkt verlassen und leer, aber auf der Treppe zum Gästezimmer oberhalb von Abbes und Annelises Schlafzimmer tritt er plötzlich aus dem Dunkel: Albinus »Abbe« Häggert. Und ist betrunken. Extrem alkoholisiert, stinkt nach Whisky, wie er dasteht und schwankt. Als Gusten »hallo« murmelt, heftet Abbe seinen Blick auf ihn und zischt: »Judas.« Spucke fliegt.

»Judas«, wiederholt er und spuckt ihn noch einmal an. Gusten Grippe wankt, als hätte ihn ein Schlag getroffen, und hinter Abbe sieht er Annelise. Sie steht in der Schlafzimmertür. Die Haare zerzaust, in rosafarbenem, durchscheinendem Nachthemd.

Sie sieht alles, hört alles und verzieht keine Miene.

Ich have x:ed you out of my world.

(Ja, auch sie.)

Er existiert nicht, und das ist einer der vielen Momente, in denen Gusten Grippe alles bereut, aber er sagt nichts, er wird nicht länger gebraucht. Geht hinauf ins Gästezimmer, das sein Zimmer war, und packt hastig seine wichtigsten Habseligkeiten in eine Sporttasche, und eine halbe Stunde später verlässt er das Haus der Häggerts, wo er »wie ein Sohn« gewohnt hat, um nie mehr zurückzukehren.

Und wenn man es auf diese Weise erzählt, klingt es irgendwie wie eine schöne Geschichte, inmitten der Gewalt, inmitten all des Schmutzes. Eine Erzählung über Entschlossenheit und Konsequenz, denn natürlich hat Gusten das Recht auf seiner Seite; nicht Abbe und Annelise und all die anderen, die der Meinung sind und immer der Meinung sein werden, dass Gusten einen Verrat begangen hat, als er einfach zur Polizei ging, um Anzeige zu erstatten. Und den Fotoapparat dabeihatte mit den Fotos, die während der Vergewaltigung gemacht wurden.

Ja, genau dieser Film steckt im Fotoapparat in der roten Tasche, die Sascha gehört. (Alles, Fotoapparat, Film, Tasche, natürlich ein Zeichen dafür, dass es nicht Nathan war, der dort sauber gemacht hatte, sondern jemand anderes, jemand ohne Kenntnis der Einzelheiten; eine anonyme Putzfrau natürlich, von einer Putzfirma dorthin geschickt.)

Der zur Polizei ging, ohne sich zuerst an die eigenen Leute zu wenden. Denn es gibt immer, würden sie gern sagen, obwohl sie das, weil es schrecklich klingt, nicht wirklich sagen können, *eine andere Lösung.*

Ja, eine schöne und konsequente Erzählung darüber, dass man *trotz allem* für seine Handlungen einsteht, seine Strafe erhält und der Wahrheit ins Auge blickt. Aber so ist es nicht. Es ist alles andere als so.

Denn die Welt geht in Stücke.

Und noch viele Jahre später denkt Gusten, dass er sich von gewissen Dingen, an denen er beteiligt war, nie erholen wird.

Beispielsweise von dem, was er gesehen hat, als er die Tür zum Zimmer auf halber Treppe zum Keller aufgestoßen hat. Es war dunkel. Er schaltete das Licht an. Künstliches Licht. Das Bett. Sie im Bett.

Und das ganze Zimmer gepolstert, vom Boden bis zur Decke. Sogar die Fenster.

Sie dort im Bett, festgebunden. Sascha Anckar. Toy girl. Wie eine Puppe, die zerfetzt wurde, in Stücke gerissen.

»Wie in diesem Film. Bennys Video.«

»Welcher Film?«

»Na, mit diesem Jungen, der ein Mädchen umbringt, unten im Hobbykeller des Elternhauses oder so, und die Eltern sind zu Hause, im oberen Stockwerk und kriegen nichts mit.«

(Gusten, Nathan.)

Und nur wenige Tage später: alles sauber gemacht, die Polsterung entfernt, das Zimmer wiederhergestellt, genauso hell und schön, wie es war, als er darin gewohnt hat.

Wie konnte das sein?

Später würde es ein Gerücht geben, dass Sascha Anckars Mama (Jetsetkönigin, Fitnesscoach und Charity-Lady »Mammsen« irgendwo drüben in Kalifornien), Ursula Borggaard, von Albinus Häggert kontaktiert worden war wegen einer Entschädigung, hinter dem Rücken von Polizei und Gericht, und dass Sascha, die als Schadenersatz für ihr Leid viel Geld erhalten sollte, in den Deal eingeweiht gewesen war. Und vielleicht stimmte das auch, Gusten würde sich immer wieder an Saschas Entgegnung im Krankenhaus erinnern: *»Ich scheiß auf deine Gerechtigkeit.«*

Was, sollte sich das bewahrheiten, voraussetzte, dass Nathan in der Zeit, als er verschwunden war (in der »Fischerhütte«, wie sich zeigen würde), Abbe kontaktiert oder dass Abbe Nathan kontaktiert hatte. Dass er seinem Papa alles erzählt hatte und sie sich auf die weitere Vorgehensweise geeinigt hatten.

Aber ohne Annelises Wissen? Um sie zu »schützen«? Auch mit dem Gedanken an den neuen Job, die Karriere (und weil man außerdem wusste, wie leicht es mit ihr durchging. Es fiel ihr schwer, den Mund zu halten).

Nein, *sie kann es nicht gewusst haben*: das Erstaunen vor den Fernsehkameras dort bei der Goldfontäne war so roh, so unverblümt, so echt. Er starrte diese Aufzeichnung wieder und wieder an.

»JUDAS!« Albinus auf der Treppe.

Judas.

Und Gusten Grippe flieht aus dem Haus, wird hinausgejagt.

Und aus dem Untergeschoss ist ein schwerer Bass zu hören.

Nathan in seiner Landschaft.

Auf freiem Fuß bis zur Verhandlung. Wie die drei anderen: Gusten, Alex, John. *»Die schrecklichen Vier.« »Vier jugendliche Straftäter.« »Sie zeigten keine Gnade.«*

Keine Gnade.

Natürlich war SIE betrunken gewesen, aber sie waren alle betrunken.

Und sie hatte das Spiel mitgemacht.

Welches SPIEL?

Das sagt man so.

Welches Spiel?

Ja, sie hatten dieses … *Being in a band called The Disciples, high on –*

Nathan tanzt.

Time.

»Nathan?«

»Straftäter! Das sind doch nur normale Jungs. Wie Jungs eben so sind … Ich meine, Straftäter, das klingt wie Räuber, irgendwelche Banditen. Um Gottes Willen, sagt doch wenigstens stattdessen ***Tatverdächtige****!«*

Es ist, als könnte er sie immer noch sehen: wie sie dort im Schnee steht, es schneit stärker, schwere weiße Flocken, barhäuptig vor der Goldfontäne, sie schreit.

»Nathan?«

»Nathan?«

Die Geschichte von Sascha Anckar
(die Abende mit Annelise)

Vorschlag für die Eröffnungsszene des Films »Wer hat Bambi getötet?« (spielt in den Winterferien 2008): Nathan fährt Schlittschuh auf dem Eis. Schlank, schwarz gekleidet. Sascha fotografiert. Mit einem richtigen Fotoapparat, Gusten erkennt ihn wieder: Nathan hat ihn zu Weihnachten bekommen, er ist unglaublich toll und unglaublich teuer.

Sie steht auf dem kleinen Saunasteg vor Nathans Atrium, ruft zu ihm aufs Eis hinaus: »Nathan!« Er dreht sich zu ihr um, sie macht ein Foto und noch ein Foto. Noch eins. Knips knips –

Gusten am Strand. Er kommt nach der Schule her oder nach der Arbeit (er weiß es nicht mehr, aber zu jener Zeit sortiert er Post im Postamt des Villenviertels).

»Hallo.«

Der Zauberer auf dem Eis macht einen doppelten Salchow. Oder – Gusten weiß es nicht, erinnert sich nicht, wie das heißt (irgendein komplizierter Sprung jedenfalls).

Sie haben viel geteilt, er und Nathan, in der Kindheit / Jugend, die aufs Erwachsensein zusteuert, allerdings nie das Schlittschuhlaufen, und Nathan hat auch damit vor einigen Jahren aufgehört. Zumindest mit dem ernsthaften Training. Die Nerven. Nathans schwache Nerven bei Wettkämpfen sind legendär. Er konnte nicht verlieren, und einmal war er so wütend geworden, dass er einen Schiedsrichter in den Würgegriff genommen hat und seine Finger sich in diesem Griff so versteiften, dass sie aufgebogen werden mussten. Verrückt, Nathan? Nicht ver-

rückter als andere – überhaupt nicht, bloß jung und wild, und es kann genauso gut sein, dass er es nicht schaffte, so viel zu trainieren, wie nötig gewesen wäre, um wirklich Chancen auf eine gute Platzierung bei Wettkämpfen zu haben.

Sascha dreht sich um und bemerkt Gusten hinter sich, der ihnen etwas zuruft.

Gusteen! Ruft sie aufgedreht. Ich habe eine Kamera bekommen. Guck mal hiierher.

Er guckt. Sie knipst.

Das Fotografieren geht weiter.

Er steht dort mit einem albernen Lachen – Nathan auf dem Eis, im Hintergrund. Das ist das letzte normale Bild. Morgen beginnen in jener Zeitlosigkeit / Ewigkeit die Winterferien.

Die »eine einzige Orgie« werden. Sagt jemand, vielleicht einer der »Boys« (die später angeklagt werden, beim Verhör). Quasi hochmütig, bevor sie den Ernst der Lage begreifen.

Jetzt sagt Gusten: Also bist du doch gekommen.

Das bin ich wohl, antwortet Sascha. Wie du siehst –

Guck mal, was er mir gegeben hat, Gusten!

Was?

Den Fotoapparat! Ist er nicht toll?

Grippee! Ruft Nathan in diesem Augenblick vom Eis. (Nein, das kann er, Gusten, nicht vergessen. Jetzt nicht und auch später nicht. Dass er es war, der sich von Nathan hatte überreden lassen, Sascha zu einer Party einzuladen. Das war das Beschissenste, was ich jemals gemacht habe, denkt Gusten, auch wenn man das nicht sieht, auch wenn das im Film nicht zu sehen sein wird. Oder doch?)

***

All die Fotos, die hinterher von Sascha veröffentlicht, verbreitet, in Umlauf gebracht werden, in den Zeitungen und anderswo (eine athletische Schwimmerin, schwellende Muskeln, ver-

schwommene Bilder von Partys und aus anderen obskuren Zusammenhängen – sowohl vor als auch nach Nathan). Ihre Haare, ihre schläfrigen Augen, ihr Körper, die Tätowierungen, ihre Kleidung. Und einige auch mit »Mutti« – »estranged Mother, former Beauty Queen« – in Gesellschaft ihrer Tochter. Das sind diese niedlichen Bilder aus der frühen Kindheit, Mutter und Tochter, die sich gleichen wie ein Ei dem anderen, gemeinsam lachend. Shoop shoop in gleicher Kleidung, mit Sonnenbrille, Küsschen Küsschen Küsschen, einander umarmend, MEIN KLEINER SCHATZ … und im Hintergrund auch ein Papa, irgendwo, irgendwann war diese Ehe vielleicht gut.

Das denkwürdigste von all den Fotos: ein altes aus der Schulzeit (wenig überraschend). Irgendeine Zeitung hat es ausgegraben, im Alter von vielleicht 11–12 Jahren. Sascha auf dem Foto: ernst. Blonde lange Haare, groß, Naturlocken, fast zottelig, aber so hübsch, ungezähmt, wild. Blickt direkt in die Kamera.

Defiant. Fuck off. Und gleichzeitig diese Kindlichkeit, Verwundbarkeit, fast Verspieltheit bei aller Rebellion.

Und natürlich, so MUSS es einfach sein: mit diesem Bild beginnt der Film »Wer hat Bambi getötet?« Denn auch Cosmo hat das Bild gesehen, hat darüber geredet, lange bevor es das ganze Filmprojekt überhaupt gab.

»Das sorglose Leben, Grippe. Bambi, The Movie, nicht wahr?«

Immer wenn Gusten dieses Bild anschaut, denkt er, dass Sascha eine Fremde ist, er hat sie nicht gekannt. Das hätte nicht so sein müssen. Er weiß auch gar nicht, was er mit diesem Gefühl anfangen soll – während des Gerichtsverfahrens schweigt Sascha. Wie ein Grab. Und als er sie zum letzten Mal sieht, anderthalb Jahre später, sagt sie: »Du denkst, dass ich jetzt langsam mal etwas durchsickern lassen sollte, dass ich es erzählen sollte. Für dich. Fuck you, Grippe! Warum sollte ich? Du. Du hast nichts gemacht. Obwohl du es wusstest.«

»Was wusste?«

»Dass Nathan verrückt ist.«

»Aber … «, wendet er ein (weil es nicht stimmt).

»Deine scheiß Gerechtigkeit.«

Ja, sie heißt Sascha.

Sie ist die Neue. Groß, blond, hat einen »viel zu kleinen Hund in einer zu großen Handtasche« (und ganz richtig, dort winselt er, sein Kopf schaut nervös über den Rand der Tasche. Bling-bling wie Schmuck zwischen anderem Schmuck, Krulle, ein Accessoire).

Sie sagt: »… ein viel zu kleiner Hund«, und sieht aus wie eines dieser Mädchen (die solche Sachen sagen). Lacht – hat einen seltsamen Humor. Das ist eines der ersten Dinge, die ihm in der Schule an ihr auffallen. Wenn er sie in der Parallelklasse sieht. Ja, sie ist hübsch, aber die Schule im Villenviertel ist voll von hübschen Mädchen, langbeinig und blond wie sie – weshalb er sie erst bewusst wahrnimmt, als sie eines Abends im September zu Beginn des zweiten Gymnasialjahres am Rastplatz auftaucht, und kurz danach wird sie Nathans Freundin.

Dieses Lachen, heiser und überlegen.

Sascha ist Schwimmerin. Das ist das Zweite, was man sieht. Ihr Körper, hart und kompakt, muskulös und trainiert, aber mit ganz glatter, weicher Haut (wie bei einem Kind). Die weiß leuchtet (auch auf diesen schrecklichen Bildern von der Vergewaltigung ein halbes Jahr später).

Sascha Anckar, 17 Jahre alt (wird 18 im November).

Und das dritte. Sie wohnt im Grawellschen Mädchenheim (zuvor Kinderheim, jetzt Betreutes Wohnen für Jugendliche). Das ist eine kleine bemerkenswerte Tatsache.

Obwohl sie einiges hat, was die Mädchen vom Grawellska im Allgemeinen nicht haben:

A) Eine sportliche Laufbahn vor sich. Sie ist eine vielversprechende Schwimmerin, mehrfache Juniorenmeisterin auf unterschiedlichen Distanzen.

B) Einen gewissen sozialen Status, jedenfalls in der Theorie. Der geht auf ihre Mutter zurück, mit der sie in den letzten zehn Jahren eigentlich fast nichts mehr zu tun hatte, während die anderen Mädchen im Grawellska zumeist aus den unteren Gesellschaftsschichten kommen. Im Villenviertel heißt es: »Sozialfall, Prekariat«, wenn auch nicht besonders laut, weil eine der prominentesten Bewohnerinnen des Viertels, Annelise Häggert, die Vorsitzende der Gemeinnützigen Stiftung des Grawellska ist, sich für das Heim einsetzt und selbst de facto dort zu einer Zeit Unterschlupf gefunden hat, als es noch ein Kinderheim war. Und das ist kein Geheimnis, sondern eine Tatsache, auf die sie gern verweist. »Das war mein Zuhause«, sagt sie nicht ohne Stolz, den man vor dem Ereignis im Villenviertel pittoresk findet. Ja, Sascha Anckars Mama ist also die früher im ganzen Land bekannte Jetsetkönigin Ursula Borggaard, ehemaliges Fitnessmodell und später dann exklusive Trainingscoachin/persönliche Trainerin in Kalifornien. »Die mit den besten Blowjobs in Santa Monica und Umgebung, gehen Sie zu Mutti«, wie ihre reizende Tochter Sascha sagt. Munter natürlich, dieses heisere Lachen – und »reizend« ist natürlich ironisch gemeint. Denn alles Ausgeglichene und leider auch das »Nette« an Sascha ist zu jener Zeit eigentlich ungefähr das Gegenteil von dem, was diese Worte tatsächlich bedeuten. Dieser Hund zum Beispiel und wie sie mit ihm umgeht – wie mit einem Ding. Sie wird ihn verkaufen oder weggeben oder einfach verlieren, aber als man sie hinterher danach fragt, wird sie sagen: »Krulle?« »Hund?« »Sagmalwovonredestduüberhaupt?«

Und verheiratet – um zur schönen »Mutti« zurückzukehren – mit einem wohlhabenden Geschäftsmann, den wir beispielsweise TB nennen wollen, alias »Teddy Boy«, um seine Identität nicht zu verraten (was er wirklich vermeiden möchte angesichts dessen, was später passiert). Man kann sich damit begnügen, zu sagen, dass seine Identität in gewissen Kreisen, denen des International Banking etwa, oder in Golfer-Kreisen, ziemlich bekannt ist. Trotzdem, Hand auf's Herz: Das ist eine Tatsache, die für unsere Erzählung keine Bedeutung hat, für die Geschichte, wie Sascha Anckar von einer Gang vergewaltigt wurde und beinahe unter den Händen einiger wohlerzogener Jugendlicher aus dem wohlhabenden, großbürgerlichen Villenviertel starb, am Ende der Winterferien im Februar 2008. Und was TB betrifft, wird es sowohl auf Scheidung hinauslaufen (wegen dieses »Klebrigen«, das sich in der alten Heimat seiner Frau ereignet hat, von dem man sich am besten distanziert) als auch auf Konkurs, ehe das Gnadenjahr 2008 mit seiner Finanzkrise vorbei sein wird.

ABER zu diesem Zeitpunkt, Herbst 2007, als Sascha und Nathan sich begegnen und eine Beziehung beginnen, ist Ursula so etwas wie eine kalifornische Hausdame und »Wohltätigkeits-Elster« – ein Wort, das von ihrer hochgeliebten Tochter geprägt wurde, dem einzigen Kind, das sie mit dem »good-for-nothing-pimp« hatte (»Vadda, der verdammte PIMP«; das ist Sascha in ihrem Element), der übrigens Klas-Åke heißt. Wer das ist, kann man googeln, denn ansonsten kommt er in ihrem Leben nicht mehr vor, weder jetzt noch später. Er war es, der Sascha aus der gemeinsamen Wohnung hinausgeworfen hatte, als sie wegen Ladendiebstahls und Besitzes von leichten Drogen erwischt wurde. Er schickte sie ins Grawellska, und damit verließ er, der verantwortungsvolle Vater, diese Geschichte. Also ***Exit Vadda*** *und Punkt.*

C) Ja, und dann der kleine Hund. Krulle, in der Handtasche – wie sie in diesen Monaten in Mode sind. Bling-bling … so klingen sie, die Handtasche, das Glitzern, das mit einem Amulett versehene Goldkettchen des Hundes … Ein Zeichen für? Was? Die Sorglosigkeit des Lebens? (Wie Cosmo in einem anderen Zusammenhang viel später am Kaltseestrand sagen wird.) Aber sie werden schnell aus der Mode kommen, diese großen Handtaschen und die Hunde darin, und zwar genau im Herbst 2007, wobei allerdings sowohl Sascha als auch Krulle da bereits verschwunden sind.

Wohin, weiß man nicht, eventuell wurden Hund und Tasche gestohlen. Sascha nicht.

Eventuell hat sie, Sascha, den Hund verkauft, so wie sie alles verkauft. Kauft und verkauft, Dinge mit sich herumschleppt. Und Nathan ebenfalls: für die kurze Zeit ihres kurzen gemeinsamen Lebens, das hier beginnt, jetzt, jetzt jetzt! Am 18. September (die erste Liebe!! Und Küsschen!!) – eine Gitarre, ein Stethoskop, ein Schmuckkästchen und Bücher (diese alten, wertvollen), sie werfen sich in Schale wie ein feines Paar und lassen wertvolle Originallibrettos aus der Musikbibliothek mitgehen. Lachen später stolz darüber, fahren nach LONDON und verkaufen sie in einem Auktionsbüro (oder: reden davon, dass man es tun könnte) oder kaufen einfach bloß Sachen, kaufen und verkaufen und tauschen und nehmen Dinge in Zahlung, Dinge, Drogen, Geld Geld –

Hey, was macht ihr da? Was wollt ihr mit diesem ganzen Kram?

Fragen kann man natürlich, so wie Gusten (damals am Anfang), aber to no avail. Nathan sieht ihn nur mit leerem Blick an, auf dem Fußboden im Atrium, wo er

Being in a band called The Disciples
Tanzt tanzt
Und Sascha
im roten Paillettenbikini tanzt.
Und Gusten das Licht löscht.
Und Sascha lacht.
Dort im Dunkeln, bloß lacht.
»LICHT AN, Gusten!«, ruft Nathan, aber er macht es nicht.
Tanzt, tanzt
Being in a band
Time
Time –
Ja –

Was den Hund betrifft: Gusten hat keine Ahnung. Auch möglich, dass er einfach freigelassen wurde oder weggelaufen ist. Erfroren ist. Gefunden wurde er in einem schwarzen Schlafsack auf der öffentlichen Müllkippe oberhalb der Playa. »Guckdirdasan Gusten«, Cosmo macht den makabren Fund. »Komm und guck dir das an –«

Aber nee. Gusten kommt nicht. Will nicht. Distanziert sich vom Hund, von Nathan Sascha Cosmo allem. Läuft herum mit seinem Macbeth unterm Arm, der Kunst, der Kultur, die ihm gehören. Und die Theaterträume (so äußert es sich während dieser Zeit: als Träume, obwohl es seltsam ist, dieses Wort in den Mund zu nehmen). Er soll wie üblich die Hauptrolle im Weihnachtsstück der Schule spielen. Dieses Jahr eine merkwürdige moderne Fassung eines alten Stücks von Shakespeare, viel Blut und viel Realismus und Wirklichkeit. Und da haben wir auch eine Lady Macbeth, die von Gustens zartem Schwarm Sophia Morén gespielt wird, mit einem Messer im Mund (also im Stück).

Aber Anfang November, einige Monate nachdem die Beziehung zwischen Sascha und Nathan begonnen hat, ist sie schon wieder vorbei. Sascha hat plötzlich keine Lust mehr, verlässt Nathan, einfach so, was furchtbar ist, weil er sie liebt. Er kommt nicht darüber hinweg und wird, sobald es ihm ein bisschen besser geht, wütend.

Ich bringe sie um, sagt er.

Einer dieser Momente in der Schwimmhalle, wohin sie, Gusten und Nathan, Ende November und im Dezember gehen, um ihr beim Training zuzuschauen – das Training ist einer der Gründe, warum sie ihn verlassen hat: »Ich will wieder schwimmen gehen.«

Und Sascha im Becken. Obwohl sie jetzt einen anderen hat und einen ganz neuen Freundeskreis, ihre muskulösen Schwimmerfreunde – genießt sie die Aufmerksamkeit, denn sie hört ja nicht, was Nathan sagt, als sie ihn von weitem auf der

Tribüne sieht: Sie hebt die Hand und winkt.

Und Nathan winkt zurück.

»Du spinnst«, raunt Gusten Nathan zu. »Hast du sie noch alle?«

Aber zurück zum Anfang, September 2007. Zum Rastplatz am Kaltsee, vorletztes Schuljahr (im Gymnasium des Villenviertels): Wo sie sitzen und sich die Zeit vertreiben, wie immer, er und Nathan und ein paar andere. Alte Bekannte und Cosmo vielleicht, Cosmo von Brantska Branten, der ganze Brant-Clan wohnt in pittoresken Villen dicht beieinander.

Nathan ist wie immer über den Sommer weg gewesen und nun wie »neu« zurückgekehrt, neuer als je zuvor. Und schöner. Und rastlos (auch das wie immer).

Cosmo lässt sich über irgendeine Geschäftsidee aus. Er hat ständig solche unternehmerischen Einfälle. »Man könnte« dieses und jenes … einen Beach Club eröffnen, hier am Strand.

»Zum Beispiel könnte man hier –« Der Satz bleibt in der Luft hängen.

»Halt's Maul, Cosmo.«

Nathan kann es nicht mehr hören. Gusten auch nicht (der den größten Teil des Sommers mit seiner Mutter verbracht hat. Angela hat ein längeres Engagement in Australien, in Sydney war Winter, ein strenger Winter. Gusten ist über kalte Fliesen gelaufen, hat bis auf die Knochen gefroren und sich nach Hause ins Villenviertel gesehnt). Obwohl Nathan auf Bali auch nicht mehr Spaß gehabt hat. Eine so ungeheuer öde Sonne, dass er, als er zurückkommt, außergewöhnlich aufgedreht ist und mehr als bereit für das vorletzte Schuljahr. Alles, was passieren muss, soll jetzt jetzt jetzt passieren!

Und da taucht sie also auf, wie auf Bestellung, an eben diesem Abend – Sascha, schön, verrückt …

Mit Handtasche, Hund und heiserem Lachen. Wie der Anfang des ersten Kapitels eines wilden, guten Buches (und ja, sie ist sich dessen voll bewusst, weshalb auch in dieser Hinsicht alles an Sascha nur Show ist).

Tja, und dann –

Kann man sich nicht mehr so gut erinnern. Aber dort hängen sie ein bisschen ab, Gusten Cosmo Nathan Sascha, und quatschen. Und die Jungs gaffen sie an, besonders Nathan.

Und dann trennen sie sich, gehen nach Hause. (Und einige Tage später sind Nathan und Sascha ein Paar: »Hier ist sie«, ruft Nathan. »Die Schlampe meines Lebens!«)

Ja, nach Hause ins Geisterschiff (Nathan, Gusten). Ebenfalls in diesem Schuljahr, den ganzen Herbst über und noch ein paar Monate zu Beginn des nächsten Semesters wohnt Gusten im Haus der Häggerts. Zuerst zieht er in das untere Gästezimmer: ein großes Zimmer, direkt über Nathans Atrium, auf halber Treppe zum ersten Stock – das auch Extrazimmer oder Spielezimmer heißt und aus dem später das schallisolierte Studio mit den gepolsterten Wänden wird.

Und dort, ein halbes Stockwerk über Nathan, liegt Gusten Anfang September nachts im Bett und hört den Bass von unten und kann nicht schlafen.

Also zieht er nach einer Weile ins andere Gästezimmer in einem anderen Teil des Hauses, in die Dachwohnung ganz oben, über dem Schlafzimmer von Annelise und Albinus »Abbe«. »Schließlich musst du dich auf die Schularbeiten konzentrieren«, sagt Annelise. »Brauchst ein bisschen mehr Ruhe und Abgeschiedenheit.«

Das Zimmer ist kleiner, aber genauso schön: ein Bett, ein Schreibtisch und ein Fenster mit Aussicht zum Villenviertel. Auf all die schönen Häuser und Villen mit üppigen Gärten und auf die Straße, die in die Hauptstadt führt wie ein beleuchteter Strich – und die Brücke, von der er sich später zu stürzen versucht. Aber all das, die Gewalt, die Vergewaltigung, der Selbstmord, der Tod, »Judas«, das Verrücktwerden, die

Klapse – immer noch VÖLLIG unwirklich und absurd. Und ihm gefällt das Zimmer, besonders in diesem Herbst findet er hier die Ruhe zum Denken, Schreiben und Lesen. Auch seine Schulnoten spiegeln das wider (er ist ja nie so ein Genie gewesen wie Nathan, der in allem gut war, jedenfalls ungefähr bis zu diesem Zeitpunkt. Sowohl in der Schule als auch sonst, ohne sich überhaupt anstrengen zu müssen.) Auch er, Gusten, kann alles erreichen, »wenn er sich nur ein bisschen anstrengen würde, Ehrgeiz hätte«, wie man sagt. Aber »Ehrgeiz«, er schert sich wirklich einen Dreck um Ehrgeiz.

Schließlich weiß er, was er machen wird (dass er es plötzlich weiß, ist eine andere Sache): zum Theater, in die Theaterschule gehen. Aber das ist mehr eine stille Erkenntnis. Nicht etwas, worüber er ständig nachdenkt, und wenn er nicht aufgenommen wird, ist nicht alles gleich verloren, er kann auch etwas anderes machen: **muss** *nicht ans Theater wie Sophia Morén, die seine Lady Macbeth im Weihnachtsstück der Schule sein wird, sie* **muss**, *beharrt sie und erklärt: »Ich habe keine Wahl.«*

Also Nathan, Gusten:

Die Austauschbaren.

Zum einen: der Junge auf dem Dachboden. Der sich den Theaterschal um den Hals wickelt und liest und schreibt, manchmal bis tief in die Nacht.

Zum anderen: der Junge im Keller. Der sich zur gleichen Zeit in einer heftigen ersten Liebe verliert, allmählich ganz.

Der Junge im Keller, der Junge auf dem Dachboden – eine alte Tradition. Ja, tatsächlich. Nathan, der in seinem Atrium die Musik aufdreht, unnahbar wird.

Und Gusten geht weg. Hinauf in sein Zimmer mit dem weißen Schreibtisch, den Büchern, den »Schularbeiten« und dieser anderen Sache, den Geschichten, die er angefangen hat zu schreiben, bis tief in die Nacht. Die ihn woandershin versetzen.

Nein, daran wird er nachher nicht anknüpfen können.

Oder auf diese Weise schreiben (überhaupt schreiben) können.

Wird keinen Zugang mehr dazu haben. Zu diesem Zimmer. Weder physisch – »Judas« hallt Abbes Wort in seinen Ohren wider – noch mental.

»Wie geht es, Gusten«, fragt Annelise in der Küche, »gefällt es dir bei uns?«

Klar gefällt es ihm, was für eine Frage. In seinem Zimmer, überhaupt im Geisterschiff, besonders in diesem Herbst, »wie ein Sohn«. »Dein Crashpad, Kuckuckskind«, macht sich Nathan einmal lustig. Und sicher ist das in gewisser Weise eine etwas ungewöhnliche Lösung, weiterhin im Haus der Häggerts zu wohnen wie früher, wenn seine Mutter woanders arbeitete. Aber jetzt ist er achtzehn, erwachsen, selbstständig, er würde in der Zweiraumwohnung im Hochhaus im Zentrum des Villenviertels gut alleine zurechtkommen. Aber er will nicht, will lieber im Geisterschiff wohnen, im Haus der Häggerts, unten am See »wie ein Sohn«, wie Annelise sanft sagt und lacht, an einem dieser langen dunklen Herbstabende, als sie gemeinsam in der Küche sind, sie und er. Die Abende mit Annelise: Das gehört ebenfalls zu den Dingen aus dem Herbst 2007, an die er sich gut erinnert, ehe alles andere passierte. (Und bestimmt würde er sich daran noch viel stärker erinnern und öfter daran denken, wenn das, was passiert war, es nicht unmöglich machen würde, ruhig und abgeklärt zurückzuschauen, überhaupt zurückzuschauen.) Er und Annelise, wie sie am Küchentisch sitzen und reden, miteinander Zeit verbringen, manchmal bis tief in die Nacht, in der Küche im ersten Stock. An jenen Abenden in der Woche, wenn Abbe nicht zu Hause und sie zufällig da ist, was schließlich auch nicht immer der Fall ist. All diese Sitzungen, Besprechungen, Reisen, auch in dieser Zeit noch so viel los! »Aber ich beklage mich nicht, Gusten, ich liebe mein Leben, ich liebe das, was ich durch eigene harte Arbeit erreicht habe ... Ich liebe ...« Und da kann es passieren, dass sie den Blick hebt und sich wie in einem angenehmen Erwachen umschaut, **because you're worth it***, und ihre eigene schöne Küche quasi neu entdeckt mit all den teuren Dingen darin, der Ausstattung, den Möbeln, mit allem, was extra importiert wurde von da und dort. »Ja, das habe ich verdient, aber Geld ist nicht alles, Gusten« (mit einer Stimme, die ganz ungezwungen und entwaffnend und, ja, »mädchenhaft« klingt – ein Wort, das Gusten innerlich erröten lässt, wenn er daran denkt). Und es muss auch irgendwann in dieser Zeit sein, im Spätherbst 2007, dass sie so bedeutungsvoll zu sprechen beginnt, mit gesenkter Stimme: »Bald passiert etwas Großes, Gusten, ich kann nicht sagen, was, aber es wird groß.« »Groß?« »Ja.« »Wie groß?« (Gusten fährt mit den Händen durch die Luft.) »Wie ein Elefant?« »Ja, ein ELEFANT, aber das darfst du keinem erzählen, ein Headhunter hat mich kontaktiert. They made me an offer I couldn't refuse. Ich wünschte, ich könnte mehr sagen, ich platze, aber nur ein kleiner Hinweis: Es wird groß!« Goldfontäne hat sich also gemeldet, wie man spätestens begreift, als die Ernennung von Annelise Häggert zur CEO des Thinktanks kurz vor Weihnachten öffentlich wird. »Wie BANAL«, ruft Angela empört, als sie wenige Tage vor der Bekanntgabe im Land ist. »GOLDFONTÄNE! Gusten, ich verstehe nicht, wie sie auf diese banalen, ultrakonservativen, lebensfeindlichen Ideen ABFAHREN kann! Gayn Hand! So unter ihrer Würde.«*

Und Gusten schüttelt irritiert den Kopf, sagt brüsk: »Hör auf!« Angela sieht ihn überrascht an, würde gern weitermachen, weiß aber nicht wie, weshalb es im Sand verläuft.

Aber sonst, an diesen Abenden im Herbst, Gusten und Annelise: nichts Besonderes, Smalltalk und die Tageszeitungen und Zeitschriften, die Annelise durchackert, um im Weltgeschehen und in der Politik à jour zu bleiben, aber auch Frauenzeitschriften, falls etwas über sie darin steht (was tatsächlich in jenen Tagen häufig der Fall ist). Und manchmal skypen sie beide mit seiner Mama. Rufen Angela in Australien auf dem

Bildschirm auf, der zwischen ihnen auf dem Küchentisch steht, und plappern drauflos.

»Scheiße, dass er jetzt sterben musste.« (über Pavarotti)

Sagt einer von ihnen nach dem Gespräch, und sie lachen. Das ist ein Witz. Nicht der tote Pavarotti, der an einem Herzinfarkt gestorben ist. Sondern dass Angela auf einmal gesagt hat, dass sie und Pavarotti möglicherweise gemeinsam auf einer Wohltätigkeitsgala hätten auftreten sollen, woraus nun nichts wird, was sie, abgesehen von der Tatsache, dass »dieser gutherzige Große Künstler« mitten im Leben einfach stirbt, fertigmacht.

»Du darfst nicht alles glauben, was deine Mama sagt, Gusten«, fährt Annelise fort.

»Sie ist wie eine Oper, deine Mama, eine richtige Darbietung – aber bezaubernd.«

All das, während ein Bass im Kellergeschoss unter ihnen weich und saugend wummert …

… verliebt bis über beide Ohren …

in seine Freundin Sascha.

#hieristsiedieSchlampemeinesLebens

»Erzähl mir von Nathan, Gusten«, sagt Annelise plötzlich oben in der Küche. »Weißt du, manchmal denke ich, dass ich ihn gar nicht mehr richtig kenne. Wahrscheinlich ist das so in diesem Alter, dass man sich seiner Mama nicht mehr anvertraut. Oder?«

»Da ist er nun also«, sie zeigt in Richtung Boden, zum Untergeschoss, »mit ihr, seiner ersten Liebe. Ist er nicht total verliebt, Gusten, furchtbar schrecklich verliebt?«

»Ich meine«, flattert Annelise in Gedanken weiter: »Man muss sich ja nicht so nah sein, als Mutter und Sohn, vielleicht ist das in diesem Alter nicht einmal gut, aber manchmal, Gusten …«

»Manchmal habe ich den Eindruck, dass er sich in unserer

Familie einsam fühlt … Abbe ist ziemlich streng. Du hast ja gesehen, wie er sein kann.«

»Ach, ich weiß nicht, Gusten. Vielleicht habe ich einfach bloß diese kindische Neugier, was ihn betrifft.«

Und schaut in die Zeitung, die aufgeschlagen vor ihr liegt, und liest laut aus einem Artikel vor: »Dreißig Fragen aus Ihrem Leben.«

»Was ist seine Lieblingsfarbe?«

»Sein Lieblingsfilm?«

»Lieblingsgericht?«

»Jahreszeit?«

Sieht wieder auf, Gusten lacht.

»Und von ihr, Gusten. Erzähl mir von ihr, von Sascha.

Das Mädchen im Keller, wer ist sie?«

Wird sich ihres Tonfalls bewusst.

»BRRR« (legt die Arme um sich, als würde sie frieren).

»Das Mädchen im Keller«, sie lacht. »Klingt wie aus einem Horrorfilm, was?«

Gusten lächelt.

Und wieder lachen sie, denn schließlich ist es Blödsinn, sie legt die Zeitung weg, wischt den Tisch ab. »Tee, mehr Tee?«

Er nickt, und sie sprechen über etwas anderes, über alltägliche Dinge wie Schule, Arbeit, Schularbeit.

Aber: »Das Mädchen im Keller, wer ist sie?«

Er antwortet, was er antwortet, denn es wird immer das Falsche sein.

»Sie hatte einen Hund in der Handtasche, aber dann hat sie ihn verloren oder verkauft … ich weiß es nicht.«

»Einen Hund?«

Tja, da sind Sascha und Nathan also ein Paar.

Verliebt, verrückt und schrecklich fest zusammen. Einige Monate lang. Ein Paar. So einfach ist das.

Nathan bis über beide Ohren.

Im November macht sie Schluss.

Sie vermisst das Training, sagt sie. Unter anderem.

Und Nathan gerät außer sich.

Ja, es ist Schluss, und Nathan rastet aus, und das, was passieren muss, passiert, und alles, was kaputtgehen kann, geht kaputt, explodiert, zerspringt in tausend Stücke –

Gusten Grippe ist also einer der vier Straftäter, Tatverdächtigen, der »ungezügelten Jungs«, als die sie manche im Villenviertel auch später noch sehen wollen – »Boys«, Teilnehmer eines Spiels, das aus dem Ruder läuft. *Schrecklich, aber verständlich, und der Alkohol hatte schließlich auch seinen Anteil am Geschehen …* In einer Nacht im Februar 2008 vergewaltigt er seine Mitschülerin Sascha Anckar, 18, auf einer Party im Haus der Häggerts unten am Kaltsee. Die anderen Jungs sind Alex Axelsson, John C und Nathan Häggert, Sascha Anckars Ex-Freund, angeblich der Anstifter und Antreiber alles dessen, was sich in seinen Privaträumen ereignet – seinem »Atrium« im Erdgeschoss –, während die Party in den anderen Stockwerken ungestört weitergeht. (Und alle, die auf der Party waren, sagen im Nachhinein, dass sie weder etwas gehört noch gesehen haben. Die Türen zur Kellertreppe sowie auch Nathans ebenerdiger Hauseingang waren verschlossen, und kein Unbefugter hatte dort unten Zutritt.)

Die Vergewaltigung, die äußerst brutal verläuft und verschiedene Arten der Freiheitsberaubung mit einschließt (Sascha Anckar wird gefesselt und hinter verschlossenen Türen festgehalten, seit sie versucht hat zu fliehen), dauert stundenlang und Gusten ist dabei, wenn auch nicht von Anfang an. (Nathan ruft ihn mitten auf der Party vom Keller aus auf dem Handy an und bittet ihn, herunterzukommen, und, einmal dort, gibt es kein Zurück.) Gusten war nicht aktiv beteiligt, jedenfalls nicht bis kurz vor dem Ende – aber er ist einer von denen, die sich, ja, das muss man so sagen, vergehen, ohne Anführungszeichen.

... schließlich weiß man doch, wie Jugendliche sind, manchmal wird das Spiel rau oder gerät außer Kontrolle ... Cut the crap! Eine Vergewaltigung ist eine Vergewaltigung, und Gusten Grippe ist einer aus dieser Schar gleichaltriger Jungen, auch »die Boys« genannt. Und später in den Medien: *Die schrecklichen Vier.*

Und das will er, Gusten, auch gar nicht abstreiten. Wirklich nicht. Nein. Schließlich geht er ja zur Polizei. Er ist es, der das tut, nicht das Opfer, Sascha, die zu dieser Zeit, drei Tage später, betäubt im Krankenhaus liegt und schweigt wie ein Grab. Und ja, im Villenviertel wird man ihn bisweilen dafür *hassen*, auch wenn das niemand laut sagt. Höchstens vielleicht, *ob das denn wirklich nötig war, Grippe? Wir hätten das doch klären können, between us, und wie man hört, war das schon auf einem guten Weg.*

Und ein Verfahren beginnt, mit Gerichtsverhandlung, Urteilen und Öffentlichkeit – einer scheiß Öffentlichkeit.

Und im Laufe des Verfahrens wird Gusten Grippe vieles begreifen, verstehen, lernen. Und er wird es hassen (vieles davon), auch vieles von dem, was er lernt. Zum Beispiel das mit den Anführungszeichen. Wie aus allem, was gewissermaßen wichtig war – wichtig ist –, am Ende Worte und Formulierungen werden, die in Anführungszeichen stehen.

»Die Straftäter«. »Sich vergehen.« »Das Opfer.«

Das eigentliche Problem ist natürlich, dass, sobald man die Anführungszeichen wegnahm, dort eine nackte Wahrheit stand, und zwar eine, mit der man nicht wirklich leben konnte, obwohl man es musste. Das Wort in den Mund nehmen, lernen, es auszusprechen, *Ich* zu sagen am Anfang eines Satzes. Ich habe mich vergangen. Ich habe missbraucht. Ich

zeigte

keine Gnade.

Ich zeigte keine Gnade. So war das. Und Sascha, hinterher

(daran ebenfalls denken). Ihr Schweigen. Der leere Blick. ER vergisst das nicht.

Und die Angst, die Einsamkeit: Sascha Anckar vom Grawellska.

Das Grawellsche Heim für Mädchen – eine Einrichtung für gefährdete junge Frauen, die so pittoresk unten am Kaltsee liegt, in einer pietätvoll restaurierten, vierstöckigen Villa aus dem achtzehnten Jahrhundert. Eine echte Zierde, vom See aus gesehen, wie sie sich zwischen den Bäumen gegenüber der Playa abzeichnet, mit dem langen Steg und dem frisch renovierten Badehaus im historischen Stil – ein entzückendes Ensemble, das sicher Millionen einbringen würde, wenn man es auf dem freien Immobilienmarkt anböte, was aber nicht passieren wird, weil das Heim einer privaten Stiftung gehört, deren Vorsitzende Annelise Häggert höchstpersönlich ist. Annelise, einst selbst Kind im Kinderheim von Grawellska – eine Tatsache, auf die sie gern in den Interviews und Porträts zurückkommt, die für all die Zeitungen und Zeitschriften gemacht werden in den schmeichelhaften Jahren Anfang 2000, als es steil aufwärts geht mit ihrer Karriere und alle, alle so sehr an ihr interessiert sind. »Findelkind vom Grawellska«, »Nichts-Mädchen aus dem Nirgendwo« – so beschreibt sie sich selbst auf ihre gewinnende, überlegene Art und Weise, aber nicht ohne eine Träne im Augenwinkel, was interessant und wichtig ist. Plötzlich ein bisschen echte Sentimentalität, was bemerkenswert ist, allerdings auch Anlass bietet, das Image auszubauen, weil Annelise Häggert sonst ja eher bekannt ist als eine, die »die Dinge beim Namen nennt« – **ohne die Samthandschuhe anzuziehen** *(ihre eigene Formulierung),* **Komministenmanieren sind ganz einfach Komministenmanieren***. Wie zum Beispiel der steuerfinanzierte öffentliche Dienst, weshalb der Spitzname dieses kleinen Lieblings des Villenviertels damals nicht ohne Grund lautete: die* **zweite Eiserne Lady.**

Und nun die Träne im Augenwinkel, die Butterweiche – eine wirklich schicke Perspektive, die sich hier als ganz und gar nicht unangenehme Ergänzung in das öffentliche Bild von ihr schmuggelt. »Das war mein Zuhause.« Annelise Häggert in Nahaufnahme auf der Treppe des Grawellska: »Ich bin so dankbar. Wer bekommt, soll auch zurückgeben.«

Den Kopf erhoben, unser Maskottchen. Dieser Stolz, den man im Villenviertel pittoresk findet und der Eindruck macht. In Wirklichkeit ist dieser Stolz Ausdruck der tonangebenden Rolle, die die Familie Häggert im Villenviertel innehat (ansonsten sind die Häggerts nur eine von vielen prominenten Familien mit gemischter Abstammung im Gepäck: Albinus Abbe gehört zur x-ten Generation der Häggerts, Enkel des Architekten A.N. Häggert – Mitglied des legendären Trios der Architekten-Newcomer Häggert & Kråklund & Brant. Ja, ebenjener Brant, Cosmos Urgroßvater, der das Villenviertel vor etwa hundert Jahren auf dem Papier entworfen hat. Und Abbes Sohn Nathan hat, so heißt es, die Absicht, in Großvaters Fußstapfen zu treten und sich nach dem Abschluss an einer Architektenschule zu bewerben … Also: prominente Väter, begabte Söhne – nichts, was im Villenviertel besonders ins Auge fallen würde, das voller solcher Erfolgsgeschichten steckt).

Aber Annelise! Das Nichts-Mädchen aus dem Kinderheim, aus **unserem** *Kinderheim, Grawellska. From rags to riches, das hässliche Entlein, aus dem ein Schwan wurde – Unternehmensjuristin, Ökonomin, Professorin der Wirtschaftswissenschaften mit nur siebenundzwanzig Jahren, Milton Friedman! Gayn Hand! Das ist etwas anderes, etwas Neues.*

Und die erste Frau auf einem Posten nach dem anderen. Und außerdem natürlich eine Geschichte, mit der man sich im Villenviertel wirklich identifizieren möchte, denn sie erzählt etwas über einen selbst, das man gern von sich erzählt, worauf man gern den Finger gelegt wissen möchte. Etwas über offene Arme, über Großzügigkeit trotz aller Unterschiede, eine wun-

derbare Visitenkarte für unser Villenviertel und ***die Werte, für die wir stehen.***

A real sense of community.

Kurz: eine Erzählung über die Freundlichkeit des Villenviertels.

»Ich werde nie aufhören, dankbar zu sein«, wiederholt Annelise auf der alten Treppe des Kinderheims (»Zuhause ist dort, wo das Herz ist«, lautet der Titel der Reportage).

»Das war mein Zuhause.« So redet sie manchmal auch daheim über das Grawellska (mit dem sie in ihrer Eigenschaft als Vorstandsvorsitzende der Gemeinnützigen Stiftung noch immer verbunden ist). Zum Beispiel am Abendbrottisch, wenn ihr Mann Albinus Abbe da ist, aber da tut sie es auf ganz andere Weise: Sie legt den Kopf zurück, wiehert wie ein Pferd und lacht ein komisches, anderes Lachen. Und mittendrin wirft sie ihrem Mann einen Blick zu, einen Blick, der manchmal ganz offen sexuell und intim ist. Und Abbe, wenn er in der Stimmung ist, antwortet vielleicht: »Ja, nicht gerade eine Vollblutstute, meine ***Alumna*** *vom Grawellska.«*

Abbe kann dieses »meine Alumna« auch auf viele andere Arten und Weisen sagen, und Gusten braucht nicht lange, um zu verstehen, dass es sich da um eine Machtdemonstration handelt. In diesem Haus regiert Albinus Abbe.

Still, fast schüchtern in der Öffentlichkeit und schrecklich schweigsam zu Hause. Eine wortlose Autorität, der sich niemand in diesem Haus, keiner, Nathan nicht, Annelise nicht, zu widersetzen wagt.

Zum Beispiel kann es ironisch gesagt werden, als Demütigung, oder manchmal offen und unverhohlen höhnisch: Dann wird daraus ***diese Alumna. Diese Katze vom Grawellska.***

Und Annelise, ja, das ist das Peinlichste – die sonst so schlagfertig ist, eine, die wirklich nicht auf sich herumtrampeln lässt, sagt nichts. Senkt den Blick wie ein Mädchen, dem auf die Finger gehauen wurde, zur Tischplatte.

Der ganze »funkelnde Intellekt«, aller Esprit, wie weggeblasen.

Wirklich das Nichts-Mädchen.

Dann wird es still am Esstisch. Eine Stille wie nach einer Gewalttat.

Abbe lacht erneut, Nathan starrt auf seinen Teller.

Katze vom Grawellska.

Und trotzdem ist sie es, die das Schweigen bricht, die sich umschaut, unsicher und linkisch, was man damals überhaupt nicht von ihr gewohnt ist.

»Noch ein bisschen Nachspeise? Gusten?«

»Ja, gerne, noch ein bisschen Banana Split, danke«, sagt der Untermieter laut und deutlich, mit einem servilen und wohlerzogenen Lächeln. »Das Steak war sehr zart und lecker.«

»Banana Split, my ass«, flüstert Nathan mit hasserfülltem Grinsen und steht auf, um den Tisch schleunigst zu verlassen.

»Wo willst du hin?« Abbes Stimme zerschneidet die Luft, lässt Nathan erstarren.

»Setz dich. In meinem Haus steht man vom Tisch erst auf, wenn ich es sage. Und in meinem Haus bittet man um Entschuldigung, wenn man etwas falsch gemacht hat.«

Nathan gleitet stumm auf seinen Stuhl zurück.

»IN MEINEM HAUS bittet man um Entschuldigung«, fügt Abbe hinzu.

Und am Ende spricht Nathan es aus. »Entschuldigung.« Brüllt es: »Entschuldigung Entschuldigung Entschuldigung!« Aber da hat Abbe das Interesse an ihm bereits verloren, ignoriert ihn und spricht stattdessen mit Gusten auf wertschätzende und freundliche Art und Weise. Lobt ihn lautstark, etwa für die plötzlichen schulischen Erfolge: »Du bist ein zielstrebiger junger Mann, Gusten. Du hast allen Grund – wir haben allen Grund –, stolz auf dich zu sein. Prost!«

Und hebt das Glas. Gusten nimmt seines, und nur Abbe und Gusten stoßen an. Was völlig fehl am Platz und ekelhaft ist, alles.

(Aber gleichzeitig sollte deutlich werden: Gusten ist fasziniert. Diese nackte patriarchale Macht, die wie in einer archaischen Wiederholung selbst hier, im Geisterschiff, ausgeübt wird und sogar Nathan unterwirft und Annelise. Ja, selbst hier, und darüber würde er gern mit jemandem reden.)

Es gibt aber niemanden. Angela, Mama, davon zu erzählen, wäre Verrat. Also bleibt es Stoff, über den man dort oben im Gästezimmer nachdenken kann, im Raum der Möglichkeiten, wo er auch versucht, darüber zu schreiben.

»Ich mag es, mit dir zu reden, Gusten.« (Annelise am Küchentisch, später, unter vier Augen.)

Dann: Sie schaut ihn an, streckt die Hand über den Tisch.

Zerbrechlicher Augenblick

Nimmt seine Hand – und

Er nimmt ihre –

Wie eiskalt ist dies Händchen.

Che gelida manina, diese Oper, Gusten, La Bohème.

Pavarotti singt –

Sie fängt an zu kichern: »Liebster Gusten, was ich sagen will: Du solltest nicht alles glauben, was deine Mutter dir sagt. Nicht alles ist wahr. Sie ist wie eine Oper.

Alles an ihr.

Aber – andererseits«, wieder kichert sie, »kann das nicht so viel Spaß machen, ständig diese experimentellen Kompositionen zu singen. INTERESSANTE Musik, aber was geht sie uns an? Ich meine, Gusten, sollte Musik nicht unser Herz berühren?«

Und Gusten nickt, klar. Sie hat seine Hand, er hält ihre. »Aber«, fragt sie, und unvermittelt setzt das dumpfe Pochen der Musik im Keller ein.

»Wie ist das mit dir, Gusten, hast du … eine Freundin? Jemand Besonderen?«

Gusten streckt sich, zuckt die Achseln. Was soll er darauf antworten?

Doch, er »hat« jemanden, Sophia zum Beispiel, die aus dem Theaterklub, mit der er den ganzen Herbst lang Macbeth geprobt hat – etwas Zartes, Vages.

(Sophia, die einige Monate später in den Winterferien Röteln haben wird. Fleckig liegt sie zu Hause in ihrem eigenen bequemen Bett … Ja, und etwas später – als sie erfährt, was passiert ist – wird sie nicht mehr mit ihm reden. Und er wird nach Hause gehen, sich in der Toilette einschließen und sich die Seele aus dem Leib kotzen.)

»Erzähl mir von Nathan, Gusten«, sagt Annelise immer wieder in diesem Herbst (wie zum Spaß, aber hinterher fragt sich Gusten, war das Spaß?).

»Welche Farbe?«

»Welches Gericht?«

»Und sein größtes Geheimnis. Was könnte das sein?«

»Und Sascha«, immer öfter: »Wer ist sie?«

Mit der Zeit wird es peinlich, denn mittlerweile ist es November, und zwischen Nathan und Sascha ist es aus, obwohl Annelise das nicht zu wissen scheint. Nur Nathan ist noch da, übrig geblieben, ein saugender, pochender Bass im untersten Stock. Immer öfter ist er, Nathan, betrunken, dicht, auch an Wochentagen, und auf eine ganz neue feindselige Weise allein mit sich, da unten im Keller.

Sascha?

Hat ihn – Nathan – verlassen.

Und Nathan ist dabei, ein gepolstertes Zimmer einzurichten, das nur offiziell, vor Mama und Papa, sein Studio ist, um Musik zu machen.

In Wirklichkeit ist es das Zimmer, in das er sie bringen und in dem er sie fesseln und zähmen, sich an ihr rächen wird. Er wird … Sascha, er liebtsiehasstsie – sie hat ihn verlassen, das ist unentschuldbar. »Ich hole sie und bringe sie um.«

Wie ein Verrückter redet er davon, wieder und wieder. »Beruhig dich, Nathan«, sagt Gusten, »hör auf damit.«

Und will schnellstens weg, nicht fliehen, sondern ins eigene Leben. Denn auch das geschieht, wie gesagt, in diesen Tagen, dass er irgendwie in sein eigenes Dasein in diesem Haus abdriftet, in dem es ihm zu gut geht, in dem er kommt und geht, wie er will, mit einem eigenen Schlüssel, sowohl zur Haustür als auch zur Kellertür (Nathans Privateingang), ganz unten im Haus.

Schleicht die Treppen hoch und runter in teuren Lederpantoffeln – Abbes abgelegte, die Nathan zu klein sind, aber Abbe und Gusten haben, wie sich herausstellt, die gleiche Schuhgröße. Er hat seine Bücher und das Theater. Macbeth – auf der Bühne ist er verdammt gut. »Gusten, du musst dich an der Theaterschule bewerben!«

»Ja, sie hatte einen Hund in der Handtasche, und dann war er verschwunden«, hört Gusten sich zu Annelise sagen, oben in der Küche.

»Verschwunden?«

»Ja, sie hat ihn verloren oder verkauft, keine Ahnung.«

»Einen Hund verlieren, Gusten.« Annelise wirft die Hände in die Luft. »Wer macht denn so was. Das ist doch nicht normal.«

Das Opfer hatte gewimmert und gejammert. Er hatte es gehört.

Gnade. Gnade. Gnade.

Sie hatten es alle gehört. Vier Jungs um ein Bett herum, in dem ein nacktes Opfer stundenlang gefesselt war. Mit Tape, mit Gaffer-Tape. Dunkelbraunem Klebeband.

Sie hatten dort gestanden und sie angeschaut. Es war eine merkwürdige Situation gewesen. Inmitten der Erregung, die sowohl betrunken als auch sexuell war – eine irgendwie geteilte, gesteigerte Geilheit. Recklessness. Das Gemeinsame, das entstand, wenn man zusammen über Grenzen ging. Ohne

Regeln (im Spiel hatte es Regeln gegeben, Absprachen, eine Vereinbarung, an die sich alle hielten. Aber als das, was passiert war, passierte, war das Spiel längst vorbei).

»Sag, dass du eine Hure bist.«

»Nein.«

»Sag, dass du eine Hure bist.«

»Gnade –«

Sie hatte wieder und wieder um Gnade gefleht und angefangen zu weinen. Die Tränen waren nur so aus ihr herausgeflossen. Starke, harte Sascha. *Hier, für euch gegeben.* Nathans Augen leuchteten.

Und das war wahrscheinlich das letzte Mal, dass es ihr gelang, sich loszureißen und in den Schnee hinauszulaufen – nackt –, und da waren zwei, die sie jagten, John und Nathan, die sie einfingen und zurückschleiften, lachend. Es gab keinen Zweifel mehr und man verstand, dass es sich um genau das handelte, wonach es aussah: eine verdammte Misshandlung, Vergewaltigung – ein Missbrauch.

»Mach ein Foto, Alex!« Nathan, fast keuchend vor Erregtheit. »Mach schon!«

Und Alex, der im Laufe des Gerichtsverfahrens und auch, nachdem die Urteile gefällt worden waren, also während der seltsamen »Therapiesitzungen« in den Alpen unter Leitung des »Promipsychologen« Carolus Brant, immer wieder sagen würde: »Ich war so stockbesoffen, und außerdem hat sie mitgemacht, *und jetzt will ich skifahren!*« (Letzteres fügte er in den Alpen hinzu, zumindest war es das, was Cosmo, der Cousin des Psychologen, Gusten hinterher erzählte, dem vierten und abwesenden Täter, der zu jenem Zeitpunkt in der Klapse saß, weil er in tausend Stücke zerbrochen war und sich wieder zusammensetzen musste, um irgendwie weitermachen, überhaupt leben zu können. Cosmo war der Einzige, der später vorbeikam und ihn auf der Station besuchte und dann draußen vor dem Tor der Psychiatrie stand und auf ihn wartete, als er entlassen wurde. Denn klar, natürlich war es Cosmo gewesen, der anstelle von Gusten in die Alpen gefahren war. Es war ihm gelungen, Gustens Flugticket auf seinen Namen umbuchen zu lassen, er klopfte Gusten auf den Rücken … *Ja, Grippe, was tut man nicht alles für einen Skiurlaub?*)

Gusten hatte Saschas Fotoapparat genommen und knipste, knipste … Knips knips knips – sie, nur sie, ihre Not – aus verschiedenen Richtungen und Blickwinkeln.

Wieder und wieder. Und natürlich muss man das Drehbuch zu »Wer hat Bambi getötet?« nicht besonders aufmerksam lesen, um zu verstehen, dass genau diese Sequenz, in der alles passiert, nicht nur einfach vorkommt, sondern sich immer aufs Neue wiederholen wird. Viele Details, viel Gewalt und Haut und Geilheit, unbändige jugendliche Erregung und Faszination gemischt mit Ekel, in einem Ablauf, der nicht aufzuhalten ist, weil er jetzt stattfindet! Und das ist schrecklich und irgendwie beinahe auch ein Kitzel und zudem schwer fassbar: Man muss einfach HINSEHEN.

Und Nathan ansehen, rot im Gesicht, außer sich vor Trunkenheit und purer heftiger Geilheit. Er schlug sie auf beide Wangen, »sag es«, rechte Wange, linke Wange, härter, härter und dann, ja, dann sagte sie es, dass sie eine Hure sei, und Nathan lachte und nahm das knallrote Seidentuch, das sie um den Hals getragen hatte, als sie vor einigen Stunden auf die Party gekommen war, und knüllte es zu einem festen, ekelhaften Ball zusammen und steckte ihn ihr in den Mund. »So, jetzt ist die Hure still.«

»Grippe, bedien dich.«

Mit einem teuflischen Grinsen hatte er neben dem Bett gestanden, in der durch einen Vorhang abgetrennten Schlafecke des großen Zimmers.

»Grippe, come on –«

Reglos.

»Grippeee!«

Und dann, ganz zum Schluss, hatte er, Gusten, es getan. Auch er »hatte sich bedient«, und ihm war übel geworden und er hatte sich erbrochen.

Und sie hatte sich erbrochen – an diesem Stoff im Mund war sie fast erstickt, und trotzdem hatte es kein Ende genommen.

War einfach weitergegangen.

Noch ein Foto, knips, knips.

Und in diesen acht Stunden und sechsundvierzig Minuten, die das Ganze gedauert hatte (großes Finale der Winterferien), hatten sie ihr eine Menge Alkohol eingeflößt, sodass sie in den letzten Stunden halb bewusstlos dagelegen und es »hingenommen hatte«.

»Nimm, verdammte Hure! Bettel darum!«

Und sie hatte gebettelt.

Davon hatte Gusten Grippe erst hinterher erfahren, im Laufe des Gerichtsverfahrens, weil er sich in Nathans begehbaren Kleiderschrank verkrochen hatte und ganz hinten, auf einem Haufen zusammengerollter Matten, eingeschlafen war. In diesem Kleiderschrank, der so groß war wie ein Zimmer und in dem Nathans Anzüge ordentlich in einer Reihe hingen und die Baumwollhemden und die Seidenhemden und die Pullover aus Alpaka, feiner Baumwolle und Kaschmir. Auf dem Fußboden außerdem Reste der Kindheit, übrig gebliebene, vergessene Dinge: Fußbälle, Badmintonschläger, Baseballschläger und Bälle, Tennisbälle, Tischtennisbälle, Gummibälle – ein Teleskop, Puzzle, verschiedene Brettspiele: Nya Finans und Monopoly, Katzen und ihre Kätzchen, Memory, Operation X … Und andere Sachen, die irgendwann einmal dort abgestellt und seither nicht mehr hervorgeholt worden waren. Aber, könnte man im Nachhinein fragen, *wann geschieht es zum letzten Mal?* Dass man das Ding, das Spielzeug, das Gadget, den Gegenstand in den Schrank stellt nach einem Spiel, einem

Match, einer Runde. Und es danach nicht mehr hervorholt, nicht mehr braucht, weil man älter geworden, aus der Sache herausgewachsen ist? Nein, völlig richtig: Diesen Moment kann man nur selten bestimmen, geschweige denn sich an ihn erinnern (wenn er nicht mit einem wichtigen Ereignis verknüpft ist, wie bei diesem Teleskop, das am Strand vergessen und zertrümmert wurde). Aber meistens gibt es nichts, was sich genau spezifizieren lässt, einmal ist es einfach bloß das letzte Mal.

Und wenn es passiert, begreift man nicht, dass es jetzt so weit ist, dass das genau das ist, was gerade geschieht. Der Übergang von der Kindheit zur Jugend, zum Erwachsensein … Wenn alle Dinge zu etwas werden, was im Weg ist, zu Dingen, die nichts mehr bedeuten.

Aber Gusten, jetzt in dieser Nacht im Februar ERWACHSEN geworden – nach der Vergewaltigung, die im Zimmer draußen weiterging –, kroch noch tiefer hinein in den Dschungel des Schranks, der voll war von einer überdimensionierten Kindheit, die nun vorbei war (Sachen, Sachen, Millionen von Sachen, denn Nathan ist und war ein verwöhntes Kind).

Nach Kotze stinkend, mit halb heruntergelassenen Hosen.

Kleines Kotzetier, Erwachsentier (glücklicherweise war es dunkel da drin, sodass er nichts erkannte, das er mit irgendetwas hätte in Verbindung bringen oder weswegen er hätte sentimental werden müssen).

Und glücklicherweise war er sturzbetrunken und konnte sich tiefer hineingraben und einen Platz zwischen zwei schweren, alten Teppichen finden, um sich aufzuwärmen. So sehr fror er auf einmal!! Kleines Würmchen.

Und konnte sich dann dort einbilden –, tja, was?

(Vielleicht dass es vorbeigehen würde, dass es nicht das sein würde, was es war.

Die Wahrheit

– wahr.)

Und dann einfach, gnädigerweise, verschwinden würde.

Irgendwo anders im Haus fand eine Party statt. Im zweiten Stock, ein Stockwerk höher. Auch hier, im Dunkel des Kleiderschranks, konnte man es hören; Lachen, Johlen, Geschrei, das Hämmern der Musik, die sich mit dem saugenden Bass in Nathans Keller vermischte, *Being in a band called The Disciples –*

Time –

Eine andere Welt da oben, eine andere Zeit: die Freunde aus der Schule, der Klasse, dem Villenviertel, Jungen und Mädchen, mit denen man aufgewachsen war, und die vielen anderen, aus den anderen Orten, von überall – eine Party, die so war wie alle anderen Partys von Nathan in diesem letzten Jahr, ausschließlich mit Einladung zu Beginn des Abends, später etwas offener. Nicht so, dass die Haustür sperrangelweit offen gestanden hätte, aber trotzdem strömten die Leute herein … Auch an diesem Samstagabend ging alles einfach weiter, bis es von selbst abflaute, gegen Morgen … Aber getrennt vom Keller, separat, alle dort oben in seliger Unwissenheit über das, was in Nathans Atrium vor sich ging, wo niemand hindurfte. Die Türen waren abgeschlossen, sowohl die zur Kellertreppe als auch die zu Nathans Atrium. Und natürlich auch Nathans eigene Haustür im Erdgeschoss (und ebenso unmöglich war es, hinauszukommen, wenn man einmal dort unten war – *GRIPPEE! Wo willst du hin?*)

Achduscheißeachduscheiße, als sie später davon erfuhren (die anderen, alle anderen) und es begriffen.

Oder? Schließlich mochte man Sascha nicht, sie war arrogant, eingebildet und falsch, und außerdem aus dem Grawellska und kriminell und sie hatte ihn verlassen … Was verdammtnochmal hatte sie überhaupt auf dieser Party zu suchen? Da gab es diejenigen, die zu verstehen gaben: *Wie man sich bettet, so liegt man. Und da lag sie. Toy girl. Eine Puppe, die kaputtgegangen war. Alle Löcher und Öffnungen des Körpers mehr oder minder zerfetzt.*

Gusten war, wie gesagt, eingeschlafen, hatte allerdings nicht tief geschlafen. Jedes Mal, wenn er aufgewacht war, war das, was draußen vor sich ging, immer noch weitergegangen, hatte nicht aufgehört. Auch, als die Geräusche der Party im Stockwerk darüber schon schwächer geworden waren.

Und dann war es endlich Morgen gewesen, und sechs Tage später war er zur Polizei gegangen.

»Wie in diesem Film. Bennys Video.« (Nathan zu Gusten)

»Welcher Film?«

»Na, mit diesem Jungen, der ein Mädchen umbringt, unten im Hobbykeller des Elternhauses oder so, und die Eltern sind zu Hause, im oberen Stock, und kriegen nichts mit.«

Und danach folgten Verhör, Verhaftung, Anklage und etwa ein Jahr später das Gerichtsverfahren. Die Urteile, die gefällt wurden, waren mild (nur Nathan wurde wegen Freiheitsberaubung zu einer kurzen Freiheitsstrafe auf Bewährung verurteilt, die anderen wurden freigesprochen), und es gab keine Berufung.

Ja, sicher. Davon könnte man erzählen – vom Verhör, vom Ablauf der Verhandlung (einer in der Tat ziemlich langwierigen Verhandlung, die nicht wirklich zu etwas führte), von den Fragen, den Antworten, von all dem, was gesagt und nicht gesagt wurde, den Stellungnahmen für die Medien. Und von allem, was in den Zeitungen geschrieben und worüber spekuliert wurde, den Gerüchten, manche davon unwahr und entsetzlich, manche zutreffend und auf den Punkt.

Von dieser ganzen Scheinheiligkeit nach der Enthüllung dessen, was nicht geleugnet werden konnte: auf der einen Seite das Gerede darüber, dass das Recht seinen Lauf nehmen sollte, auf der anderen Seite all die anderen Botschaften, genau entgegengesetzt. Zum Beispiel, wenn man sich dort hinbegab (wenn man Gusten war) und das Echo von Abbe Häggerts »Judas« in den Ohren hörte, einen Kreis der Leere um sich (schon früh ging ebenfalls das Gerücht um, dass es eine private Absprache zwischen Ursula Borggaard, der Mutter des Opfers, und der Familie Häggert gab). Von der Scheinheiligkeit, die am deutlichsten hervortrat – als man sich ein wenig davon erholt hatte, dass man aus seinen gemütlichen Zimmern in den schönen Häusern und Villen des Villenviertels vertrieben worden war.

Hinaus ins Scheinwerferlicht einer ziemlich schrecklichen Öffentlichkeit (obwohl man doch *an und für sich* … dieses und jenes).

Und doch alles zu tun, um die Schuld abzuwälzen, weg von dort, wo sie eindeutig hingehörte, indem man alles relativierte, was relativiert werden konnte. Diese ganzen Schutzmechanismen, die durch die Wiederholung immer größer wurden, bis sie sich schließlich vielleicht doch behaupten konnten.

Die Mütter (aufseiten der »Boys«), die mit Bezug auf das Opfer und seine »Veranlagung« (wilde, verrückte Sascha) skandierten: »So sehr ich auch Feministin bin«, in unterschiedlichen Tonlagen, einige laut, eloquent, andere verhalten, verzweifelt, weich und mit einer so liebenswerten Bescheidenheit … *»Sosehr ich auch Feministin bin, muss ich doch von ihr sagen«*, und da gab es natürlich eine Menge zu sagen … *»nicht unbedingt Gottes liebstes Kind, und man könnte meinen, dass es das Beste gewesen wäre, wenn sie sich von Nathan ferngehalten hätte (angesichts der Tatsache, dass sie zur Party gekommen ist, obwohl sie ihn verlassen und es ihn so hart getroffen hatte).*

Man weiß doch, wie Jugendliche so sind, junge Liebe und ***Verrat*** *sind schwerwiegende Dinge.*

Nicht nur für junge Frauen, sondern auch für junge Männer.

(Es gab tatsächlich jemanden, der einen ähnlich lautenden Leserbrief an die Regionalzeitung schickte: »Seht den jungen Mann!« lautete die Rubrik.)

Und dann all das Gerede über das Grawellska, aus dem Sascha kam. Aber nun nicht mehr aus Annelises Perspektive, »mein Zuhause«, sondern die »sozialpädagogische Einrichtung für Verhaltensgestörte und Kleinkriminelle«, die das Mädchenheim ebenfalls war, und die Delikte, die Sascha sich hatte zuschulden kommen lassen (kleine, die aber natürlich größer wurden, wenn man über sie sprach), und für die »man eigentlich ins Gefängnis kam, wenn man nicht minderjährig war«. Ja, und außerdem war sie arrogant und hochnäsig (das sagte niemand laut, aber dadurch, dass man das wusste und wiederholte, fiel es leicht, solche Gedanken über ihren »Charakter« zu verbreiten). Außerdem warf sie mit dem Geld um sich, das sie mit den Drogen verdiente, die sie verkaufte, bling bling bling … kleiner Hund in viel zu großer Handtasche.

Ja, der Hund.

Armer Hund.

Gott, wie schade war es auf einmal um diesen Hund. *Wie hieß der jetzt noch mal?* Krulle? Krille?

Egal … was ist aus ihm geworden?

Der ist einfach verschwunden. Verschwunden? *Ach, das sorglose Leben, Sascha.*

Hat sie ihn VERKAUFT? Hat sie ihn VERLOREN?

Oder etwas anderes, schrecklich. Hat sie ihm etwas angetan? Wenn das so wäre, was sagt das über den Menschen, *der so etwas tut?* WIE kann man so etwas tun?

Und so fingen die Väter nach einer Weile in nüchternen und scheinbar objektiven Worten an, die Angemessenheit der Darstellung der »Schrecklichen Vier« in der Öffentlichkeit infrage zu stellen. Allein diese Bezeichnung, denn *schließlich sind sie trotz allem junge Männer, die das Leben noch vor sich haben.* Außerdem hatten einige von ihnen, und es gefiel ihnen, in diesem Zusammenhang gelobt zu werden, in vielerlei Hinsicht großartige Verdienste erworben: in der Schule und im Sport. Der Hauptangeklagte, Nathan Häggert, galt ja fast als ein Genie. Der Beste in allen schulischen Fächern und noch vor wenigen Jahren ein vielversprechender Eiskunstläufer der Juniorenmannschaft auf *nationaler Ebene*, qualifiziert für die Junioren-EM (obwohl er genau da, direkt vor den Wettkämpfen, aufgab. Die Jugend, die Kumpel kamen ihm dazwischen, aber auch das sympathisch und völlig normal.)

Also war es doch wohl mehr als angemessen, diese Frage zu stellen (oder?): Sollten sie jetzt mit **dieser Sache** herumlaufen müssen? (Beachten Sie die Wortwahl, Folgendes war auch immer häufiger zu hören: »Der Vorfall« wäre wie ein »Kastenzeichen« auf der Stirn). *»Wir machen alle mal Fehler, oder nicht? Das gehört zur Jugend, dass ein Spiel auch mal zu weit gehen kann.«*

Obwohl das mit dem »Kastenzeichen« natürlich sehr gut war. Das wurde ohne Zensur an die Öffentlichkeit gegeben, »es gibt einen Klassenaspekt zu berücksichtigen«, sagte der Medienberater und schaute sich in einem der schicken Wohnzimmer im Villenviertel um, wo sich die Eltern der Angeklagten (und manchmal auch die Angeklagten) versammelten, um vor und während des Gerichtsverfahrens »Strategien zu entwickeln« und falls nötig auch anderes, wenn sich beispielsweise Annelise Häggert erneut in den Medien lächerlich gemacht hatte (was niemand laut sagte, »sich lächerlich gemacht« – aber alle sahen, dass das, was zuvor als »sprudelndes, südländisches Temperament« und als Eloquenz gegolten hatte, die einem »funkelnden, selbstbewussten Intellekt« entsprangen oder einer no-monkey-business-direkt-zur-Sache-Forschheit, überhaupt nicht mehr zur Geltung kam, als Frau Häggert wieder und wieder das Gesicht verlor und es immer öfter nicht schaffte, ihre Wut darüber im Zaum zu halten, dass sie und ihr Sohn als eine Art »Gesindel, Abschaum, als **kleine Verbrecher**« behandelt wurden.) Ja, so sagte sie das vor Gericht nach einer mehrstündigen minutiösen Darstellung der Gewalt, die ihr Sohn ausgeübt hatte, und all den schrecklichen Details aus den Tagen nach der Vergewaltigung, als er Sascha nicht nach Hause gebracht hatte, wie er es, das hatte er Gusten gegenüber behauptet, am Sonntagmorgen hatte tun wollen. Sondern sie dort behalten hatte, in diesem gepolsterten Zimmer. Und warum in aller Welt hatte er ein solches Zimmer? Überhaupt? Als Studio für seine Musik? Wie die Verteidigung sagte, eines seiner neuen Hobbies. Aber HÄ … *bullshit*, wie Gusten wusste, denn wann hatte Nathan jemals eigene Songs komponiert?

Obwohl Nathan behauptete (und wirklich unsicher und nachdenklich klang, als er das sagte): Es habe daran gelegen, dass *er nicht wusste, was er mit ihr machen sollte.*

»Ich glaube, ich stand unter Schock, ich weiß nicht.« Und sah zu Boden.

Solche Dinge waren es, die im Laufe des Prozesses manchmal sogar unter den am stärksten betroffenen Eltern für den Ausruf sorgten: *»Was ist denn das für einer, dieser Nathan, eine Art Psychopath?«*, allerdings nicht öffentlich, nur wenn Annelise nicht dabei war.

Gleichzeitig, das muss gesagt werden, gab es aber auch nicht viel anderes, womit man sich hätte beschäftigen können. Denn Sascha Anckar sagte nichts. Im Laufe des Prozesses wurde sie nur noch stiller. Verschwand gewissermaßen in einem beharrlichen Schweigen, während all das Erörtern und Überlegen um sie herum weiterging.

Es gab also eine Menge Geschwätz. Ein elendes Geschwätz.

Wie eine Show, die sich vor aller Augen abspielte. Vor seinen Augen (Gustens Augen: als Täter, Straftäter – er war schuldig, so viel wusste er, weshalb es für ihn einfach keine Rolle spielte, welche Worte benutzt wurden).

Der Mutterchor: *Sosehr ich auch Feministin bin …* Und die Väter, wie gesagt, die sich mit der Zeit ebenfalls immer stärker aus **dieser Sache**, diesem »Vorfall«, zurückzogen, zugunsten des Sportvereins, der Zukunft und dergleichen. Eine an sich interessante Beobachtung: Wie sich diese Väter, immerhin Eltern der Angeklagten, allmählich aus dem Staub machten, etwa bei den gemeinsamen Strategietreffen fehlten, die in den Häusern im Villenviertel stattfanden (mit Medienberater oder ohne, obwohl sie natürlich, schließlich trugen sie – die Väter – alle Kosten, *ihren Beitrag leisteten*. Etwas, worauf sie nicht verabsäumten, in weiteren verschleierten Worten hinzuweisen, sobald Kritik laut wurde. Eine Menge Meetings, Geschäftsreisen, verschiedenste Dringlichkeitsfälle und Freiwilligeneinsätze standen an, und es gab die Herrenfußballmannschaft, die genau in dieser Spielzeit für eine Sensation sorgte, als es ihr gelang, in die B-Liga aufzusteigen, was ein mehr oder minder historisches Ereignis für den Fußball im Villenviertel war. Und dann gab es die »Basketballjungs«, die so erfolgreich waren wie immer, sogar zu diesem Zeitpunkt. Aber *das lief ja nicht von selbst*, auch hier waren also fortlaufend Anstrengungen nötig, und summa summarum, das kann als plausible Schlussfolgerung gelten: *konnte man nicht alles andere bis in alle Ewigkeit vernachlässigen, schließlich war niemand gestorben, und das Leben ging weiter* –)

Mit der Zeit löste man sich also langsam, aber sicher von der ganzen Sache – wenn auch nur auf persönlicher und noch nicht auf rechtlicher Ebene. Alle diese groben Details: der Sex, die Körperflüssigkeiten, das Blut, die Gefühle. All das, was zunehmend ungehindert – und das war der Sinn der Sache – in die Sphäre der Frauen überführt werden konnte: diese ganze Körperlichkeit.

Und irgendwo da war es schließlich so, als würden alle beiseitegehen zugunsten zweier dramatischer Damen, die die

Bühne betraten (ja, eine Bühne, so jedenfalls betrachtete Gusten das Ganze nach einer Weile: als eine Theateraufführung. Und daran konnte er sich de facto am besten erinnern). Zwei Mütter, Freundinnen, Angela und Annelise, die aufeinander losgingen wie in einer Oper (und deren Freundschaft vor aller Augen zerbrach).

Annelise: **eine Katze vom Grawellska.**

Und Angela (*»Schaut euch in den Spiegel, Kinder!«*) direkt von der Oper in Australien, wo sie zum Zeitpunkt des Gerichtsverfahrens in der Uraufführung von »Dissections of the Dark«, erster Teil, einen kleinen Erfolg feierte. Ein (wie sich zeigen würde) bahnbrechendes Werk der Komponisten Schuck & Gustafson in der postmodernen Operntradition. Und weil das Stück in dieser Spielzeit im Herbst vor ausverkauftem Haus gespielt wurde (drüben in Australien war es Herbst), hatte Angela nur sehr begrenzt die Möglichkeit, während des gesamten Prozesses vor Ort zu sein (ihr Fernbleiben wäre ein Vertragsbruch gewesen und für so etwas musste man teuer bezahlen). Aber wenn sie auftauchte, war es trotzdem so, als geschähe es genau im richtigen Augenblick.

Oder im falschen, wenn man so wollte.

»Wunden, die nie heilen.«

»Traumatisiert, vielleicht für das ganze Leben.«

»Schaut euch in den Spiegel, Kinder!«

Konnte man sie rufen hören, denn sie nahm kein Blatt vor den Mund, wenn es um den Schaden ging, der dem Opfer zugefügt worden war. Und das mit einer Stimme, die nicht nur gegen den Strom schwamm und sich aus dem Mutterchor löste, sondern durch Mark und Bein ging, besonders dann, wenn man meinte, mittels der Schutzmechanismen und durch hier und da vorgebrachte Argumente – »der Charakter des Opfers«, »nicht Gottes liebstes Kind«, »einen Hund in der Handtasche« – einen verhältnismäßig erträglichen Abstand zur nackten, unbequemen Wahrheit gefunden zu haben: dass es eine ganz gewöhnliche brutale Vergewaltigung gewesen war, inklusive Körperverletzung – und es Fotos gab, die das bewiesen.

Ja, genau dann war sie da, Angela, als hochdramatische schmerzhafte Erinnerung – eine Rede haltend – nicht eine, sondern dem Anschein nach fünfhundert, bei diesen zwei, drei Malen, die sie vor und während des Prozesses im Villenviertel auftauchte.

Sah sich triumphierend um, während sie redete. Aber vielleicht, vielleicht gab es unter den anderen Müttern Getuschel, wenn es keiner hörte und Angela nicht da war … dass sie, Angela, nur die Aufmerksamkeit auf sich lenken wollte, auf ihre feine Person und *ihre* Rechtschaffenheit.

Divagehabe.

Und außerdem, so vernachlässigt, ihr eigener Sohn – Gusten, *der arme Junge.* Dort »auf der Anklagebank« (eine metaphysische Aussage) … Und klar, natürlich konnte er manchmal die Blicke der Mütter geradezu auf sich spüren, diese schmierige, tränenreiche Sympathie, die sich auf ihn richtete. Und die nicht ein kleines bisschen tröstlich war, sondern eher alles noch schwammiger, sauerstoffärmer machte und

schon allein davon

wurde ihm schwindlig, er sah zu Boden, konzentrierte sich, die Welt drehte sich –

Und dort also, auf der anderen Seite, Annelise, die ungeachtet all dieser Dinge mit ihrem eigenen verrückten Race weitermachte, öffentlich Amok lief und sich bis zuletzt hartnäckig weigerte, die Wahrheit anzuerkennen, trotz aller Fakten, die vorgelegt wurden. Ja, natürlich war es auch so, dass sie zerbrach, vor aller Augen in Stücke ging, und es war schrecklich, das mitanzusehen … Und auch wie ihre Kleidung parallel zu einer zunehmenden Vulgarisierung ihrer Sprache bis an die Grenze des Zulässigen immer teurer wurde. Und ihre Kleidung war weiß, anstößig weiß, denn man brachte sie wirklich nicht mit einer Jungfrau in Verbindung, falls das die Absicht gewesen sein sollte, sondern erinnerte sich an ihren in den letzten Jahren mehr und mehr in Vergessenheit geratenen Spitznamen, der aus den ersten Nullerjahren stammte, als sie gerne laut und pubertär allerhand sozialdarwinistischen, ultraliberalen gaynhandesken Ideen Ausdruck verliehen hatte, mit besonderem Augenmerk auf dem Schockeffekt: Es sei eine **moralische Pflicht**, Gewinne zu machen, es sei eine **moralische Pflicht**, die Preise so hoch wie möglich zu treiben. Vor allem in einer öffentlichen Debatte über den Zugang zu Medikamenten in der Dritten Welt hatte sie sich hervorgetan, indem sie ein Pharmaunternehmen verteidigte, das sich weigerte, die Preise zu senken – als ob sich die Menschen diese Preise leisten könnten. **Eine moralische Pflicht** dies und das –

Ihr Spitzname lautete Eiskönigin, respektive die zweite Eiserne Lady, sodass man sich jetzt, in diesem völlig unpassenden Augenblick, in dem man sie lieber mit Zerbrechlichkeit, Reue und bedingungsloser Mutterliebe als mildernde Umstände hätte in Verbindung bringen sollen (*Ich werde für meinen Sohn wie eine Löwin kämpfen*, wie sie tatsächlich ebenfalls gesagt hatte), stattdessen an einen Haufen lautstarker Extrem-Gaynhandianer in Annelise Häggerts früherem Unterstützerkreis erinnert fühlte. An Menschen, die in letzter Zeit sorgfältig aus dem öffentlichen Bewusstsein entfernt worden waren, als es darum ging, Annelise Häggert salonfähig zu machen für die gute Stube der politischen Macht. Denn schließlich war das die Sphäre, in der der einflussreiche, finanzstarke Thinktank Goldfontäne operierte (für Annelise hätte der nächste Karrieresprung ein Ministerposten sein sollen, wo sie Hands-on Möglichkeiten gehabt hätte, alles, was sie hätte reformieren wollen, im gaynhandischen Sinne zu reformieren). Diese Sphäre bestand aus Menschen, die seit jeher gern die »Weicheier« in Politik und Wirtschaft brandmarkten, im Gegensatz zu Annelise Häggert aber nicht *die Eier* zu diesem oder jenem hatten. Ja, einfach alle diese »Sozialdemokraten und anderen dahergelaufenen Linken mit KOMMINISTENhintergrund«.

Die zweite Eiserne Lady. Ja, es hätte vielleicht unterhaltsam sein können, wäre das Ganze tatsächlich ein Theaterstück gewesen, aber für die Mutter eines Hauptangeklagten in einem Vergewaltigungsprozess war es ungünstig – Oscar de la Renta, Versace und die extrem hohen Azzedine-Alaïa-Absätze, die sie trug, und der Pelz, echtes schneeweißes Zobelfell. Und die Sprache, die jetzt aus ihrem Mund kam: **Verkackte Scheiße**, sagte sie einmal nach einem Interview, in dem man wieder einmal versucht hatte, auf ihre Rolle als »Mutter« in diesem »Drama« zu sprechen zu kommen. **Komministenwichser,** völlig zusammenhanglos, nur weil sie die Nase voll hatte von den Journalisten, weshalb dieser Medienberater immer öfter dazwischengehen und sie wegziehen musste von dort, wo sie stand und den Mund aufriss:

Was für eine verfickte Scheiße!

Während sie im Schlamm des Unglücks, der Verzweiflung, der Ausweglosigkeit, von Schock und Stress zu versinken drohte, kam alles Mögliche aus ihrem Mund.

Und diese beiden Frauen, früher einmal Freundinnen, Angela und Annelise, wie sie einander plötzlich hassten.

»ABER DAS MEINST DU DOCH NICHT?«, war Angela Grippes laute, klare und wunderbare Stimme zu hören, fast wollüstig, wenn sie (etwa nach »verfickte Scheiße!«) die Möglichkeit hatte, mit ihrer Freundin in der Öffentlichkeit auf ihre wortgewandte, gebildete und ironische Art »in einen Dialog zu treten«. Und zwar auf der Treppe vor dem Gerichtsgebäude, im Freien – zwischen Gerechtigkeit und Erde, in einer Wirklichkeit, in der diese höllische Liebe in dunklen Autos herumfuhr (beide, Nathan und sein Vater, mit dunklen Sonnenbrillen), während man selbst dastand und »die Stellung hielt«.

Und die Freundschaft vor aller Augen zerbrach.

»Aber wie banal, Gusten.« (Angela und Gusten, zu Hause, hinterher.)

»Was sagst du da, Mama?«

»Wie banal.«

Wieder und wieder …

»Was sagst du?«

Aber er hatte genug gehört.

»SIE hält so schöne Reden, deine Mama«, flüsterte eine der anderen Mütter Gusten schüchtern und außer Hörweite der anderen zu (das war Alice, Stiefmutter von Alex Axelsson, *»wenn ich dieses verlogene Pack sehe, könnte ich kotzen«* –).

Alle klatschten – sie riss das Publikum wirklich mit, wie es schien – diese international angesehene Sängerin, die (fast) in der Metropolitan Opera in New York gesungen hätte, und ihr Duett mit Luciano Pavarotti, das ebenfalls (fast) stattgefunden hätte, war irgendwie im kollektiven Bewusstsein geblieben. *»This wonderful Valkyria from the North«*, hatte Pavarotti dem Hörensagen nach geäußert. Aber kurz darauf war er an einem Herzinfarkt gestorben, der sein Leben und seine Karriere viel zu früh beendete, dieser große, gutherzige Italiener.

Aber schauen Sie, eine Frau bahnt sich ihren Weg zu Angela, als die ihre Rede beendet hat, und sagt etwas zu ihr, bevor sich beide umarmen. Ja, natürlich, das war niemand anderes als Ursula Borggaard, Jetsetkönigin, Sascha Anckars Mama. Die zu Tränen gerührt ist. Und runter mit der Sonnenbrille – diese Tränen fließen.

Sascha.

Gnade. Sie hatte um Gnade gebettelt.

Gnade.

»Luciano Pavarotti singt … Ist das nicht Wagner? So schön.«

»Wagner, Gusten. Das hat sie gesagt! Pavarotti singt Wagner!!« (Angela zu Gusten, in einem Hotelzimmer, als sie beide allein sind.)

Aber jetzt, hier, bei vollem Tageslicht und in aller Öffentlichkeit sah Gusten, wie seine Mutter Annelise wollüstig bloßstellte, ihre Halbbildung, ihre Prahlereien (um sich selbst gebildet und überlegen zu fühlen. Überlegenheit durch Bildung).

Und, tja, *er wollte nicht auf ihrer Seite sein.* Und war es doch.

Gnade.

Das kreiste und kreiste in seinem Kopf herum. Tag für Tag, immer stärker.

Und dann verlor Gusten im Gerichtssaal das Bewusstsein und fiel vom Stuhl. Er wurde ohnmächtig. Stürzte zu Boden. Sein Anwalt half ihm auf. Die Mütter sahen ihn dankbar an. (Außer Angela, nein, sie war nicht mehr da, sie hatte gehen müssen, nahm nach ihrem »Auftritt« draußen auf der Treppe ein Taxi direkt zum Flughafen.)

»Dieses ganze verlogene Theater.«

In irgendeinem Hinterzimmer war er wieder zu sich gekommen. Es war die dritte Mutter, Alice, Alexander Axelsons Stiefmutter, die mit ihm redete, sie stand über ihn gebeugt, als er dort ausgestreckt auf einem Sofa lag.

»Wie geht es dir? Möchtest du ein Glas Wasser? (Irgendwie atemlos, als hätte sie auf diese Gelegenheit gewartet). »Ich wollte nur sagen, Gusten …« (Sie holte einen kleinen silbernen Flachmann aus der Handtasche, zog den Korken raus und nahm einen Schluck, schloss die Augen, ah, welch ein Genuss.) »Dass deine Mama, sie hält so schöne Reden. Und Gusten, ich wollte auch noch etwas anderes sagen. Dass sie, deine Mama, mehr wert ist als alle anderen zusammen … alle hier insgesamt – das ganze Pack. Gusten, kennst du jemanden, der Wohnungen verkauft? Also, ich werde umziehen. Raus. Weg von hier. Ich habe die Nase so voll davon. Von dieser ganzen Verlogenheit.«

Er setzte sich auf, und sie legte ihre Arme um ihn und ein Hauch puren, reinsten Alkohols überspülte ihn.

»Deine Mama, Gusten. Deine Mama war anders. Ist. Eine feine Sängerin, so ein kultivierter Mensch. Und« – Pause – »ich weiß, Gusten, außerdem: die Einzige in diesem ganzen Pack, die die Wahrheit sagt!«

»Aber sie ist nicht da.«

»Ja, da hast du recht. Und ich bin ja streng genommen nur Alexanders Stiefmutter. Und ich liebe Alexander. Wie deine Mama dich liebt. Und Gusten« – sie sah ihn nachdenklich an – »schließlich hat sie recht, deine Mama. Nicht wahr? Es war stark von dir, zur Polizei zu gehen. Alle finden es scheiße, aber ich sage, wie es ist, Gusten. Stark!«

»Alle?«

»Viele. Sie hatten an eine diskretere Lösung gedacht. Die angeblich im Interesse aller gewesen wäre. Niemand hatte die Absicht, irgendetwas kleinzureden – aber Gusten, wenn ich deiner Mama zuhöre, verstehe ich, dass gewisse Dinge ans Tageslicht gehören. Sonst geht es einfach nur immer so weiter, geht weiter und weiter … nichts … ändert sich … Gusten.«

Und auf einmal sah er, wie verzweifelt sie war, und das war echt.

»Gusten, darf ich dich umarmen?«

Und ohne eine Antwort abzuwarten, hatte sie ihn noch einmal umarmt. Und er hatte es geschehen lassen. War in ihrer Umarmung de facto ertrunken. Einer Frauenumarmung. Whisky, Schweiß, Parfüm.

Und vielleicht war das gut gewesen, diese Einsicht, dass sie betrunken war, denn sonst, wenn sie nüchtern gewesen wäre und bei klarem Verstand, hätte es sein können, dass er die

Kontrolle verloren und in ihrer Umarmung zusammengesunken wäre und geweint hätte, sich ausgeweint hätte. Und diese Tränen, dachte er plötzlich – hätten nie aufgehört (ein erschreckender, selbstmitleidiger Gedanke, wie er fand).

#Foreverandeverausweinen #HeulsuseHeulsuseHeulsuse

»Lieber Gusten, du darfst nicht alles glauben, was deine Mama dir erzählt.« (Annelise vor langer Zeit in einer Küche).

»Sie liebt Übertreibungen – zwei arme Bohemiens in Paris – (Pavarotti, Grippe), aber viel zu ›wohlgenährt‹ (um glaubwürdig zu sein). Hahhahaa (blinkblink), sollen wir den Taillenumfang messen, Gusten?«

Und hahhahaa, wie Gusten ebenfalls lachte, in der Küche, in der Wärme, im Geisterschiff in einer anderen Zeit, angesichts eines Bildes, das ihm in den Kopf kam.

»Und, Gusten: Das KANN doch wirklich keinen Spaß machen, NUR diese experimentellen Kompositionen zu singen – ›Dissections of the Dark‹. INTERESSANTE Musik. Aber ist der Sinn von Musik nicht, dass sie UNSER Herz berührt? Ich mag es, mit dir zu reden, Gusten.«

Dann: Sie sieht ihn an, streckt die Hand über den Tisch.

Zerbrechlicher Augenblick.

Sie nimmt seine Hand – und er nimmt ihre.

Wie eiskalt ist dies Händchen.

Wie eiskalt ist dies Händchen
(ein Handschuh im Schneematsch)

Zwei Tage später wurden die Urteile gefällt. Der Einzige, der wegen eines Verbrechens verurteilt wurde, wegen Freiheitsberaubung und einfacher Körperverletzung, war Nathan. Sechs Monate auf Bewährung. Die anderen wurden freigesprochen (auch Gusten).

Es gab so vieles, was, wie sich zeigte, nicht zweifelsfrei bewiesen werden konnte. (Und Sascha Anckar schwieg wie ein Grab.)

Angela war gegangen, und Annelise war allein auf der Treppe zum Gerichtsgebäude zurückgeblieben. Jetzt beinahe stotternd vor – was war es? Erleichterung? Während sie vor den Fernsehkameras wieder zu sich fand. Und schließlich gab sie ihre Stellungnahme ab – ein geflügeltes Wort, das oft falsch zitiert wurde.

»Jetzt blättern wir die Seite um. Und eines schönen Tages haben wir so viele Seiten umgeblättert, dass nichts von alldem passiert ist.«

Sie fror. Schob die Hände in die Tasche und holte die Handschuhe heraus. Der eine fiel zu Boden, sie bemerkte es nicht, so viel geschah um sie herum. Der Fotograf irgendeiner Zeitung wollte ein Foto von ihr haben, zog sie einige Schritte beiseite, knips, knips, knips.

Alice? Gusten sah sich nach Alice Axelsson um.

Sie stand in einer Traube von Eltern am unteren Ende der Treppe (schon wieder Frühling übrigens, einer der ersten frühlingshaften Tage, das Tauwasser tropfte, und eine starke Sonne brachte alles zum Leuchten).

Ihre Blicke trafen sich. Sie sah durch ihn hindurch.

Sie stand mit Papa Axelsson und Alex zusammen, scheu lächelnd, wie für das Foto, auf dem sie, Alice, wieder auftauchte (nein, was sie betraf, würde es keinen Umzug geben, das sah man).

»Jetzt wird es Zeit, dass wir alle wieder zueinanderfinden.«

Ein Foto, auf dem die ganze Familie in die Kamera lächelt. *Alex Axelsson aus dem Villenviertel, freigesprochen.*

Und Ursula Borggaard war natürlich auch dort. Mit dieser albernen, extrem schwarzen Sonnenbrille, die ihr ganzes Gesicht bedeckte. Aufrecht und im schwarzen hautengen Designerkleid, die dicken Goldklunker in den Ohren leuchteten, sie roch, nein, stank nach Schweiß und schwerem Parfüm.

Dieser Geruch hüllte ihn ein, als er zu ihr ging und ihr die Hand gab. Er wollte etwas sagen, bekam aber kein Wort heraus. Das Einzige, was ihm einfiel, war: »Meine herzliche Anteilnahme.« Aber das konnte man ja nun nicht sagen, das war nicht angemessen. (Als ob Sascha tot wäre. Aber Sascha war nicht tot. Nur irgendwo anders, nicht zu sehen.)

»Es wird schon alles gut, Gusten«, sagte sie, Ursula, leise. »Es wird alles gut.«

Und schaute ihm, ohne die Sonnenbrille abzunehmen, in die Augen.

»Ich scheiß auf deine Gerechtigkeit, Gusten. Lass mich in Ruhe. Kapierst du das nicht?« (Sascha im Krankenhaus, eine Erinnerung.)

Und drüben auf dem Parkplatz stieg Nathan Häggert in ein dunkles Auto, sein Vater war am Steuer, machte das Siegerzeichen (ja, tatsächlich) und lächelte breit in der Sonne. Es war, als würde er sagen: »Das wäre beinahe ins Auge gegangen« (aber das sagte er doch nicht, oder?).

Und Mama Annelise stand immer noch auf der Treppe, als der Motor ansprang und das Auto losfuhr. Als hätten sie sie vergessen. Bisschen komisch, inmitten der ganzen Aufregung. Aber vielleicht gab es niemanden, dem das auffiel, außer ihr selbst. Und sie gab ihr Bestes, um dem keine Beachtung zu schenken.

Und somit, daher, war nun Platz fürs Finale: zwei Blicke, die sich trafen. Ihre Augen und seine (Gusten, der als Einziger keinen Angehörigen an seiner Seite hatte, der aber trotzdem dortblieb, am unteren Ende der Gerichtstreppe, an diesem frühlingshaften Nachmittag. Wie nach Schulschluss oder so ähnlich).

Sie lächelte nicht. Sah ihn bloß an, kniff die Augen zusammen, wie fragend, aber neutral. Als wollte sie etwas sagen, wusste nur nicht richtig, was (zwischen ihnen lagen fünf bis zehn Meter).

Plötzlich hatte er den Eindruck, dass sie den Mund aufmachte und ihm etwas zurief: »GUSTEN! Brauchst du jemanden, der dich fährt? Fahr mit uns!«

Als wäre alles wie gewöhnlich (oder so gewöhnlich, wie es nunmehr sein konnte. Aber das Leben sollte »weitergehen«, »die Zukunft«, »die Seite umgeblättert werden« – das hatte sie selbst gesagt).

Sie überlegte es sich anders und wandte sich ab, von ihm weg. Es sah ein bisschen seltsam aus, denn neben ihr war niemand, überhaupt keiner. Ein Ring der Leere umgab sie. Jetzt begann das, was sie später erleben sollte. Dass man sie mied. Sie würde aus dem Bewusstsein des Villenviertels verdrängt werden.

Oder vielleicht war es einfach nur so, dass sie den dunklen Mercedes mit Nathan und Abbe entdeckte, die endlich bemerkten, dass sie sie vergessen hatten? Denn nun (einige lange Minuten später, aber schließlich doch) war das Auto wieder da, glitt vor die Treppe und sammelte sie auf.

Sascha, wie ein Spielzeug, das kaputtgegangen war. Und repariert werden musste.

»Ich will nach Hause«, weinte Sascha. Und Nathan sagte, dass er sie nach Hause fahren würde.

»Ich muss los«, sagte Gusten Grippe. Sie wandten sich ihm zu, beide fast erschrocken. Wie kleine Kinder. »Mama ...« (ja, das sagte er wirklich: Mama, er meinte es als Erklärung, er musste Mama vom Flughafen abholen, beendete den Satz allerdings nicht.)

»Kommt ihr klar?« Keiner von beiden antwortete. Aber er sah Saschas Augen. Wie viel Angst sie hatte. Das waren ganz andere Augen. Geh nicht, sagte dieser Blick. Was immer du tust, Gusten, geh nicht. **Ich habe Angst.**

Aber er ging.

Verließ den Keller, den Kellergang, ein knackiger Morgen, eiskalte Luft. Schon am Nachmittag würde es anfangen zu schneien, dann zu tauen, denn die Temperaturen würden über null klettern und tagelang so bleiben, jeder dieser Tage in Gustens Erinnerung so eigen und doch so gleich. Und drunter – Mama in der Küche, Mama in der Wohnung, er liebte es, mit seiner Mutter allein in ihrer eigenen kleinen Wohnung im Zentrum des Villenviertels zu sein, wenn sie im Land war ... Drunter ein stilles Bohren, wo ist sie, wo ist er, Sascha, Nathan? (Und immer und immer wieder würde er den Rastplatz aufsuchen, mit den anderen warten, auf ihn, auf sie –)

Das waren die »hehren« Gefühle. An die man zurückdenken konnte, an diesem trotz allem klaren Morgen mit Körper, Geist und Seele, die so in Fetzen gegangen waren. Ein Kater ... eine Art Schockzustand – ich habe sie vergewaltigt, ich habe sie vergewaltigt, das war noch nicht an die Oberfläche gedrungen ... Das, was dort drinnen »passiert« war, war selbst für Gusten in diesem Zustand etwas vollkommen Unwirkliches, das nie passiert war (oder: das man so drehen und wenden konnte, dass es nie passiert war).

Schließlich hatte sie, Sascha, ganz okay ausgesehen. Das hatte sie doch.

Hinaus an die frische Luft gehen, gelobte, hehre Luft. Sie trug ihn –

Hinter ihm das Geisterschiff. Die Geschundene.

Schau nicht zurück.

Und er
schaute nicht –

»Ich fahre sie nach Hause«, hatte Nathan gesagt. Aber dann hatte er sie doch nicht nach Hause gefahren. »Ich konnte sie nicht dort lassen«, sagte er. »Aber dann wusste ich nicht … Ich hab sie dagelassen.«

»Und dann haben Sie sie – versteckt?«

Er blickt sich um, senkt den Blick, schaut zu Boden (während des Verhörs).

Schweigt.

Dann: »Nein. Oder. Ich weiß nicht –«

Nun sieht Gusten sich selbst, im Schneematsch. Er ist niemand. Nichts. Im Schneematsch. Im Ohr Mamas Stimme (sie redet, redet, freigesprochen!! Schreit ins Telefon – er hat die Kopfhörer auf – ihr Schreien tut fast weh).

Gott, wie erleichtert sie ist. Er liebt / hasst niemanden.

Es ist flach. Glatt.

Wie dieser kalte, sonnige, aber absolut nichtssagende Frühlingswintertag.

Und ganz zum Schluss steigt irgendwo im Hintergrund ein »Opfer« in ein Auto. Sascha Anckar. Die während des Gerichtsverfahrens weiterhin stumm dagesessen hatte, wie eine Salzsäule, bleich, und geradeaus schaute, wenn sie überhaupt anwesend war. Ziemlich oft, sehr oft, war sie nicht dagewesen.

Schwellende Muskeln, sie hatte tatsächlich wieder angefangen zu trainieren, schwamm und schwamm, und er, Gusten, hatte sich auf der Tribüne des Schwimmbades wiedergefunden, um ihr dabei zuzuschauen, wie sie sich frustriert durchs Wasser bewegte, hin und her zwischen den Beckenrändern.

Er hatte mit ihr reden wollen.

Sie hatte ihn nicht gesehen. Oder jedenfalls so getan – und er hatte nicht den Mut oder das Pokerface gehabt, auf sie zuzugehen. Und dann war sie mit den Pellegrinos mitgefahren, einer überdrehten Familie aus dem Villenviertel (irgendwelche entfernten Verwandten oder Freunde, hieß es), die ausschließlich aus Kletterern bestand. Die Mutter kletterte, der Vater kletterte und die Kinder kletterten: vier Outdoor-Fanatiker.

Sascha war an verschiedene Orte mitgefahren, um dort zu klettern. Um währenddessen, im gesunden Kletterumfeld, die Gefühle und Gedanken in Schach zu halten.

»Ein Tagebuch für deine Gedanken, Sascha.«

»… mir ging es nicht um irgendeine scheiß Gerechtigkeit. Die gibt's nicht. Ich wollte weg. Er wollte mich umbringen.« (Sascha später.)

Gusten, allein geblieben im Matsch. Entdeckt etwas Dunkles in den harten Schneewehen. Am unteren Ende der Treppe, wo sie gestanden hat. Es ist Annelises Handschuh. Dickes, dunkelbraunes Leder, fellgefüttert.

Gegenschuss Annelise Häggert
(das Ende der Geschichte)

Es war einmal Annelise Häggert. Eine Annelise, die sich aus dem Boden, den ihr das Kinderheim und das ganze Villenviertel bereiteten (»mir fehlen die Worte, ich bin so dankbar«, so redete sie und redete), erhob und eine glänzende Karriere machte. Mit gerade einmal siebenundzwanzig Jahren zur Professorin der Wirtschaftswissenschaften berufen, das war historisch, und eine starke, um nicht zu sagen: bedeutende Persönlichkeit innerhalb der Gayn-Hand-Bewegung, die seit Ende der Neunzigerjahre und in den Nullerjahren einen immer größeren Einfluss in der Politik gewann. Das ehemalige Mädchen aus dem Kinderheim, das kam, sah und siegte und trotzdem so bescheiden und dankbar blieb. Heiratete Albinus »Abbe« Häggert (sie »übernahm« Angela Grippes Jugendliebe, ihren langjährigen Freund, auch das stimmt, aber die Freundschaft zwischen Angela und Annelise blieb bestehen, denn sie war stark und von wechselseitigem Nutzen, auch wenn die beiden jungen Frauen unterschiedliche Richtungen im Leben wählten – Annelise die Wirtschaft und Angela die Kunst, die Bildung, die klassische Musik).

Sie bekam ihren Sohn Nathan. Ja, ihn. Nathan.

Die Frage war jetzt also, was sollte man nach alldem – dem Skandal, dem Gerichtsverfahren, allem – mit ihr und ihrer ganzen Geschichte machen, die man bis dahin gehegt und geliebt hatte: Annelise vom Grawellska, wie sollte sie das Villenviertel noch zum Leuchten bringen, jetzt, wo nichts mehr von ihr übrig war?

Annelise, die durch die Medien getrampelt war wie eine, die ihren Verstand verloren hat: DUMMEFOTZE … Das hässliche Entlein, das zum Schwan wurde … SCHWAN? Was für ein Schwan war das denn?

Ja, was sollte man NUN mit ihr machen, mit dieser ganzen Geschichte?

Die Antwort lag auf der Hand (auch wenn sie ziemlich unangenehm war, weshalb man nicht laut darüber sprechen, sie nicht direkt formulieren, in Worte fassen konnte): Sie vergessen, damit man weitermachen konnte. Zurücklassen, was zurückgelassen werden konnte. Also (um es kurz zu machen): Die Reihen schließen, exit Annelise, die nicht mehr die Dividende brachte, die wir uns erhofft haben.

Sie vergessen. Ihr den Rücken zukehren.

Was auch geschah: Sie, Annelise, wird gemieden, wird einsam.

Die letzte Zeit lebte Annelise einsam im Villenviertel, im Geisterschiff unten am Kaltsee, mit ihrem Krebs und ihrem Sohn Nathan, der weder an die Hochschule für Architektur geht noch ein anderes Studium beginnt. Er bleibt einfach dort, zusammen mit Mama im Haus, bis sie stirbt.

Da ist Albinus Abbe schon seit langem woanders. Noch im selben Frühling, im Mai, nachdem das Urteil auf Bewährung über Nathan verhängt wurde, überlässt er Annelise und Nathan ihrem Schicksal und zieht mit seiner Sekretärin in die Schweiz (die Affäre ist an sich nichts Neues, das geht schon seit Jahren so, und hat, wie gesagt, Annelises Segen). Sie lassen sich dort nieder, und nur selten, wenn überhaupt, kehrt er ins Villenviertel zurück.

Und für sie, Annelise, gibt es kein Comeback ins Berufsleben. Nach der Goldfontäne kommen keine neuen Angebote. Sie versucht es mit verschiedenen Charity-Engagements, hat aber nur wenig Erfolg, und dann wird sie krank. Und am

Ende des Jahres 2009 wird sie auch von ihren Aufgaben als Vorsitzende der Gemeinnützigen Stiftung des Grawellska entbunden. Das Heim wird stillgelegt, das Gebäude als attraktives Ensemble auf dem privaten Immobilienmarkt zu einem astronomischen Preis verkauft (irgendein Millionär zieht ein und schirmt es mit Elektrozaun, Kameraüberwachung und sogar mit aggressiven Hunden ab, die hinter der zu beiden Seiten des Tors neugebauten hohen Backsteinmauer bellen. Die Stiftung setzt ihre Tätigkeit »in anderer Form« fort, von der man bis auf weiteres, auch Jahre später noch, nicht genau weiß, welche das ist.

Gerüchten zufolge – aber das sind nur Gerüchte – sind es die Stiftung und die Sache mit dem Grawellska, die sie letztlich kaputtmachen, die sie ihren Lebensmut verlieren lassen: Annelise Häggert, die einst so stolze »Alumna« des Grawellska.

»Mein Zuhause«, wie sie sagte. »Ich bin so dankbar. Wer bekommt, soll zurückgeben.«

Sie, Annelise, wurde nicht länger gebraucht. Man hatte sie geliebt. Jetzt ist sie wie ein Mühlstein um den Hals. Und wird vergessen. Annelise. Wird so einsam.

Ein Handschuh im Schnee. Er hebt ihn auf.

KOMM schon, Gusten. Das kannst du besser.

Aber nein. Er konnte es nicht besser. Kann er nicht.

Diese »Geschichte« hier erzählen.

Jedes Mal, wenn er es versuchte, zerfiel sie. In Stücke, Zettel. Herausgerissene.

So sehr in Stücke, dass es wehtat.

Wehtut.

Aber die Wahrheit … die Wahrheit … als Erzählung.

Eine solche Erzählung setzt voraus, dass es irgendeine Art von Kitt gibt, der alles zusammenhält – all das Zerbrechliche, die Bruchstücke –

In Stücke Stücke Stücke

Gusten, nachts, 1

Es war der Abend, nachdem die Urteile gefällt worden waren, und er kam spät nach Hause. Er saß allein im Dunkeln. Er rief seine Mutter auf Skype an. Die Verbindung war schlecht, aber er konnte sie sehen. Wie sich ihr Mund bewegte. Er verkleinerte sie auf Briefmarkengröße in einer Ecke des Bildschirms und drehte den Ton leise.

Dann ging er auf Facebook und sah, dass Annelise Häggert durch »ein neues Gesicht« ersetzt worden war, befristet berufen. Laut einer kürzlich herausgegebenen Presseerklärung von Goldfontäne: ein jüngerer Mann, up and coming in der Politik. Von Annelise Häggert hieß es nur, dass sie wegen Krankheit freigestellt war. Dort stand nicht »krankgeschrieben«, sondern »freigestellt«, und das hieß natürlich genau das, was alle schon wussten: dass sie entlassen wurde, werden würde (und in der Presseerklärung der Goldfontäne war ihr Name nicht ausgeschrieben, da stand nur ihr offizieller Titel. Deshalb wurde diese Nachricht zusammen mit ihrem Bild – diesem gaffenden Pferdegesicht – in den Online-Ausgaben der Abendzeitungen veröffentlicht: »Häggert entlassen nach häuslichem Vergewaltigungsskandal«).

Einen Augenblick lang dachte er, dass er sie anrufen sollte, hätte anrufen sollen, dass er versuchen hätte sollen, Kontakt aufzunehmen. Er holte sein Handy heraus, um nachzuschauen, ob er einen verpassten Anruf hatte, aber das war absurd. Warum sollte sie ihn anrufen?

Natürlich rief sie nicht an.

Und plötzlich brüllte er laut und skypte noch einmal Mama an. Dieser erstarrte Mund, das Gesicht, er glaubte, die Leitung wäre längst unterbrochen und nur ihr Bild immer noch auf dem Bildschirm zu sehen, also schrie er ihr ins Gesicht:

MAMA, ICH WILL NICHT IN DIE ALPEN FAHREN. ICH WILL MEINE STRAFE!!!!

Dort war er also gewesen, den ganzen langen Abend über: In einem der vielen Wohnzimmer im Villenviertel mit den »Boys« (auch wenn Nathan, der »Anstifter«, mit Erkältung und Migräne im Bett lag und nicht dabei war). Und diesmal war auch der Traumatherapeut da, der »Promipsychologe« Carolus Brant (bekannt aus einer Talkshow im Fernsehen und für das Buch »Die Giraffe auf der Veranda«, das er geschrieben hatte) – der entsprechend eines früheren Beschlusses der versammelten Eltern im Nachhinein ein bisschen »mit den Boys arbeiten« sollte, in Form einiger höchst inoffizieller Zusammenkünfte. Es sollte die Möglichkeit geben, sich auszusprechen, runterzukommen, das, was passiert war, überhaupt zu *verarbeiten* – in der eigenen vertrauten Umgebung, fern aller Augen & Ohren – nur sie und der Therapeut. Ja, er, Gusten, war schon auf einigen dieser Treffen gewesen, zu Hause bei Carolus Brant, denn auch der wohnte in einer Villa dieses Verwandtschaftswirrwarrs. (Zusammen mit Fresse – Cosmo, dem kleinen Cousin und zukünftigen Filmregisseur –, der sich von der anderen Seite ans Türglas drückte, um alles mitzubekommen.) Worauf man sich an diesem Abend geeinigt hatte, war eine Gruppenreise für die »Boys« unter der Leitung des Psychologen Brant (auch wenn er nicht »Boys« sagte, er sagte »Sportsfreunde«: »HEY, Sportsfreunde!«, wieder und wieder.) »Die ganze Mannschaft« traute sich einer der wenigen anwesenden Väter zu sagen – im jugendlichen Tonfall, als wäre es das Jugendnationalteam, das irgendwohin reisen sollte – mit deutlich hörbarem, erleichtertem Lachen. Schließlich war das Schlimmste nun vorbei. *Aber ein bisschen Nachsorge sollte es doch noch geben, wie versprochen*: eine Reise in einen Skisportort in den Schweizer Alpen. *Vielleicht bleibt auch noch ein bisschen Zeit zum Skifahren.* Das wurde allerdings nicht laut gesagt, und wenn, dann meist wie nebenbei, denn jetzt, hier im Wohnzimmer mit Carolus Brant, stand die Therapie im Fokus (zumindest als Kulisse). Die Gruppengespräche mit den Jungen (»hey, Sportsfreunde!«) sollten in einem luxuriösen Chalet in den Alpen stattfinden (die Broschüren gingen herum, mit Preisangaben).

»Also, was sagt ihr, Sportsfreunde?«

»Sieht gut aus«, hatte Cosmo festgestellt, als keiner der anderen antwortete. Cosmo, der gar nicht mitfahren sollte. »Das hier ist nicht für dich gedacht, Cosmo«, hatte sein Cousin, der Promipsychologe (in dessen Gesellschaft Cosmo zufällig geraten war, obwohl er dort überhaupt nichts zu suchen hatte), beiläufig fallen lassen, während er seine schwere Hand auf Gusten Grippes Schulter legte.

»Was meinst du, Grippe? Hey, Sportsfreunde.« Und als Gusten nicht antwortete (was sollte er sagen, seine Kehle war trocken und ihm wurde wieder schwindlig), fügte er hinzu: »Betrachtet mich nicht als Autorität. Betrachtet mich wie einen …« Er suchte nach einem Wort, denn er hütete sich davor, »Freund« zu sagen, weil in den vereinbarten Leitlinien über die Nachsorge dieser Selbsthilfegruppe ausdrücklich festgehalten worden war, dass es keine Komplizenschaft zwischen den Generationen geben sollte.

Ein anderes Wort fiel ihm allerdings nicht ein, und mehrere Sekunden lang blieb es still, eine seltsam verkorkste Stille.

Eine Stille, die von Cosmo unterbrochen wurde: »Zell am See ist um diese Jahreszeit sehr zu empfehlen.«

Und da bot sich für Carolus die Gelegenheit, mit Bestimmtheit zu sagen: »Du, Cosmo, hältst den Mund, denn wie ich schon sagte, du kommst nicht mit!«

ABER nun, im Nachhinein, allein zu Hause, brüllt er, Gusten, die Mutter auf dem Bildschirm an und SIE starrt ihn an, starrt zurück – dasselbe dumme, eingefrorene Bild, ohne Regung. Aber sie ist da, plötzlich ist ihre Stimme zu hören, von weither, aus dem All, ein Lachen auch, gleichsam rau: »Was meinst du, ins Gefängnis gehen? **Aber du wurdest ja nicht verurteilt, mein lieber Junge. Du wurdest doch freigesprochen!**«

Mit einer ganz ungeschminkten Fröhlichkeit in der Stimme, und sie fügt hinzu: »Wir müssen nach vorne schauen, Gusten.«

Eine nahezu unendlich mütterliche Sanftheit. Und mit einem Mal, in einem einzigen Augenblick, wird ihm klar: dass es vielleicht, unter dem Strich, keinen so großen Unterschied zwischen ihr, Angela, und den anderen Müttern gibt.

Sie bettelt um Gnade.

Also klickt er sie weg – und zieht später in dieser Nacht seinen Mantel an, geht hinaus. Zur Brücke hinunter, von der er springen will, hinein in das dunkle Wasser und sterben.

Aber zuerst geht er zum Haus der Häggerts. Steht draußen und schaut zu Nathan ins Atrium hinein, das weithin leuchtet. Keine Gardinen an den Fenstern, alle Strahler an der Decke sind eingeschaltet.

So hell, dass es fast weiß ist.

Und die Musik dröhnt, die Fensterscheiben vibrieren, Gusten geht näher heran, so nah, dass er fast an die Scheibe stößt, er gibt sich nicht die Mühe, sich zu verstecken. Nathan liegt mitten auf dem Fußboden und sieht zur Decke. Auf dem Rücken, reglos, wie ein Toter. Es sieht dramatisch aus. Ist Nathan tot?

Ach was. Gusten kennt das. So hat Nathan immer dagelegen, wenn er so betrunken war, hackesturzvollekannedicht, dass er sich kaum noch auf den Beinen halten konnte. Und das ist er auch jetzt. Sturzbesoffen.

Er sieht Gusten nicht. Trotzdem scheint es, als würde er einen Schatten auf der anderen Seite des Fensters bemerken, denn auf einmal versucht er, sich aufzurichten. Scheitert, lässt sich wieder auf alle viere fallen und krabbelt über den Fußboden auf Gusten zu, der auf der anderen Seite steht und hineinstarrt.

Das ist irgendwie ein seltsamer Moment, denn Nathan ist so weit weg, und es ist fast nicht vorstellbar, dass er in diesem hellen Licht, in dem das Zimmer badet, Gusten draußen erkennen kann. Trotzdem. Nathan kommt näher gekrochen. Nathan auf allen vieren wie ein Tier.

Nathan ist ein Tier.

Nathan (die Austauschbaren, ein märchenhafter Ort). Der Junge im Sonnenschein. Der H. P. Lovecraft las. Oder war das vielleicht Gusten? Jedenfalls hatte es im Alter von elf, zwölf Jahren eine Zeit gegeben, in der sie sich beide, Nathan und Gusten, mit dem beschäftigten, was gemeinhin »Lovecrafts Dystopien« genannt wurde. Schreckliche Monstergeschichten aus der Zukunft, pechschwarz, die vom Untergang der Welt handelten und von all dem Monströsen, das es im Menschen gab – von Gewalt und Missbrauch, von Grausamkeit und Schutzlosigkeit –

Aus einem Buch über H. P. Lovecraft ***Against the World – Against Life*** *(beachten Sie die Worte), zum Beispiel folgendes:*

Als Kind wohnte H. P. Lovecraft auf einem schönen Gutshof (der eigentlich kein Gutshof war, sondern viel größer, vielleicht sollte man besser sagen: eine Länderei). Das war seine Welt.

Dann ging das Geschäft des Vaters in Konkurs (oder starb er? Ja, das war es wohl), und sie mussten das Gut verlassen. Er, die Mutter und die Geschwister. Zogen in irgendein Loch. Der Gutshof wurde verkauft und von einer anderen Familie übernommen, die ihn genauso vor der Umgebung abschirmte, wie es Lovecrafts Familie getan hatte.

Das, was seine Welt gewesen war, unerreichbar.

In der neuen Familie gab es ebenfalls einen Jungen. Genau wie Lovecraft machte er gern lange Spaziergänge über die

Ländereien, die ihm gehörten – als wäre alles seins! Auf dem Pfad durch den Wald (der nicht sehr groß war, sondern eher ein Hain, aber doch ein Wald, in dem es Rehe und Hasen und Waldvögel gab).

Um sich dann in den Schatten eines Baumes am Bach zu setzen, sagen wir einer großen Eiche, und zu lesen –

Lovecrafts Platz.

Dort hatte Lovecraft ebenfalls gesessen.

Und später, hinterher, nachdem er aus dem Paradies, seiner Welt, verstoßen worden war, stand Lovecraft hinter dem Zaun und drückte das Gesicht an die Zaunlatten und starrte hinein zu diesem anderen Jungen. Der vielleicht die Blicke spürte, sich umwandte, suchend um sich schaute: Wer? Was? Wo?

So begegnen sie sich, für einige kurze Augenblicke in der Ewigkeit: Nathan, Gusten – der eine stark konturiert im grellen Licht, aber verschwitzt und in schlimmer Verfassung, zerzaust wie ein Tier. *Time time.* Die Musik (*Prince immer Prince*) dröhnend im Hintergrund. Der andere fast nur ein Schatten unter Schatten – da draußen in der dichten Winterkälte, im Dunkeln. Der Stille.

Nathan, Gusten – Gusten, Nathan – die Austauschbaren?

Und dann geht er hinein und schlägt Nathan in die Fresse?

Nein, genau das tut er nicht. Wie sehr er diese Szene im Nachhinein auch wie einen Film vor sich selbst abspulen mag – es ist eine falsche Erinnerung. Wie deutlich er auch die Szene in »Wer hat Bambi getötet?« vor sich sehen kann. The Movie.

Er dreht sich bloß um und geht. Nathan als eine Art Bestätigung für irgendetwas. Ein Bild für das, was ist (auch jetzt noch, viel später, als Gusten das alles spätabends noch einmal in seiner Wohnung durchlebt). Auch diese Stille, die Leere überall, während die Musik dröhnt.

Die Frage ist / war also: Wie konnte er weiterhin in dieser Welt sein?

Gusten zieht seine Schlüsse und steht schwankend auf dem Geländer einer Brücke, und das Wasser unten saugt ihn hinab.

Er springt

von der Brücke

Auf einem Berg standen sie –

Aber da ist auf einmal jemand hinter ihm im Dunkeln und hält ihn fest, mit aller Kraft, hält ihn ruft ruft: »*Gusten, Lieber, komm zurück! Zu uns, zu uns … du bist jung, du hast das Leben noch vor dir …*«

»*Lass mich los!*«

Annelise Häggert, die *Katze vom Grawellska.*

Gusten, komm zurück!

Hält ihn, hält ihn – und unter ihrem Griff beruhigt er sich (das ist das vorletzte Mal, dass sie sich sehen, überhaupt nur noch einmal, vor ihrem Tod. So seltsam, das jetzt zu denken, dass es so gekommen ist. Vielleicht hat er in der Klapse auf sie gewartet, aber sie ist nicht aufgetaucht, hat ihn nicht besucht, keine Grüße ausrichten lassen. Lässt nie mehr von sich hören).

Und noch in derselben Nacht landet er in der Klapse. Und eine Heilung kann beginnen. Ein langsamer Prozess. Der noch andauert, als er Emmy Stranden kennenlernt. Und als Emmy ihn dreieinhalb Jahre später verlässt.

Und vielleicht immer noch nicht vorbei ist (versteht er jetzt).

Auf einem Berg standen sie –

Zwei Jungen, und teilten ein Gedankenspiel, das sie einige Kindheitsjahre lang gefangennahm und das später bei bestimmten Gelegenheiten wieder auftauchte: Die Austauschbaren.

Auf einem Berg standen sie. Und Punkt. Und seitdem Stille. Wie in der Wüste.

Hinterher

Er spazierte durch die Vororte. Ziellose Wanderungen. Er sollte schreiben. Dachte er die ersten Male.

Es gab keine Sprache. Nur die der Schriftsteller.

Anderer Schriftsteller.

Wer bin ich im goldenen Herbst?

Nachdem unsere Eltern gestorben waren, brachte man uns zu einem Turm.

Bücher, die er sich in der Klapse geholt hatte (es gab eine kleine Bibliothek mit Regalen voller seltsamer Romane. Buchstaben, Sätze, die ihn trafen).

Ingeborg Bachmann. Und dort ein Satz »Wer bin ich im goldenen September«, den er immer wieder las und anstarrte. Ein Erzählband, an dessen Titel er sich nicht erinnerte, als er nach Hause kam.

Er ging in die Bibliothek im Villenviertel, um das Buch zu finden und mehr über die Schriftstellerin zu erfahren.

Er fand nichts (und traute sich auch nicht zu fragen, die Bibliothekarin war die Mutter von Sophia Morén. Sophia, die nicht mehr mit ihm redete – er hatte sie in den ersten Runden der Vorstellungsgespräche an der Theaterschule gesehen, als sie noch dabei war, sie hatte ihm grüßend zugenickt, um dann weiter durch ihn hindurchzusehen, und als das Ergebnis verkündet wurde, war er schon und sie nicht unter den Angenommenen. Also schlich er nur an den Regalen entlang und zum Ausgang, wieder hinaus …)

Er hatte auch eine Kurzgeschichte geschrieben, die er

zu einem Wettbewerb eingereicht und für die er einen Preis gewonnen hatte:

»Frippe zeigt auf beispielhafte Weise, dass es nicht so leicht ist, in dieser Welt jung zu sein.«

Er hasste die Preisbegründung, denn etwas »Jugendliches« hatte er ganz und gar nicht im Sinn gehabt, auch nicht »auf treffende Weise ein jugendliches Lebensgefühl einzufangen, das auf einem alten Volksmärchen beruht –«

Aber ACH, dieser Schreibfehler gefiel ihm: Frippe.

Er war nicht »jugendlich«.

In ihm war keine Jugend, nicht im Geringsten.

In ihm war Alter, ein alter Greis –

Er hatte eine Erzählung über zwei Kinder in einem Haus im Wald und über Gräueltaten geschrieben: Die Austauschbaren.

»Die Austauschbaren«. Über die Jungen, die ans Ufer hinuntergingen, auf dessen anderer Seite das gewaltige Haus lag, in dem sie einmal gewohnt hatten. Und den anderen Jungen, der nun dort wohnte, am gegenüberliegenden Ufer. Jetzt war nichts mehr übrig. Wenn man genau hinschaute, durch ein Fernglas, was die Jungen auch taten, nacheinander, magisch angezogen von diesem dritten Jungen in Sonntagskleidern, dann sah man ihn, der jetzt dort ans Ufer ging, an dem sie selbst einmal gewesen waren, unter den großen Baum, der auch ihrer gewesen war. Und ein Buch hervorholte.

Und alles gehörte ihm.

(Warum schrieb er das? Wo er doch über die Vergewaltigung hätte schreiben sollen und über das Opfer? Er wusste es nicht. Auch dafür zu sein, fiel ihm schwer.)

»Ein gutes Omen für unsere junge Literatur –«

Literatur hier, Literatur da – was wusste er schon über Literatur, was wollte er wissen, nichts?

Wer bin ich im goldenen September?

(Aber es war nicht September, es war November Februar März August, d. h. alle anderen Monate.)

»Nachdem ihre Eltern Selbstmord begangen hatten, wohnten sie allein im Turm.«

Das Brennen, genau an dieser Stelle. Das war etwas, das die »Literatur«, diese ganze Art zu sprechen, nicht reproduzieren konnte. Das Gefühl, das er gehabt hatte, als er in die Erzählung über zwei Jugendliche in einem Turm, einem Wald, eingetaucht war. Wie ein Schlüssel.

Aber was dann, weiter im Leben?

Einen Moment lang hängt er wieder in der Luft, als er zurückkehrt: zuerst in die Wohnung im Villenviertel, dann an den Geheimort, wo Angela einige Sommerwochen verbringt, ehe sie wieder aufbricht (es gibt verschiedene Aufträge, Engagements, aber sie hat mittlerweile auch ein Leben dort, ein neues, einen Mann, mit dem sie Zeit verbringt, er ist ebenfalls Musiker, Dirigent). Und dann zurück in die Wohnung im Zentrum des Villenviertels; im Hochsommer, aus dem ein Spätsommer wird, so prächtig, warm und grün und kühl und still.

Im Herbst soll er mit dem Studium an der Theaterschule beginnen. (Ja, er wurde angenommen, hatte die Einladung zur Aufnahmeprüfung bekommen, obwohl er noch im Krankenhaus gewesen war. Der Brief liegt im Flur und wartet auf ihn. Bleibt auf dem Stapel Post liegen, bis er drei Tage später danach sucht und ihn öffnet. Aber erst nach dem Anruf aus dem Sekretariat der Theaterschule, wo man wissen möchte, ob er seinen Studienplatz annimmt, denn es gibt viele Nachrücker auf der Warteliste. Allerdings nicht Sophia Morén: Wäre sie unter den Ersten auf der Liste gewesen, hätte er gern – *das Mindeste, was er tun konnte* – verzichtet. So sagt er höflich zu.)

Im Krankenhaus hat er einen Moment lang versucht, über seine Erfahrungen dort und alles, was passiert war, zu schreiben.

Aber auf eine seltsame, eigene Art (eine andere Art gab es nicht).

Eine sperrige Kurzgeschichte war daraus geworden, die er aus einer plötzlichen Eingebung heraus bei einem Schreibwettbewerb einreichte und für die er den zweiten Preis gewann. 2000 Euro. »Eine literarisch anspruchsvolle, suggestive Erzählung über zwei einsame Kinder in einem Turm, in einem Wald.«

Nachdem unsere Eltern Selbstmord begangen hatten, brachte man uns in einen Turm –

Eine komische Sache: Als er die Einladung zur Preisverleihung erhält (an der er nicht teilnimmt, da ist er noch zu krank), steht darauf der Name Frippe. Gusten Frippe, und derselbe Schreibfehler taucht in der Preisbegründung wieder auf, die in der Tageszeitung auf der Kulturseite veröffentlicht wird, »junger, vielversprechender Schriftsteller« et cetera.

»*Frippeee! Wirst du ein Schriftstellleeer?*«

Dieser fröhliche Ausruf ist es, der ihm als erstes entgegenschallt, als er die Klapse verlässt. Cosmo nämlich, der Einzige, der da ist. Noch nicht am Krankenhaustor (das robuste Eisentor am Stengård, das ein schreckliches Geräusch von sich gibt, ein richtiges Quietschen, wenn man es öffnet und hinter sich wieder schließt, um die ersten vorsichtigen Schritte in die Freiheit zu machen), aber zu Hause, bei der Wohnung im Villenviertel, wo Cosmo an der Tür klingelt, dingdong, noch am selben Nachmittag, und eine Plastiktüte voller Essen und Obst und dergleichen dabeihat. (Was wirklich nett ist, denn es war zweifellos überwältigend, fast beängstigend, allein und so gesund! zurück in der leeren Wohnung zu sein.)

Dann hat er sich natürlich mehr oder weniger hineingedrängelt. Cosmo, der Cosmo ist, komme-was-da-wolle; nicht auf den Kopf gefallen, »an entrepreneur at heart«.

»Scheiße, nein!«, hat er Cosmo sofort geantwortet, genauso laut. Denn schließlich stimmte das auch. Die Literatur, was zum Henker ist die Literatur?

Schreiben, was denn, wie denn – das fühlte sich plötzlich in diesem neuen Leben völlig unwirklich an.

»Du wirst jetzt alles erfahren, Grippe, alles, was passiert ist.« Und Cosmo setzte sich hin und fing an, zu berichten: »alles, was passiert war«, ohne Gusten zu fragen, ob er das hören wollte. Es strömte nur so aus ihm heraus, bis Gusten die Lider schwer wurden und er einschlief – während Cosmo von einer Reise in den Skiurlaub mit seinem Cousin, dem Promipsychologen Carolus Brant, erzählte, der sie geleitet hatte. (»Die Giraffe auf der Veranda«, und »bekannt, wie wir wissen, aus dem Fernsehen«, was Cosmo so sagt, als müsste Carolus Brant vorgestellt werden.) Die Reise, an der Gusten hätte teilnehmen sollen, aber wegen der Einweisung in die Klapse nicht hatte teilnehmen können, gehörte zur »therapeutischen Nachsorge« der vier Straftäter. Glücklicherweise war es möglich gewesen, Gustens Ticket auf Cosmo umschreiben zu lassen –

Von Carolus' »Hey, Sportsfreunde«-Begrüßung erzählte Cosmo, die durch die Tage in Österreich geschallt war, an denen Gruppensitzungen stattfanden, von der »therapeutischen Arbeit«, die Carolus für wichtig hielt (ganz so, als handelte es sich um richtig harte Arbeit, mit individuellen morgendlichen Gesprächsrunden), vom Skifahren an den Nachmittagen und manchmal auch abends (wenn man fleißig »gearbeitet« hatte). Zuerst manchmal, dann immer öfter und schließlich die ganze Zeit.

Vom *Après-Ski* in den Bars und Diskotheken des Skisportortes.

Wasfühlstdu wasfühlstdu, was fühlst du?

»Schön palavert, jetzt woll'n wir skifahr'n.«

»Was ist das Böse?«

Alex hatte geredet, John hatte geredet und sogar Nathan hatte geredet – beinahe feierlich. »Gibt es das Böse?«

Aber da hatte sich alles schon aufgelöst: *»Hier stinkt's nach*

Schweiß, ich will jetzt skiifah'n.«

»Mein Gott, Grippe«, heult Cosmo, während er erzählt. »Nathan, der fragt, ›was ist das Böse?‹

Das totale Chaos, du hättest dabei sein sollen!«

»Warst du dabei, Cosmo?«

»Nee, nicht direkt, aber es ließ sich nicht vermeiden, dieses oder jenes aufzuschnappen. Du kennst mich doch, Grippe. Ich bin einer, der dieses oder jenes aufschnappt.«

»Gibt es das Böse?«

Gusten konnte es vor sich sehen, wie die Sonne in diesem Augenblick gewissermaßen besonders hell schien, als Cosmo sein Gesicht von draußen an die geschlossene Tür presste oder an eine Fensterscheibe, während Nathan eine verführerische Rede über das Gute versus das Böse zu halten versuchte.

Später, mitten in Cosmos »Bericht«, war Gusten allerdings eingedöst und Cosmo war ebenfalls eingeschlafen, und sie schliefen wie zwei Kinder voll bekleidet in Angelas breitem Bett. Sie verschliefen den ganzen Tag und den halben Abend. Gusten wachte später davon auf, dass Cosmo vor ihm am Bett stand, im Mantel, und eine Decke über ihn breitete.

»Ciao, bis dann, Grippe«, hatte Cosmo geflüstert. Stimmt, es ist kitschig, das zu sagen, aber auch fast mütterlich (hatte Gusten gedacht), zärtlich. »Ja, bis dann«, hatte Gusten geantwortet, oder vielleicht auch nicht. Er erinnert sich nicht, driftet zurück in den Schlaf.

Cosmo. Der unerwartet zum, tja … Freund? werden würde. Jedenfalls der einzige aus dem Villenviertel, mit dem Gusten sich noch treffen und mit dem er Zeit verbringen würde.

Bis jetzt.

Die plötzliche Liebe meines Sohnes zur Literatur ist … Ja, hm … etwas überraschend.

Angela Grippe in einem Radiointerview – »Ein Gespräch

zwischen Mutter und Sohn über das Schöpferische«, ohne dass Gusten weiß, warum er dem zugestimmt hat, und er wünscht sich inständig, die Sendung nicht hören zu müssen, aber die Mutter hat sich den Termin gemerkt und schaltet draußen in der Sommerfrische, wo sie sich zum Zeitpunkt der Ausstrahlung befinden, das Radio an. Und plötzlich, mitten in der Sendung, fängt er an zu lachen und lacht, bis ihm die Tränen kommen, und sie schalten das Radio aus und braten auf dem Gasherd Omelett und essen dann schweigend. Sitzen schweigend zusammen am Küchentisch.

Und es ist gemütlich. Zum ersten Mal, seit, ja, einer Ewigkeit, seit Jahren –

»Weißt du«, sagt Angela nach dem Essen. »Ich freue mich über dein Talent, aber in gewisser Weise bin ich auch dankbar, dass du kein Interesse hast, dieser Berufung zu folgen. Denn sie ist, was sie ist: eine Berufung. So viel Angst, so viele Neurosen, die das mit sich bringt, das Schöpferische.«

Gusten steht auf, geht zum Fenster und schaut hinaus, während Angela weiterredet. Ein prächtiger Sommerabend, der ins Dunkel fällt, das Meer und die Klippen und die dünnen Kiefern vor dem Haus, eine andere Welt.

»Und außerdem ist es, finanziell gesehen, höchst unsicher …«

Sie lacht auf. Er auch. Nicht ohne Grund stammen sie beide aus dem Villenviertel … Das lässt sich nicht ändern, immer dieser Sinn fürs »Finanzielle«. Geld, Erfolg. Auch wenn sie noch so sehr versucht hat, das zugunsten der großen Kunst abzuschütteln. Dem Humanismus zuliebe. Der Bildung.

»Klar.«

»Und die Literatur. Tja, das ist zwar nicht so wie beim Gesang, aber umso härter. Mein Gesang –«

Und dann, plötzlich, mitten in ihrem seltsamen Monolog, fangen sie beide an zu lachen, Mutter und Sohn.

»Dein Gesang, Mama.«

Der Wind die Bäume die Klippen der weiße Schaum auf den Wellen

Das Meer rauscht.

Wie HEIL sie ist.

Dein Gesang –

Und die anderen, alle anderen, die kaputtgegangen sind –

Toy girl.

Es ist merkwürdig. Denn genau in diesem satten Spätsommer, mit Angelas und seinem Lachen und der Stille, die folgt, werden sie getrennt. Sie geht hinaus, er wirft sich aufs Bett und schläft ein und schläft fast vierundzwanzig Stunden, und als er aufwacht, ist der Sommer vorbei (draußen wieder grau und kalt). Zeit zu gehen, zusammenzupacken, den kleinen Außenbordmotor zu starten, zurück nach Hause zu fahren.

Er ins Villenviertel, sie zurück »auf den Kontinent«.

Wo auch für sie nun ein neues Leben beginnt: ein neues Leben mit Partner, Hund und den Kindern einer anderen Frau.

Ja, Mutter und Sohn trennen sich, sind nicht länger die, die sie einmal waren. Angela, Gusten, sie beide gemeinsam, diese besondere Nähe, wenn sie beispielsweise wie zwei erwachsen gewordene Kinder in ihren Betten im Dunkel eines Hotelzimmers liegen und miteinander tuscheln (all diese Hotelzimmer, die sie während Gustens Aufwachsen miteinander geteilt haben), oder in der kleinen gemütlichen Zweizimmerwohnung im Zentrum des Villenviertels (die später im Herbst zum Verkauf stehen wird).

Aber das ist auch ganz natürlich: dass man selbstständig wird, seinen eigenen Weg geht.

Im Auto auf dem Rückweg von der Sommerfrische

»Wie eiskalt ist dies Händchen, Madame.« Das Duett plötzlich in voller Lautstärke im Autoradio.

»Nicht so eine Schmonzette«, lacht Angela und schaltet aus.

Gegenschuss Sascha Anckar
(Ein Eisbecher im Vorort)

SASCHA ANCKAR 2009. Es ist eine neue Zeit. Der Sommer nach »Harmaggedon«, zum Beispiel. Das Jahr, nachdem der Finanzmarkt im Herbst 2008 kollabierte, und Schluss mit bling bling bling.

Diesem albernen Gefühl, dass »alle« KretiundPletiund-HinzundKunz
sich was auch immer kaufen konnten.
Luxusdesigns und -marken.
Die Zeit mit
kleinen Hunden in zu großen Handtaschen –
jeder Menge Pornos in Vorortkellern –
Pimps und Zuhältern –
Und so weiter.

Ungefähr anderthalb Jahre nach der Vergewaltigung lädt Gusten Grippe, vor kurzem aus der Klapse entlassen, das Opfer zu einem Eisbecher im Zentrum des Villenviertels ein.

Es ist so einfach. Gusten Grippe ruft Sascha Anckar an und schlägt vor, sich in dem kleinen Einkaufszentrum des Villenviertels »auf einen Eisbecher« zu treffen (es klingt großspurig, aber er sagt es trotzdem, denn die Alternative wäre »auf ein Glas Bier«, was sich noch weniger angemessen anhört). Nach der Vergewaltigung ist sie nicht mehr ins Grawellska zurückgekehrt, sondern wohnt bei Verwandten, der Familie Pellegrino. Aber es gibt das Gerücht, dass sie sehr bald sehr weit wegfahren wird. Bis nach Hawaii, um auf ein College mit einer erstklassigen Schwimmausbildung zu gehen (was etwa so viel wie Olympische Spiele bedeutet). Oder alles daranzusetzen.

Kostet ein Vermögen (aber Geld ist kein Problem, jedenfalls vorerst nicht, wie man schon geahnt hat, aber jetzt mit Sicherheit weiß).

»Eisbecher …« Saschas raue Stimme, so vertraut am Telefon. »Ich hätte lieber Kaffee.«

Sie treffen sich »im Café«. Die Imbissbude im Zentrum. Sie bestellen Kaffee.

»Lass mal. Ich bezahle.« Er fühlt sich wie ein Pimp, als er das sagt. Weiß nicht, warum.

Sie greift nach ihrer Tasche (eine Basttasche, handgefertigt, »rustikal«), holt Strickzeug heraus. Fängt an zu stricken, Mohairwolle, weiß und sehr weich, und sie strickt lose, große Maschen, lange Nadeln. Dann schaut sie sich um, ihr Blick fällt auf die Zeitung auf dem Nebentisch, und da verliert sie alle Maschen.

Die Nadel fällt auf den Beton unter dem Tisch KLIRR.

Schrecklich, aber Gusten Grippe, der sich danach bückt, ist dankbar, weil es genau in dem Augenblick passiert, in dem er denkt, dass er es nicht aushielte, wenn sie etwas sagen würde wie »Es ist sehr schwierig, in der Opferrolle zu sein, was nicht dasselbe ist wie zu sagen: Ich bin kein Opfer«, was sie schon einmal zu ihm gesagt hat. (Auch wenn er jetzt ruhig ist, sanftmütig, und beschlossen hat, alles, alles auszuhalten – diese Einstellung zu haben, ist das Mindeste, was er für sie tun kann.)

Auf dem Tisch liegt eine zwei Tage alte Abendzeitung, in der linken unteren Ecke auf der ersten Seite ist Annelise Häggert abgebildet. Das pferdegleiche Lächeln, bei dem alle Zähne im Mund zu sehen sind, lange weiße Stifte im gesunden roten Zahnfleisch. In jenen Wochen taucht sie langsam wieder in den Rubriken auf, weil sie eine Spendenkampagne zugunsten von Kindern leitet, die an einer bestimmten Muskelkrankheit leiden. (Vielleicht als Test, ob das »Eis« der Öffentlichkeit »trägt«. Aber wie sich zeigen wird, ist die Spendenkampagne ein Fiasko, und daraufhin wird Annelise Häggert kaum noch im Rampenlicht stehen, bis zur kurzen Nachricht über ihren Tod und der Todesanzeige: *Geliebt, vermisst* vier Jahre später.) Aber jetzt ist es keine Überraschung, sie in der Zeitung zu sehen, nur ein unpassender Zufall, dass sie auf dem Tisch gelandet ist, genau hier, vor der Imbissbude mitten im Villenviertel.

»Eins, zwei … eins, zwei.« Plötzlich fängt Sascha Anckar an, laut zu zählen, während der Blick von der Seite, dem Bild, dem Text angezogen wird und Gusten Grippe sich verflucht dafür, dass er nicht eher da war, um den Tisch aufzuräumen.

Dann sieht sie mit einem unergründlichen Lächeln auf. Das alles bedeuten kann: Schwäche, Stärke, Ehrlichkeit, Ironie. Und lässt die Nadel fallen.

»Huch, jetzt habe ich alle Maschen verloren.« Lässt das Strickzeug langsam in den Schoß sinken.

»Ich räum die mal weg.« Gusten nimmt die Zeitung und knüllt sie in einen Papierkorb, plötzlich lacht sie auf in der Sonne, die auf sie herabscheint, viel zu stark.

»Sollen wir uns in den Schatten setzen?« Er nickt, sie nehmen ihre Kaffeebecher und setzen sich unter eine blaue Markise an der Wand.

Sie schauen auf den grässlichen Marktplatz. Hässlich wie immer. Und leer. Trostlos im Sommer (immer noch Sommer).

»Ich werde nach Hawaii gehen und trainieren –«

»Habe ich gehört.«

»Und ich stricke nicht für Skärp, falls du das denkst«, sagt sie plötzlich scharf, mit dieser alten heiseren Sascha-Stimme.

»Skärp?«

»Na, dieses scheiß Wohltätigkeitsprojekt, das sie jetzt macht, nachdem sie entlassen wurde. Schlüsselanhänger stricken für Multiplesklerose-Kranke, niedlich, oder?« Sie sieht ihn herausfordernd an, er korrigiert sie nicht. »Alex und Lilla

Evelyne haben sich verlobt.«

»Das wusste ich nicht.«

»Wo warst du in letzter Zeit? In der Klapse?« Sie lächelt ein langes und breites, bedeutungsvolles Lächeln, fast triumphierend, ehe sie hinzufügt: »Ich stricke, weil ich mit dem Rauchen aufhören will – egal.« Sie steht auf. »Gehen wir?«

»Okay.«

»Ich meine spazieren.«

»Okay.«

Sie sammelt ihre Sachen ein, und während sie losgehen, redet sie über das College, das sie besuchen wird, wie schön es ist und welche Fortschritte sie beim Training gemacht hat und weiterhin machen will. Nach einer Weile haben sie das Einkaufszentrum hinter sich gelassen und gehen weiter in Richtung des kleinen unpassenden Parks namens Löwenpark, der meistens leer ist, weil man im Villenviertel Privatgärten hat und jetzt im Sommer ohnehin alle noch in ihren eigenen Sommerhäusern sind. Bevor sie den Park erreichen, dreht Sascha sich plötzlich zu ihm, schaut ihm in die Augen und sagt leise: »Okay, Grippe. Du hast genau fünf Minuten, um mir zu sagen, was du willst. JETZT.«

»Ich will«, setzt er an, kommt aber nicht weiter. Weiß auf einmal nicht, was er sagen soll, hat keine Worte, aber wieder kommt sie ihm zuvor.

»Ich möchte danke sagen, Gusten. Vielleicht nicht jetzt, vielleicht noch nicht, aber ich weiß, dass ich es eines Tages tun möchte, also sage ich es jetzt. Danke, dass du zur Polizei gegangen bist.«

»Das versteh ich nicht.«

»Was verstehst du nicht, Gusten Grippe?«

»Ich möchte – mich entschuldigen.«

»Aber kapierst du es nicht, Grippe, sie haben es alle gewusst!«

»Wer?«

»Wer wer wer wer?«, brüllt sie plötzlich. »Bist du blöd? Muss man dir alles buchstabieren?«

Nein. Natürlich nicht. Im selben Augenblick versteht Grippe etwas, das er eigentlich schon weiß, gewusst hat oder hätte wissen müssen, die ganze Zeit. Sie waren ja die ganze Zeit über da, sämtliche Fakten.

»Muss ich es dir unter die Nase reiben«, wiederholt sie, ruhiger jetzt, aber genauso ungeduldig.

»Ursula Borggaard, meine werte Mutter, war schon informiert. Ich sollte eine riesige Schadenersatzzahlung bekommen. Einen Haufen Geld.«

Und das, denkt Gusten viel später, würde gut zu einer vielsagenden Szene aus dem Filmscript von »Wer hat Bambi getötet?« passen. Obwohl er es noch nicht gelesen hat, könnte er darauf wetten, dass es diese Szene gibt: Albinus Abbe und Ursula am Krankenhausbett. Abbe, der mit einer Hand in die Tasche fährt und einen Umschlag herausholt, diskret, einen dicken Umschlag, er muss am Rand ein wenig eingerissen sein, damit man das Geld sehen kann. Die erste Rate einer enormen Schadenersatzzahlung. Schwarzgeld, das Frau Borggaard mit der riesigen dunklen Sonnenbrille wortlos entgegennimmt. Dann geht alles weiter wie vorher, und Sascha, das Opfer, liegt mit dem Gesicht zur Wand in hellroter Krankenhauskleidung, einem zu großen Damenschlafanzug, in dem sie besonders wehrlos aussieht.

»Schwarz?«

Gusten steht vor Sascha und wiederholt ihre Worte wie ein Idiot.

»Come on, Grippe. Mach dich nicht dümmer, als du bist. Und noch mehr als ich bekam der Arm des Gesetzes.«

Er schnaubt, als sie das sagt, »der Arm des Gesetzes«.

»Wer war dafür verantwortlich? Schau mich nicht so an. Das ist wichtig. Nathans Eltern, so viel habe ich verstanden. Aber sein Vater oder seine Mutter? Weißt du's?«

»Sein Vater. Ursula und Abbe waren zusammen im Krankenhaus. Sie war nicht dabei.«

»Also hat Abbe gewusst, dass du dort warst. Gleich?«

»Nein, Ursula wusste es. Ich habe sie aus dem Krankenhaus angerufen, und sie kam mit Abbe und Abbe wusste – das meiste. Nicht alles, aber das meiste.« Sie macht eine bedeutungsvolle Pause, und das ist irgendwie gut, denn jetzt sieht er die Schwäche, die Verletzlichkeit, die Angst – noch einmal.

»Mehr, als ich der Polizei gesagt habe –«

Und dann Gusten schnell: »Keine Einzelheiten, das kann ich nicht, nicht jetzt, nie, glaube ich –«

Stattdessen sagt er Folgendes:

»Also habe ich es vermasselt. Mit der Polizei.«

»Deine verdammte Gerechtigkeit. Erinnerst du dich, als du in die Schwimmhalle gekommen bist und mich zu Nathans Party *eingeladen* hast. Richtig genervt hast du mich, ich soll unbedingt kommen, das würde Nathan so viel bedeuten, ihm ginge es nicht gut. Du hast gesagt, dass er reden will, come on, sei ein bisschen nett, hast du gesagt, come on.

Und ich bin gekommen, wie du weißt, und dann willst du, dass ich irgendeine Rede halte? *Alles erzähle?*«

»Ich wusste nicht –«

»Hör auf, Grippe!«

Und da kommt Cosmo. Cosmo?

Aber ja, um die Ecke der Sonnenscheinstraße, und dann folgt die perfekte Show: »Hallo, meine Süße«, sagt Cosmo zu Sascha. Cosmo und Sascha umarmen sich. Und Cosmo zu Gusten: »Hallo, Gusten. Meine Zukünftige, Sascha.«

Und ehe er es sich versieht, ist er wieder allein. Cosmo und Sascha, »meine Zukünftige«, haben sich von ihm verabschiedet und sind in die andere Richtung gegangen (sie wird in ein paar Tagen nach Hawaii fliegen, muss noch packen), und er bleibt zurück mit diesem Wort, diesen Worten, mit allem, was er ihr sagen möchte, pochend in Mund, Körper und Kopf.

Und alles, alle weg –

Findet sich plötzlich auf einer Bank im Löwenpark vor einem armseligen Pfützenspringbrunnen wieder, inmitten der Leere des Villenviertels. Und seiner eigenen Leere.

»Hallo, bist du ein Hundemensch?« Der Klang einer Stimme unterbricht seine Grübeleien, er dreht den Kopf zur Seite, und da sitzt eine junge Frau neben ihm, die so alt ist wie er. »Nöffi hier weigert sich, sich vom Fleck zu rühren. Ich meine – hast du ein paar Tipps?«

Er schaut den Hund an (was für ein plumpes, verwöhntes Exemplar, ein echtes Produkt des Villenviertels). Er schaut sie an. Und will etwas sagen.

Sie steht auf und fängt an zu singen. Als sie fertig ist mit Singen – das ist ganz unglaublich –, schaut sie ihn an. »Wollte nur mal meine Stimme checken«, sie verbeugt sich. »Hatte einfach Lust dazu, als ich dich gesehen habe, ich bin Emmy«, sie lacht, streckt ihre Hand aus.

Er nimmt sie.

Und:

Von einer Geschichte in die nächste – so ist es auch hier.

Gusten begegnet Emmy.

Sie steht da und singt. Frei heraus mit einer schönen Gesangsstimme, nicht wie die seiner Mutter, aber klar und ein bisschen falsch, was leicht passieren kann, wenn man nur Melodien mitsummt, die durch Ohrstöpsel in die Ohren dringen.

Und er versteht zuerst nicht, dass es sich um ein Lied handelt. Er starrt sie an. Als würde sie mit ihm reden.

»We got married in a fever«, und sie lacht, mit kratziger Stimme, lächelt und lacht ihn an. Und die Zeit wird eine andere. Das Verständnis von Zeit. Die Art, in der Welt zu sein. Die ganze Welt ändert sich. Auch die Art, in der er eine sogenannte Vergangenheit hat. Und sie öffnet den Mund, die Arme – alles alles gibt sie.

Und alles gehört ihm.

Einfach jung. Just kids. Ein baufälliges Haus in einem üppigen Garten. Dorthin gehen sie, in seine Geschichte (auch wenn dieses Haus eigentlich nicht baufällig ist, bloß ein altes Fertighaus aus den Fünfzigerjahren in gutem Zustand).

Und das ist interessant: die Begegnungen mit seinen Freunden, alten Schulfreunden und Bekannten aus dem Villenviertel, das der nächstgelegene Vorort ist. Es ist nur wenige Kilometer von dort entfernt, wo er jetzt wohnt, aber er könnte auf einem anderen Planeten sein, so groß ist der geistige Abstand. Dann grüßt er und sie grüßen zurück, lachen vielleicht, wechseln ein paar Worte, aber es ist, als würde er sie nicht mehr kennen, als wären sie Fremde, als hätte er sie nie gekannt … Und so soll es auch sein … Er fühlt sich wie ein Hippie, im Haus unterm Dach mit Emmy Stranden.

Nur Cosmo (der sich nicht abwimmeln lässt) taucht weiterhin auf. »Komm vorbei«, sagt er (als er nur wenige Monate nach dem großen Aufbruch Richtung Hawaii wieder zurückkehrt. »Sie ist eine Lesbe, wieso hat mir das keiner gesagt?« Etc etc. *»I'll keep you posted«*, sagt er. »Wie posted? Was meinst du damit?«, fragt Gusten. »Nun, wenn es etwas Wichtiges gibt, solltest du es, wie man so sagt, von deinen Nachbarn erfahren.« Dieses »Nachbarn« sagt Cosmo mit einem unerträglich breiten, aber gefakten Bauerndialekt, wie als Anspielung auf Emmy, wenn sie dabei ist, was selten der Fall ist, weil Cosmo so demonstrativ kein Interesse an ihr hat, sie in seinen Augen nur jemand Unbedeutendes von Irgendwo aus Nirgendwo ist. (»Ätzend«, sagt Emmy. »Findest du?« »Tja, ich kenne ihn ja nicht, aber so ein Wichtigtuer.« »Ach was, total verrückter one-track mind, mach dir nichts draus, du musst ihn nicht treffen.«)

»Jetzt, wo du nach Osten ins Exil gegangen bist.«

»Ach halt die Klappe, Brant! Und wenn ich gar nicht ›posted‹ sein will?« Vom Winde verweht. Ich habe jetzt ein anderes Leben. Ein ganz anderes Leben. (Auch wenn er letzteres nicht sagt, nur denkt, denn das ist privat.)

Aber – (das Wichtigste) – einer, der nie vorbeikommt, ist Nathan. Als hätte sich Nathan in Luft aufgelöst. Was ja nicht der Fall ist. Er wohnt immer noch im Geisterschiff, allein mit Mama Annelise. Aber das Gefühl, schon das Gefühl, es könnte Nathan nicht mehr geben, ist schwindelerregend.

Frei werden. Es endlich zu sein. Frei.

Das Lied vom kleinen Hund. Emmys Lied, das erste, das sie schreibt, als sie nach einigen Jahren Beziehung mit Gusten ihre Karriere als Hobbysingersongwriter in Angriff nimmt. »Singsongwriter«, wie sie sagt, und anfängt, für ihren ersten Auftritt zu üben.

Der Abend der kleinen Hunde.

»The evening of the small dogs. (When I met him).«

»The evening of the very small dogs.«

»The evening of the very very small (and angry) dogs.«

(Die Klammer im dritten Titelentwurf hatte Gusten vorgeschlagen, weil er fand, dass es so lustiger wurde.) Emmy Stranden schaute ihn mit großen Augen an. Wie lustiger? Hatte ihr Blick gesagt, ganz ohne Worte.

»Na, mit einem ironischen Twist.«

Emmy hatte ihn weiter angestarrt, dann den Blick gesenkt, es abgeschüttelt, irgendwie irritiert, fast verärgert. »Ironischer Twist«, hatte sie wiederholt. »Was bedeutet das?«

Saga-Lill lacht, als Gusten ihr das viel später in einem schwachen Moment erzählt, und stellt fest, dass Emmy Stranden, die ansonsten so nett ist, keinen Humor hat. »Sonst ein wunderbarer Mensch, aber humorlos.« (VÖLLIG humorlos, wenn die Äußerung im Laufe der Zeit wiederholt wird.) Und Gusten nickt, hört sich zustimmen. Während dieser verdammt heißen alten Bettgeschichte mit Saga-Lill, nachdem Emmy ihn verlassen hat, sagt er das eine Zeit lang auch laut. »Emmy hat keinen Humor, und ohne Humor wäre so ein Leben doch eigentlich ziemlich furchtbar.« Und sie lacht, humorvoll, und gibt ihm recht. Es wird noch eine Weile lang ein Gesprächsthema zwischen ihnen sein und nervig (wirklich). Er redet ohne Ende über die Bedeutung von Humor hier und Humor da mit hochrotem Kopf, und Saga-Lill nimmt ihn beim Wort und schenkt ihm eine ganze verdammte CD-Sammlung mit Povel Ramels Best-Of zum Geburtstag.

Und trotzdem ist es so: Lieber ein Leben ohne HUMOR mit der humorlosen Emmy Stranden, als ein Leben ohne Emmy Stranden mit Saga-Lill und Povel Ramel im Player.

»Denn wissen Sie, heute Abend trifft sich der Club der Zahnärzte – oh bohr! oh bohr! oh bohr!«

Was sie, Saga-Lill – und das ist unendlich traurig – ebenfalls weiß.

»Halt mich fest, Gusten. Ich weiß, dass du mich nicht so liebst wie sie, aber ich … brauche dich. Halt mich fest.«

Und klammert sich an ihn. *Es gibt wenig Hoffnung, Mama hat Krebs* – ohichweißnichtwieichdasschaffensollGustenhaltmichfestichbinsoeinsam –

So ist das Leben (o nein, das will man nicht).

Und noch einige Ergänzungen: Cosmo Brant und Sascha Anckar verloben sich. Allen bleibt die Luft weg, das erfährt er durch die Gerüchteküche. (Es ist quasi Cosmo selbst, der *I'll keep you posted* das erzählt: dass es wie ein Raunen durch die

Kreise, Straßen, die Zusammenhänge geht, in denen er, Gusten, sich nicht länger aufhält, weil er auf einem anderen Planeten wohnt. Hat jetzt einen eigenen, ein altes Fertighaus mit üppigem Garten, den Emmy-Planeten, für immer, glaubt er.)

Aber die Verlobung wird gelöst. Cosmo, der im großen Stil mit seiner Zukünftigen in die USA aufgebrochen ist, nach Hawaii, um sich dort ein gemeinsames Leben aufzubauen. Sie als Stipendiatin an einer renommierten Universität mit Schwimmausbildung, er als … tja, eine Art »Entrepreneur« – *at heart.*

Ein paar Monate später kommt er wieder (kommt sozusagen mit dem »Bummelzug« nach Hause).

Er sagt, er sei *over there* so rastlos geworden. Das ist natürlich Quatsch. Alle wissen Bescheid. Sie hat ihn verlassen. »Ich habe keine Zeit, das Schwimmtraining ist mein Leben«, hat sie gesagt, aber wie sich herausstellt, gibt es jemand anderen in den Kulissen, eine Frau, genauso groß und muskulös und schön und tätowiert wie sie.

»Verdammte Scheiße, sie hat nicht gesagt, dass sie lesbisch ist.«

»Das Leben ist kurz, aber die Kunst ist lang, Gusten. Nun werde ich mich meiner zweiten Leidenschaft im Leben widmen. Dem Filmemachen.«

Und er bewirbt sich an der Filmhochschule. Und wird angenommen.

»Also vielleicht, Gusten … komme ich irgendwann auf das Thema zurück, aber *auf künstlerische Weise. I'll keep you posted.«*

JA, da ist noch eine Sache, die erzählt werden muss. In dieser Zeit, im Sommer 2009, während einem der ziellosen Spaziergänge, nach der Klapse und dem Nachhausekommen und nachdem er an der Theaterschule angenommen wurde, in den Wochen, bevor er Emmy kennenlernt und in eine andere Sphäre eintaucht – kommt er zu Nathans Haus. Steht auf der Seite, die zur Straße zeigt, vor der Tür und klingelt. Wie so oft, seit er klein war (genauso fühlt er sich auch und vielleicht möchte er sich so fühlen: weit weg von jenen Teenagerjahren, die zusammengekracht waren, als man noch Pfade entlangschlich und sich mit einem eigenen Schlüssel Zutritt verschaffte, sich zu Nathan schlich, ansonsten einfach herumschlich, *so tat, als wäre man hier zu Hause*), befindet er sich auf einmal wieder hier, vor dem Häggert'schen Haus, ding-dong, an der Haupteingangstür, als Besucher, ein Kind …

»Kommt Nathan raus?« »Ist Nathan zu Hause?« »Darf Nathan zum Spielen rauskommen?«

Und immer, auch das eine Erinnerung aus der Zeit, als er klein war (und sie macht ihm plötzlich auf seltsame Weise Mut – die Situation klart sich irgendwie auf), geht es darum, irgendwo einen Punkt zu setzen und weiterzumachen. Ja, vielleicht ist es das, was er denkt, auch wenn es kein richtiges Wort dafür gibt, denn eigentlich weiß er nicht, warum er dort vor der Tür steht, wie ein Idiot.

Die freudige Überraschung, wenn Nathan auftauchte, wenn Nathan aus dem Inneren des wunderbaren Hauses auftauchte.

Grippe. Gusten. Hallo.

Oder nur ein Nicken. Spielen wir etwas – was auch immer sie spielen werden – oben im Spielzimmer: Super Mario, Playstation, World of Warcraft.

Nun begegnet er Annelise. Sie öffnet die Tür. Nach allem, auch der Klapse (das letzte Mal haben sie sich auf einer Brücke gesehen, im Dunkeln, sie hielt ihn fest, damit er nicht heruntersprang). Annelise ganz in weiß gekleidet, Seide, ihre kühle Erscheinung, und die Hunde, die um ihre Beine streichen (ihn kennen sie nicht mehr, er ist Luft für sie). Das ganze Haus wie ein kühler Hintergrund, vielversprechender Background … die Ruhe, die Eleganz. Was für eine Täuschung, jedenfalls weiß er das jetzt sehr gut, nach allem, oder glaubt es zu wissen (beinahe rebellisch): Was ist falsch an einer schönen Oberfläche?

Glaubt es zu wissen: in dem Augenblick, als er da draußen vor der Tür eines Hauses steht, in dem er einmal wie ein Sohn ein und aus ging, *unser Gusten, so gern gesehen.* Darin liegt eine Art Geborgenheit, denn es ist noch nicht so lange her, seit öffentlich bekannt wurde, dass Annelise Häggert nach langer Krankschreibung von ihrem Posten als CEO bei Goldfontäne zurücktritt, dem Thinktank, der dank des Regierungswechsels (die gesamte Linke und vor allem die Sozialdemokraten landeten in der Opposition) nun richtig Rückenwind bekommt und mit der politischen Macht im Land enger denn je zusammenarbeitet. Und Leute, die dort einen Sitz im Vorstand haben, kandidierten bei der Wahl und wurden Minister. »Aus familiären Gründen« zurückgetreten, was Quatsch ist, denn niemand verlässt freiwillig diesen Posten, vor allem Annelise nicht – immer auf Draht, immer bereit. Annelise, energisch, souverän – *was für eine Frau, was für eine Kompetenz, sie sollte Präsidentin des Landes werden!* (wie viele sagten, vorher).

Sie wurde also, wie jeder weiß, ausgemustert. Bekam die Kündigung. Und dass sie die Leitung der Lotterie Skärp zugunsten von Multiple-Sklerose-Kranken übernommen hat, hört sich schließlich … tja, nicht falsch, aber auch nicht besonders gut an, im Vergleich dazu. »Was für eine wunderbare Herausforderung«, das Pferdelächeln in den Zeitungsmeldungen. Nur wer kauft ihr das eigentlich noch ab? (Und wie gesagt, das Ergebnis ist dürftig, sie wird für immer ausgemustert und verschwindet aus der Öffentlichkeit.) Und ganz zuletzt muss sie die Gemeinnützige Stiftung des Grawellska verlassen. »Mein Herzenskind«, mit dem Verweis auf einige Unregelmäßigkeiten in der Buchführung, was nicht der Wahrheit entspricht, aber ausreicht, um Gerüchte zu schüren, denn eigentlich wollen sie das gesamte Grundstück loswerden, das wie ein Mühlstein um ihren Hals hängt. Die Niederlage, die Demütigung ist vollkommen. *Man könnte denken, Grippe, dass SIE es war, die Sascha vergewaltigt und versucht hat, sie umzubringen,* wie Cosmo sagt.

Aber – warten Sie kurz – da steht sie nun vor ihm. Und Gusten Grippe, der in Gedanken das eine oder andere über sie und die Häggerts und Nathan und so weiter *zu wissen glaubt*, durchfährt plötzlich ein ganz gegenteiliger Gedanke. Der auch nicht besonders neu ist, den es schon die ganze Zeit gegeben hat, der aber unterdrückt wurde, den er unterdrückt hat, weil er so unbequem ist: Wahrscheinlich verhält es sich nämlich so, dass er, Gusten, tatsächlich nichts über diese Familie, die Häggerts, gewusst hat, nicht wirklich.

Und dass er auch nichts wissen sollte. Vor langer Zeit einmal hatte ihn seine Mutter Angela auf dieses Rätselhafte, Unberechenbare, dieses Nichtwissenworanmanmitihrist ihrer Freundin aufmerksam gemacht. Sie hatte vom Sommer erzählt, als sie selbst nach einem Gesangscamp zurückgekehrt war und dann den ersten Preis im großen, wunderbaren Gesangswettbewerb in Wales gewonnen hatte, der zum Startschuss ihrer internationalen Karriere geworden war (aus *allen*, die im Laufe der Jahre diesen Wettbewerb gewonnen haben, wurde etwas Großes). Abbe, ihr damaliger Freund, hatte sie mit einem Blumenstrauß vom Flughafen abgeholt, zusammen mit ihrer besten Freundin Annelise (sie verbrachten oft Zeit zu dritt, das Dreigestirn). Im Auto, etwa auf halber Strecke zwischen Flughafen und Villenviertel, wurde Angela klar, dass Abbe nicht mehr »ihr gehörte«. Wie sie plötzlich Händchen hielten, diese beiden, Annelise und Abbe, auf den Vordersitzen, während sie selbst wie ein Pfau inmitten all der langstieligen bunten Blumen auf dem Rücksitz saß; wie ein buntes Maskottchen, das Kultiviertheit und Kultur (die klassische Musik) in diese Sippschaft brachte, die ansonsten von Geld und Realpolitik geprägt war. Schließlich studierten sie beide, Abbe und Annelise, an der Wirtschaftshochschule. »*Und das Seltsame war, Gusten, das keiner von beiden später jemals irgendetwas dazu sagte, es war nicht mehr so gut gelaufen zwischen Abbe und mir, und es war nur eine Frage der Zeit gewesen, wann Schluss sein würde, aber so … Ja, es war ein bisschen schockierend, aber vor allem, Gusten, faszinierte mich das, das muss ich schon sagen, diese Selbstverständlichkeit, mit der Abbe und Annelise mich direkt vor meiner Nase betrogen, ohne jeden Skrupel.*

Und wären wir nicht beide, ich und Annelise, kurz darauf schwanger geworden und hätten wieder zueinander gefunden, dann … Ja, vielleicht wäre unsere Freundschaft zerbrochen. Aber wer weiß, Gusten, nichts ist schwarzweiß, und ich muss sagen, dass ich Abbe damals schon satthatte und bereits von dem Dirigenten dieses Schulorchesters in London schwanger war, der natürlich verheiratet war und nicht an Trennung dachte, aber das war auch nie Thema gewesen, Gusten. ICH wollte das Kind haben, WILL, wie du weißt, oh, mein Liebling, mein lieber Junge, Gusten, und ich habe es nie NIE bereut.«

Ja, kurz darauf (nach dieser Autofahrt vom Flughafen ins Villenviertel) war Annelise ebenfalls schwanger geworden – mit Nathan (während Angela, vielleicht schon dort im Auto, mit einem kleinen Gusten-Bastard im Bauch herumlief).

Annelise an der Tür schrickt zusammen, als sie ihn sieht. »Ach, du bist es«, sagt sie, und dann stehen sie schweigend voreinander und starren sich an.

Gusten, geht es dir gut, bist du wieder gesund?

Gusten, du siehst gut aus. Hast du nicht auch … zugenommen? Ein bisschen? Du warst so dünn wie ein Strohhalm, ich habe mir Sorgen gemacht. Gusten, was wirst du – jetzt?

Theaterschule, vielleicht schreiben, ich habe den zweiten Preis in einem Kurzgeschichtenwettbewerb gewonnen, für eine Geschichte über zwei Brüder, die nach dem Selbstmord der Eltern in einem Turm leben … Ja, frei nach Thomas

Bernhard, einem österreichischen Schriftsteller. Ich möchte mehr von ihm lesen, aber ich finde keine Bücher von ihm … in der Bibliothek …

Es war seltsam, diese Kurzgeschichte zu schreiben. Als wäre sie einfach über mich gekommen, als hätte sie sich selbst geschrieben, danach habe ich nichts mehr … geschrieben, schreiben können, überhaupt nichts.

Gusten –

Ich habe dich vermisst.

Auch davon nichts (für eine Weile sagt keiner von ihnen etwas).

»Ist Nathan da?«

»Nein. Äh nein. Nathan ist in Indonesien. Auf Bali. Als Backpacker.«

»Ach so. Ich dachte –«

»Wie geht es deiner Mama?«

»Gut. Sehr gut.«

»Aha. Grüße sie.«

»Ja.«

»Schön, dich zu sehen. Aber hör mal, ich muss jetzt –«

Als hätte auch er es gehört. Diesen Ruf aus den inneren Regionen des Hauses, eine Männerstimme, unverkennbar: »Mamaa!«

»Ja, also tschüss.«

»Tschüss.«

Schließt die Tür hinter sich. Verschwindet im Haus. Und Gusten geht.

Albinus hat eine andere Frau (das war schon die ganze Zeit so, aber zwischen den Ehepartnern war das kein Geheimnis gewesen, sondern eine Verabredung). Die Freundin als Reisebegleiterin und Sekretärin und um sich um all die weiblichen Verpflichtungen zu kümmern, *ein Auge auf Abbe zu haben.* All das, wofür Annelise auf dem Höhepunkt ihrer Karriere keine Zeit hatte.

Nach der Urteilsverkündung verbringt Abbe noch mehr Zeit in der Schweiz. Er hat sich »zur Ruhe gesetzt«, hat ein Vermögen zu verwalten (und das kann »im Prinzip« von überall aus verwaltet werden).

Das erste Mal begleitet Annelise ihn (sagt sie jedenfalls). Doch sie kehrt zurück. »Das Leben da unten ist so leer, ich spüre, dass ich immer noch viel zu GEBEN habe«, sagt sie in diesem Interview (und es ist peinlich, klingt beinahe flehend) in der Abendzeitung, die an jenem Sommertag 2009 auch im Café herumgelegen hat, als er Sascha Anckar zum letzten Mal getroffen hat. *»Das Leben ist so leer«*, hatte sie dort unten begriffen, und als die Wohltätigkeitsorganisation einen feurigen Geist brauchte, sagte sie sofort zu (daraus wurde die Spendenkampagne Skärp, kein Misserfolg, aber auch nicht sehr erfolgreich, eher halb gelungen).

Und die Haustür wird geschlossen, und Pflanzen wachsen drumherum, Kletterpflanzen wie im Märchen (das ist ein Bild): Mutter und Sohn im Haus, in der Zeitlosigkeit, man kann sie sich in Ruhe anschauen, ihre Stummheit, und wie ihr Echo herüberdringt, wenn man beispielsweise auf der anderen Seeseite steht.

Das stille Haus, die dunklen Fenster. Mutter und Sohn.

Gusten, nachts, 2
(The Hunters)

Um 00.30 Uhr trifft eine kurze Nachricht ein.

»Du kannst jetzt auf die Webseite gehen, Grippe, und es dir anschauen. Du wirst deinen Augen nicht trauen. Wish me luck, pal.«

Gusten ruft die Produktionsfirma Cosmos Factory auf.

»Big news.«

Ein großes Foto füllt den ganzen Bildschirm aus. Da ist Cosmo, und da ist Abbe Häggert. Sie schütteln sich die Hand. Cosmo wild lächelnd, Abbe distinguiert, ein wenig gealtert vielleicht, aber unverkennbar. Unter dem Bild heißt es kurz und knapp, dass sich Abbe Häggert als Haupteigentümer in die Aktiengesellschaft Cosmos Factory eingekauft hat, und dass er außerdem als Hauptsponsor in Cosmos nächsten Film einsteigt: ein Actionfilm mit internationaler Schauspielerbesetzung, der sich nach der Apokalypse ereignet, »On the Other Side of The Rainbow« heißt und ein rasantes dystopisches Abenteuer ist, das lose auf einigen Horrorgeschichten von H. P. Lovecraft basiert.

»Ein rasantes dystopisches Abenteuer?« Gusten starrt die Seite an.

Dann (in dieser Reihenfolge, denn er wird später zu dem Foto auf der Webseite zurückkehren) ruft er eilig Cosmos Instagram-Account auf. Dort gibt es weitere Bilder, einige davon persönlicher.

»And then time for a little skiing with ol' pals in the

sunshine.«

Cosmo und Nathan, die Arme umeinandergelegt. In einer weiten weißen Alpensonnenlandschaft.

Ol' pals – die dunklen Haare in der Mitte gescheitelt, wie zwei Brüder. Cosmo mit Sonnenbrille und Nathan schön, unwiderstehlich (sieht plötzlich sehr proper aus, hat nichts Verlebtes, Heruntergekommenes mehr an sich). Er schaut direkt in die Kamera.

Und die Alpen, die Sonne, die Rehe im Hintergrund. Abbe in Outdoor-Kleidung. Und sie, die Frau mit den scharfen Zügen, »die alte Joan Crawford in jung«, in weißer Skimontur.

Weiß weiß weiß – und hell –

Wie eine kleine glückliche Familie im Sonnenschein.

»Kill your darlings, Grippe. Kill your Bambi.«

Ja, die Rehe (zurück zu dem anderen Foto, dem auf der Webseite). Hinter Cosmo und Abbe, distinguiert in Grau, einen bunten, teuren Seidenschal lässig um den Hals gebunden, dieses Gemälde mit den total merkwürdigen Rehen, den irrealen großen Augen im Gehölz.

Große, blanke, anstößige Opferaugen.

Dasselbe alte Ölgemälde, das einst über dem riesigen Doppelbett in Abbes und Annelises Schlafzimmer im Geisterschiff unten am Kaltsee hing.

»Die Jäger / The Hunters.«

Wer hat Bambi getötet?

»Fuck Bambi, Gusten Grippe.«

Epilog
(ein paar Monate später)

Und hier können wir aufhören (Jenseits von Afrika, die Letzte).

Folgendes geschieht ungefähr zur gleichen Zeit: Emmy packt ihre Habseligkeiten in der Wohnung, die sie nun verlassen wird. Hochschwanger, der Bauch ist ständig im Weg und der Hund, der ihr um die Beine streicht, den darf sie nicht vergessen. Ist sie verrückt? Nein, nicht besonders. Sie hat keine Rede gehalten. Es ist nicht harmonisch zugegangen (warum sollte es auch? Sich zu trennen, ist die Hölle, aber trotzdem ist es das, was sie tut).

Sie und Mats G. haben sich nicht hingesetzt und geredet. Gestritten haben sie, aber weil keiner von beiden besonders redegewandt ist, waren es meistens Ausbrüche der Enttäuschung, der Anklage.

Eigentlich ist sie der Ansicht, dass sie einfach nur eine Entscheidung getroffen hat.

Mein Kind, hat sie gedacht, meine Entscheidung.

Und dann Gusten, der hinunter ans Wasser geht, zum Kaltsee im Villenviertel, wo er nicht länger wohnt, so wie Emmy dort ja auch nicht mehr wohnt, die er, so hat er sich geschworen, hinter sich lassen will, an die er aber gefesselt ist, mit der er sich auf merkwürdige und doch verständliche Weise verschworen hat. Steht da im Gebüsch auf der einen Seite und schaut zur anderen hinüber, die Bucht ist klein, nur ein paar hundert Meter. Auf der anderen Seite, zwischen den

Bäumen, zeichnet sich das Haus ab, das Geisterschiff. Früher stattlich, jetzt kaputt (und zwar kaputter, als es aussieht). Wie ein Traum.

Steht da und lässt sich verrückt machen. Denkt: nie nie wieder dort. Und trotzdem immer immer wieder dorthin.

Nein, ich weiß es nicht. Aber ich sehe es vor mir. So ist es.

Und – was soll man noch sagen?

»Mama.« Ich stehe vor Mamas Schlafzimmer in Gråbbå, klopfe vorsichtig an.

Es ist spätnachts. Ich schleiche mich hinein wie ein kleines Kind, »Mama«, setze mich auf die Bettkante. »Mama«, keine Reaktion, Mama schläft, ein schwerer, tiefer Schlaf, auf dem Nachttisch steht eine ganze Batterie von Schlaftabletten, Schmerztabletten, Medizin.

»Mama.« Fast unhörbar. Bleibe nur ein Weilchen dort sitzen und lausche auf ihre Atemzüge, die das Zimmer erfüllen. Mit ihrer Schwere, ihrem Geruch (süß, metallisch). Sehe im Dunkeln die Umrisse eines Kleides, das auf einem Bügel an der Schranktür hängt. Es ist »The Untamed Dress« (J.-Peterman, dress No 356).

»You have already worn this dress: in your other life –

You wore it the night you danced the night away with the tall young naval officer resplendent in his dress-white uniform.

You wore it to the train station where you said goodbye to him forever.

You wore it to that party in the Village, where you met William Faulkner and Robert Lowell. Faulkner was gracious, courtly: Lowell burned with intensity. It made you weak in the knees.

You were glamorous in this dress. Untamed.

One could tell that's where your heart was. In the wild and untamed.«

Und was wollte ich jetzt eigentlich sagen?

Egal, Mama. Ich weiß es nicht.

Schiebe aber eine Hand unter die Decke.

Nehme Mamas Hand.

Sie ist warm.

Und dann stehe ich auf und gehe.

Hinaus in die hallende leere Wohnung und zurück in Joels Zimmer, wo ich während dieser Zeit geschlafen habe, in der ich für den Umzug alles ausgeräumt, sortiert und geordnet habe, und schlafe auf einer Matratze ein, die auf dem Boden liegt. In einem alten – Joels altem – Schlafsack.

Erwache zeitig, stehe auf, ziehe mich an, reiße die Poster der Idole von den Wänden. All die verschwitzten, fröhlichen nordischen und finnischen Skiläufer. Und schleiche mich davon. Aus dem Haus.

Und fahre aus Gråbbå hinaus, an diesem stillen zeitigen Frühlingsmorgen – über die Brücke, über den Bach, der durchs Zentrum rieselt, das immergleiche graue, strömende Wasser. Hinaus aus dem kleinen Zentrum (eigentlich gibt es da nur einen Platz, ein paar Läden, dann das Gemeindehaus mit der Bushaltestelle und die Bibliothek, in der ich jahrelang jeden Sommer gejobbt habe, und weiter hinten die Kirche und nicht weit davon entfernt den neuen Friedhof – wo der alte ist, weiß ich nicht, was quasi alles über Gråbbå sagt.)

Aber dann bin ich raus aus der Stadt und unterwegs zur Landstraße mit den Feldern und Waldstücken und den kleinen, ziemlich verfallenen Häusern auf beiden Seiten der Straße, zum Teil verlassen, unbewohnt. Die Straße führt geradeaus, dunkel und verheißungsvoll im Morgenlicht. Komme bei Emmy vorbei, an dieser »Kaninchenfarm«, von der sie stammt, die eigentlich keine war, nur ein Haufen Kaninchenbuchten im Garten vor dem Haus des Großvaters, in dem sie wohnte. Es wurden mehr und mehr, als die Kaninchen anfingen, sich wahl-

los fortzupflanzen, bis am Ende alles außer Kontrolle geriet. Eine dieser Geschichten, die in der Stadt über sie in Umlauf waren, wie so vieles von ihr – auch ihre Typen, die Freunde, die kamen und gingen, und ihre Brüder, die auf Mopeds, Motorrädern und in klapprigen Autos mit ihr kreuz und quer durch die Stadt fuhren und sie wie einen Augapfel hüteten. Aber hauptsächlich als Ritual, weil sie sich ansonsten nicht »nahe« waren. Die Brüder hatten alle ein eigenes Zuhause und ihre Arbeit und ihre »Frauen«, Kinder – ihr eigenes Leben.

Ja, Emmy. Sie war gewissermaßen davon umrahmt (was ihr später, als sie in die Stadt kam, völlig egal war).

Ich fahre aus Gråbbå hinaus und denke: exit Gråbbå. Verziehe den Mund und erinnere mich plötzlich an ein anderes letztes Mal, als es so war. Emmy und ich. Exit Gråbbå, im letzten Schuljahr, dafür hatten wir gelebt. Diese letzten Male, Monate, Wochen nach den Abschlussprüfungen: Grande Finale.

Das dann auf einen Junimorgen fiel, auf den ersten Sommersonntag. Einer von Emmys Typen fuhr uns zur Bushaltestelle an der Landstraße (Mama hätte uns fahren sollen, hatte aber verschlafen und war so schrecklich müde). One Last Kiss (meine Güte, daran erinnert man sich) und er dauerte … Musste sie alles mit diesem Intimleben beschmieren (ich erinnere mich auch, dass ich das dachte, während Emmy und dieser Typ, von dem ich kaum den Namen kannte, dort auf den Vordersitzen saßen und sich küssten UND küssten und versprachen, einander anzurufen und zu schreiben, obwohl beide wussten – nach Gråbbå nichts, nur ein Testbild, wie auf den Fernsehern aus Erzählungen oder ein Geflimmer, weiß weiß).

Aber endlich standen wir dort, nur wir zwei. Emmy und ich am Straßenrand und warteten auf einen Bus, der nicht kam (vielleicht hatten wir ihn verpasst oder den Fahrplan falsch gelesen), aber ein Auto hielt an und nahm uns in die nächstgrößere Stadt mit. Zu einem vergammelten Busbahnhof, wo alles irgendwie übrig geblieben schien, eine riesige Uhr in einer Wartehalle, die stehen geblieben war, keine Menschenseele weit und breit, der Sommermorgen still still still –

Aber aus der Stille, der Leere tauchte tatsächlich ein Bus auf, und den nahmen wir. Schliefen auf getrennten Sitzen, denn Platz gab es genug. Kaum jemand, der an diesem ersten Sommersonntagmorgen irgendwohin unterwegs war, und nach einer Weile kam Emmy zu mir nach hinten, wo ich mich ausgestreckt hatte. Kroch dicht an mich heran, den Kopf halb in meinen Armen, und als wir das nächste Mal aufwachten, waren wir schon im Busbahnhof der Hauptstadt, und dort verabschiedeten wir uns, weil Emmy den Regionalzug in einen westlichen Vorort nahm, wo es ihr nach langem Hin und Her gelungen war, in einer Villa unter dem Dach ein Zimmer zur Miete zu finden.

Und ich fuhr mit der Straßenbahn zum Campus, wo ich mich zum richtigen Gebäude durchschlug, Haus D. Ich checkte ein und bekam mein kleines Zimmer mit Küche und Bad, meine kleine Studentenbude mitten im Zentrum. Sonnenlichtpunkte tanzten auf den Wänden eines leeren, hellen Zimmers, alles war möglich. Meine Zukunft.

Mittlerweile habe ich Gråbbå hinter mir gelassen und bin auf die Landstraße gefahren, und plötzlich erinnere ich mich an Emmy im Bus: ihr warmer Kopf in meinen Armen. »Sind wir da?« Wie sie aufwacht, zu mir aufschaut und diese Frage stellt.

Emmy – die Heuhaufen, das Glitzern, die Ratten, den Schuppen, aus dem wir alle kommen, in der Stimme. Diese Emmy.

Und hier nun: Der Impuls ist so stark.

Ich fahre an den Straßenrand, halte an und nehme das Handy, ich muss sie anrufen.